Paul Finch
Das Gespenst von Killingly Hall

PIPER

Zu diesem Buch

Eine Weihnachtsdekoration, die plötzlich zum Leben erwacht und zwei Diebe in die Flucht schlägt. Ein Menschenopfer als Weihnachtsritual. Ein Haus, das verschwindet, wenn man es betritt. Eine Fee, die giftige Getränke mischt. Eine Gruppe Schwertkämpfer, die vor vielen Hundert Jahren brutal abgeschlachtet wurden und nun jedes Jahr an Weihnachten in ein altes Herrenhaus zurückkehren, um sich zu rächen. Und ein verzweifeltes Gespenst, das aus Gram und Kummer jedes Jahr an Weihnachten Kinder aus dem Kreis ihrer Familie stiehlt …
Fünf gruselige Weihnachtsgeschichten des großen Thriller-Autors, die einem die Haare zu Berge stehen lassen und Gänsehaut über den Rücken jagen.

Paul Finch hat als Polizist und Journalist gearbeitet, bevor er sich ganz dem Schreiben widmete. Er hat zahlreiche Drehbücher, Kurzgeschichten und Horrorromane veröffentlicht und wurde mehrfach ausgezeichnet, unter anderem mit dem International Horror Guild Award. Seine Thriller um den Ermittler Mark »Heck« Heckenburg sind sehr erfolgreich. Paul Finch lebt mit seiner Familie in Lancashire, England.

Paul Finch

DAS GESPENST VON KILLINGLY HALL

und andere weihnachtliche Schauergeschichten

Aus dem Englischen
von Bärbel und Velten Arnold

PIPER
München Berlin Zürich

Mehr über unsere Autoren und Bücher:
www.piper.de
Aktuelle Neuigkeiten finden Sie auch auf Facebook, Twitter und YouTube.

Von Paul Finch liegen im Piper Verlag vor:
Mädchenjäger
Die Jagd
Rattenfänger
Die Spinne
Spurensammler
Schattenschläfer
Besessen
Totenspieler
Das Gespenst von Killingly Hall

MIX
Papier aus verantwor-
tungsvollen Quellen
FSC® C083411

Deutsche Erstausgabe
Oktober 2016
© Paul Finch 2014
Titel der englischen Originalausgabe:
»In a Deep, Dark December«, Amazon Media EU
© der deutschsprachigen Ausgabe:
Piper Verlag GmbH, München/Berlin 2016
Umschlaggestaltung: Zero Werbeagentur, München
Umschlagabbildung: FinePic®, München
Satz: Kösel Media GmbH, Krugzell
Gesetzt aus der Minion
Druck und Bindung: CPI books GmbH, Leck
Printed in Germany   ISBN 978-3-492-30973-8

Inhalt

Die Weihnachtsgeschenke

Spazzer traf Tookey im Park direkt am Nordeingang.

Sie verharrten dort eine Weile und vergewisserten sich, dass die Insassen der vorbeifahrenden Autos keine Notiz von ihnen nahmen, auch wenn es ziemlich unwahrscheinlich war, dass jemand in der Lage sein würde, sie zu erkennen, denn sie hatten sich an diesem Heiligabend dick mit Schals und Mützen vermummt. Sie beobachteten das Haus direkt gegenüber.

Es lag zurückgesetzt hinter einem Vorgarten und war durch eine doppelreihige Ligusterhecke von der Straße abgeschirmt, aber wie so viele andere Häuser um diese Jahreszeit war es hell erleuchtet: Abwechselnd blaue und gelbe Lichterketten schlängelten sich an den Dachvorsprüngen entlang, drei leuchtende Engel – weiß gewandete Putten mit Schwanenflügeln – standen wie die Teilnehmer einer Prozession auf der Spitze des Dachs. Tookey betrachtete sie beklommen aus der Finsternis des Parks.

»In diesem Teil der Stadt sind die Häuser ziemlich gut gesichert«, sagte er. »Hast du das Haus auch gut abgecheckt?«

»Hab es zwei Wochen lang ausgespäht«, erwiderte Spazzer. »Es gibt definitiv keine Alarmanlage.«

»Jedenfalls keine, die einem sofort ins Auge fällt.«

Spazzer kicherte. »Glaubst du vielleicht, die haben eine Standleitung zu den Bullen? Die Hütte sieht zwar ganz nobel aus, aber in der Millionärsmeile steht sie auch nicht gerade.«

»Und warum haben wir sie uns dann überhaupt ausgesucht?«

»Weil es ein Kinderspiel ist. Die Leute verlassen das Haus jeden Abend gegen sieben Uhr. Ich bin ihnen gestern gefolgt. Sie proben für ein Wohltätigkeitskonzert in der St. Aiden's. Das Konzert findet heute Abend statt, sie werden auf keinen Fall früh zurück-kommen.«

Sie waren also Kirchgänger, dachte Tookey mit ungutem Ge-fühl. Und St. Aiden's? Die Kirche befand sich in einem Problem-viertel der Stadt. Sie waren nicht nur Kirchgänger, sondern auch noch welche, die Geld für gute Zwecke sammelten.

»Aber weißt du was – es kommt noch besser!« Spazzer war groß und spindeldürr. Sein tätowiertes Gesicht verengte sich, und er grinste wie ein Frettchen. »Das Haus ist auch nach hinten und zu den Seiten von Bäumen abgeschirmt. Sobald wir auf dem Grundstück sind, kann uns niemand mehr sehen. Also – keine Alarmanlage und wir können uns Zeit lassen. Wie sieht's aus? Bereit zum Abräumen?«

Tookey war kleiner und im Vergleich zu Spazzer pummelig. Er hatte blasse, schneckenartige Züge und karottenrotes Haar, von dem zerzauste, fettige Fransen unter dem Rand seiner Wollmütze hervorlugten. Auf den ersten Blick sah er genauso abstoßend aus wie sein Kumpel, und er hatte auch mindestens genauso viel Zeit hinter Gittern verbracht wie dieser, aber bei dieser Sache hatte er einfach ein ungutes Gefühl.

»Na gut, dann ist es eben ein Kinderspiel«, sagte er. »Aber wenn es keine Millionärsvilla ist – was soll das Ganze dann?«

»Ich hab einen kurzen Blick durchs Wohnzimmerfenster ge-worfen«, erwiderte Spazzer. »So einen Geschenkeberg hast du in deinem Leben noch nicht gesehen.«

»Sind wir etwa hier, um Weihnachtsgeschenke mitgehen zu lassen?«

»Es müssen an die dreihundert sein. Und in so einer Gegend kannst du einen darauf lassen, dass es total hochwertiges Zeug ist. Jede Wette, dass da locker Geschenke im Wert von fünf Riesen rumliegen.«

»Wer wohnt denn da, Spaz?«

Spazzer kratzte sich an der Warze auf seiner Lippe. »Seltsam aussehende Vögel, wenn du mich fragst. Der Typ ist groß und hat dichtes graues Haar – sieht aus wie 'n Staubwedel. Die Frau ist jünger, in den Vierzigern vielleicht. Hat dunkles Haar, Riesentitten und einen knackigen Arsch.«

»Also nur ein Paar? Zwei Erwachsene?« Tookey klang hoffnungsvoll.

»Ne, die haben auch noch zwei Kinder. Einen Jungen und ein Mädchen. Rennen immer kreischend herum, wenn sie rauskommen und ins Auto steigen, bewerfen sich mit Schneebällen und so.«

»Kommst du dir dabei nicht ein bisschen mies vor … den Kids am Heiligen Abend die Geschenke zu klauen?«

Spazzer zuckte mit den Schultern. »Zahlt doch alles die Versicherung.«

»Wenn sie keine Alarmanlage haben, kann es sein, dass sie ziemliche Probleme kriegen werden, die Versicherung anzuzapfen.«

»Ist doch ihre Schuld, wenn sie keine haben, oder etwa nicht? Mensch, Took, diese reichen Wichser können sich doch jederzeit kaufen, was sie wollen.«

Tookey ließ seinen Blick wieder zu dem Haus wandern. Es sah anheimelnd festlich aus. Das Dach und die Tannen, die das Haus umgaben, waren mit Schnee bedeckt, von den Fenstern hingen Eiszapfen herab, aus dem rautenförmigen Fenster neben der Eingangstür fiel warmes Licht nach draußen. »Irgendwie kommt mir das einfach alles falsch vor, das ist alles.«

»Falsch? Wirst du jetzt ein Weichei?« Jetzt, da sein Kumpel seinen Plan kritisierte, wurde Spazzers Tonfall etwas schärfer. Schlaksig und ausgemergelt, wie er war, stellte er physisch keine Bedrohung dar. Aber er verfügte über gute Verbindungen. Er musste nur ein Wort fallen lassen, dass Tookeys Verlässlichkeit zu wünschen übrig lasse, und schon würde dieser ruck, zuck auf dem Trockenen sitzen.

»Liegt wohl an der weihnachtlichen Stimmung«, entgegnete Tookey.

»An der weihnachtlichen … was?«

»Stimmung … ich bin sicher, dass du davon schon mal gehört hast.«

»Na ja, hab 'ne vage Vorstellung … Warum hältst du nicht einfach die Klappe und überlässt mir das Grübeln?«

»Wie du meinst.«

»Hast du den Transporter mitgebracht?«

»Steht am Ende der Miry Lane, wie von dir gewünscht.«

»Plane drüber?«

»Ja, abgedeckt. So, wie es schneit, wird er aussehen, als ob er schon seit Stunden da steht.«

Spazzer schob die Hand ins Innere seiner Jacke. Das Rascheln von Plastik bestätigte ihm, dass sein eingewickeltes Werkzeug an Ort und Stelle war. »Na dann … auf geht's.«

Es war kurz vor einundzwanzig Uhr, und abgesehen von einem gelegentlich vorbeifahrenden Taxi herrschte kein Verkehr. Es schneite immer noch, der eisige Wind sorgte dafür, dass die Flocken diagonal hinabstoben. Alles – die Wege und Rasenflächen im Park sowie die Bürgersteige zu beiden Seiten der Straße – war mit einer beinahe zwanzig Zentimeter dicken Schneeschicht bedeckt. Spazzer und Tookey gingen vom Parkeingang schnurstracks über die Straße, die Hände in den Jackentaschen, die Köpfe gesenkt. Sie würden nur etwa fünf Sekunden lang auf der offenen Straße exponiert sein, was zwar ein Risiko darstellte, jedoch ein geringeres als unter normalen Umständen. Falls sie jemand sähe, würde er nur vage zwei dick eingemummte verschneite Gestalten ausmachen können. Das Ende der Zufahrt wurde zusätzlich zu dem grellen Lichterschmuck am Dach von einem Licht über dem Garagentor beleuchtet, das durch einen Bewegungsmelder aktiviert wurde. Aufgrund des heftigen Schneetreibens war das Licht lange vor Spazzers und Tookeys Eintreffen angegangen und würde auch weiterhin brennen. Aber wie Spazzer gesagt hatte, waren die Bäume neben und hinter dem Haus so hoch und standen so dicht beieinander, dass das Grundstück gut abgeschirmt war. Sie huschten in den engen Durchgang zwischen dem Haus und der Garage. Dort blieb Spazzer stehen und fummelte unter seiner Jacke nach seinem Werkzeug.

»Wie steigen wir ein?«, flüsterte Tookey.

Spazzer klopfte vorsichtig an ein Seitenfenster, dann setzte er seinen Meißel neben der Laibung an und brachte ihn durch mehrmaliges Wackeln und Drücken in Position. »Das Fenster führt direkt in die Diele.«

Tookey sah sich vorsichtig um. Am hinteren Ende des Weges, der seitlich am Haus vorbeiführte, befand sich ein zweites per Bewegungsmelder gesteuertes Licht, das den Garten hinter dem Haus beleuchtete. Der schmale Streifen, den Tookey von seinem Standpunkt aus sah, ließ eine ausgedehnte Rasenfläche erkennen, die an diesem Abend in eine verschneite weiße Wildnis verwandelt worden war und noch weiter hinten von einem schwarzen Geflecht aus blattlosen Ästen begrenzt wurde. Da er glaubte, dahinten etwas gehört zu haben, sah er genauer hin, fokussierte seinen Blick und versuchte, durch das Schneetreiben hindurch etwas erkennen zu können, sah jedoch nichts. Währenddessen begann Spazzer, mit seinem mit einem Lappen umwickelten Hammer auf den Meißel einzuschlagen. In dem Moment glaubte Tookey erneut, am Ende des Weges etwas gehört zu haben – und diesmal sah er es auch.

In seinem Sichtfeld war plötzlich eine riesige Silhouette aufgetaucht.

Um ein Haar hätte er losgeschrien. Wahrscheinlich hätte er tatsächlich geschrien, wenn Spazzer ihm nicht seine in einem Handschuh steckende Hand vor den Mund gepresst hätte. Sprachlos und ungläubig starrten sie zum Ende des Wegs, wo etwas hin und her hüpfte, das aussah wie ein riesiges Gummitier. Die Umrisse dieses Riesendings waren zunächst nicht besonders gut zu erkennen, weil es komplett weiß war, doch dann konnten sie die massigen, erhobenen Arme mitsamt den typisch gebogenen Tatzen und einen weit aufgerissenen, hellroten Mund ausmachen. »Ein Eisbär?«, flüsterte Tookey. »Ein verdammter Eisbär!« Das Monstrum, das mindestens zwei Meter zehn groß war, blockierte das Ende des Weges komplett, aber es wankte immer noch hin und her, als ob es im Einklang mit den Schneewirbeln sein Gewicht verlagerte. »Sag mir bitte, dass das Ding aufblasbar ist.«

»Natürlich ist es das!«, zischte Spazzer. »Du hast doch wohl nicht geglaubt, dass es echt ist?«

»Was zum Teufel … ist das?«

»Eine von diesen bescheuerten aufblasbaren Winterdekorationen!«

»Wusstest du, dass es hier so ein Teil gibt?«

»Ich hab es gesehen, als ich neulich abends die Lage sondiert habe. Aber da war es nicht aufgeblasen.«

»Und warum ist es … warum ist es jetzt plötzlich aufgeblasen?«

»Was spielt das schon für eine Rolle?« Spazzer zuckte mit den Achseln und kicherte über die Unwissenheit seines Freundes. »Normalerweise sind diese Dinger an Schläuchen befestigt, oder? Und mithilfe kleiner Motoren werden sie hin und wieder mit Luft aufgepumpt und stehen auf. Du musst solche aufblasbaren Gummiteile doch schon mal auf Fußballplätzen gesehen haben.«

Die Erklärung mochte zwar vernünftig sein, doch in diesem Moment beugte sich der Eisbär nach vorn, während die Schneeflocken hinter ihm wirbelten, als ob er Anstalten machte, es irgendwie über den Weg zu ihnen zu schaffen.

»Geh einen Schritt zurück!«, sagte Spazzer, der seine Aufmerksamkeit wieder dem Fenster zugewandt hatte.

Es ließ sich problemlos öffnen. Der hölzerne Rahmen war nur minimal beschädigt und die Scheibe gar nicht. Als sie drinnen waren, schlossen sie das Fenster wieder und richteten alles so, wie es gewesen war. Spazzer wickelte seine Werkzeuge wieder ein und ließ sie in einer der zahlreichen Innentaschen seiner Jacke verschwinden. Sie fanden sich in einer kleinen Abstellkammer unter der Treppe wieder, die von der Diele abging. Verglichen mit der draußen herrschenden Kälte war es im Haus herrlich warm. Ein gespenstisches grünes Licht durchflutete das Innere des Hauses und erzeugte eine Art Waldatmosphäre. Als sie die Köpfe aus der Kammer streckten, sahen sie den Grund dafür: Die komplette Diele war ausgiebig mit immergrünen Zweigen geschmückt. An den Wänden hingen ganze Büschel voller mit Kunstschnee überzogener Tannenzapfen, und sämtliche Bilder waren mit Stechpalmenzweigen voller roter Beeren umkränzt. Über ihnen rankte sich ein dichtes Geflecht aus Efeu und Tannenzweigen, darüber verströmten etliche Lichterketten ein zartes Licht in allen möglichen Grüntönen.

»Ist das die Grotte des Weihnachtsmanns?«, fragte Spazzer kichernd.

Am Ende der Diele, unweit der inneren Haustür, war ein schlanker, aber sehr hoher künstlicher Weihnachtsbaum aufgestellt worden. Er war mindestens dreieinhalb Meter hoch und konnte nur deshalb an dieser Stelle stehen, weil er ins Treppenhaus hinaufragte. Er war mit weißem Lametta behängt und mit feinem blauem und goldenem Christbaumschmuck verziert. Neben dem Baum stand eine schmale, rot angestrichene Leiter. Von der Diele gingen drei weitere Türen ab. Die vorderste führte vermutlich ins Wohnzimmer, die nächste wahrscheinlich ins Esszimmer, und die dritte, die sich im hinteren Bereich der Diele befand, sah wie der Zugang zur Küche aus. Alle Türrahmen waren kunstvoll mit zusammengebundenen Tannenzweigen geschmückt, die mit Schleifen und scharlachroten Weihnachtssternblüten verziert waren und jeweils einen weihnachtlich anmutenden Bogen bildeten.

Ohne besonderen Grund tappten sie zuerst in die Küche. Der Fußboden war aus Stein, die Möbel und die Einrichtungsgegenstände aus gebürstetem Kiefernholz. Das einzige Licht in dem Raum kam aus dem Backofen, in dem auf einem Backblech Mince Pies vor sich hin buken und herrlich braun wurden. Auf den Arbeitsflächen stand weiterer Festtagsschmaus bereit: Platten und

Teller mit Sandwiches und Kanapees, mit Pilzen gefüllte Blätterteigpasteten, Hähnchenschenkel, kalte Fleischröllchen, Würstchen im Speckmantel, Garnelenspieße, Pies, Pflaumenkuchen und Makronen. Es roch köstlich nach Orange und Muskat. Als sie nach der Quelle dieses Wohlgeruchs Ausschau hielten, sahen sie, dass er einer Pfanne auf dem Herd entstieg, in der eine mit Blättern und Fruchtstücken angereicherte violette Flüssigkeit simmerte. An der kupfernen Dunstabzugshaube darüber hing ein Mistelzweig.

»Die planen aber ein gediegenes Fest«, stellte Spazzer fest. Er nahm eine große Tasse von einem Haken, tauchte sie in den Glühwein und probierte einen Schluck. Er tat so, als wäre er ein Experte, rollte den Wein im Mund und spuckte ihn auf den Boden. Dann wandte er sich den Speisen zu und schaufelte sich handvollweise davon in den Mund. »Mensch, Took, am besten schlagen wir uns erst mal den Bauch voll... was Besseres werden wir an diesem Weihnachtsfest nicht zu futtern kriegen.«

Tookey zögerte. Obwohl sie angeblich den ganzen Abend zur Verfügung hatten, wurde er zusehends nervöser. Spazzer nagte das Fleisch von ein paar Hähnchenschenkeln ab, ließ die Knochen und den Knorpel auf den Boden fallen, leckte sich sorgfältig das Fett von seinen dreckigen, in Handschuhen steckenden Fingern – und genau in dem Augenblick zuckten sie erschrocken zusammen.

Irgendwo am anderen Ende der Diele hatte auf einmal ein leises elektronisches Summen eingesetzt, das immer wieder von einem *Klick* unterbrochen wurde. Tookey drückte sich an die Wand, sodass er von der Diele aus nicht mehr zu sehen war, während Spazzer einen Blick in das grünlich erleuchtete Halbdunkel riskierte. Er konnte zunächst keine Bewegung ausmachen, doch dann... lachte er laut los.

Tookey folgte ihm durch die Diele. Als sie vor dem hohen Weihnachtsbaum standen, kam eine kleine Figur mühsam die rot angestrichene Leiter hinuntergestiegen: ein Weihnachtsmann in der Größe eines Pintglases in seinem typischen roten Mantel mit Kapuze und einem Sack auf dem Rücken, aus dem eine winzige Zuckerstange herausragte. Die Figur war höchstens fünfzehn Zentimeter groß und bewegte sich mit der Steifheit eines Aufziehspielzeugs.

»Was für ein Scheiß«, kommentierte Spazzer abfällig. »Worauf diese Schickimicki-Fuzzis so abfahren, was?« Er leckte sich seine behandschuhten Finger ein letztes Mal ab, um sich auch noch das letzte bisschen Hühnchenfett schmecken zu lassen, dann drehte er sich um und ging ins Wohnzimmer.

Dieser Raum war ungefähr so groß wie die gesamte untere Etage des Reihenhauses, in dem Tookey mit seinem Vater wohnte. Der Boden war mit einem dicken Teppich ausgelegt, die Möbel waren edel, die Decke war mit dekorativen Eichenbalken verziert. Es gab auch einen großen Kamin aus Granit, aus dessen Schornstein in der Mitte zwei lebensgroße, in roten Hosen und schwarzen Stiefeln mit Pelzbesatz steckende Beine herabhingen, die auf einem in grüne und silberne Schleifen gehüllten Christklotz standen. An den Wänden hingen liebevoll arrangiert etliche Weihnachtskarten. Der Kaminsims war reich mit Stechpalmenzweigen und Efeu geschmückt. In einer Ecke des Zimmers stand noch ein Weihnachtsbaum, der zwar nicht so hoch war wie der im Eingangsbereich, dafür aber reicher und ausgefallener geschmückt. Er versank bis zu einem Viertel seiner Höhe in einem chaotischen bunten Haufen verpackter Geschenke.

»Du lieber Himmel«, murmelte Tookey. »Das können wir niemals alles wegschaffen.«

»Hab ich dir doch gesagt.« Spazzer holte eine Rolle Müllsäcke aus seiner Tasche, gab Tookey zwei und riss sich selber ebenfalls zwei ab. »Aber du hast recht, wir können nicht alles mitgehen lassen. Schließlich können wir wohl kaum den ganzen Abend über die Straße hin- und herlaufen. Also packt sich jeder maximal zwei Säcke voll. Sieh zu, dass du all die schweren Päckchen erwischst. Das dürften die wertvollen Sachen sein.« Er hockte sich hin und arbeitete sich auf Händen und Knien durch den riesigen Geschenkeberg, wobei er jedes einzelne Päckchen auf Größe und Gewicht prüfte.

Tookey sah sich erneut in dem Zimmer um. Gedämpftes Lampenlicht verstärkte die weihnachtliche Atmosphäre. Auf beiden Seiten des Kaminsimses brannte eine künstliche, aber echt aussehende Kerze. Überall gab es Weihnachtsfiguren. Auf den Bücherregalen standen viktorianische Sternsinger, und auf dem Fußboden war zu beiden Seiten des Kamins jeweils ein Soldat in Uniform aus dem achtzehnten Jahrhundert und mit gefiedertem Dreispitz postiert; ihre porzellanfarbenen Gesichter waren mit leuchtender Farbe betupft – Zuckergussfiguren, die Wache hielten. Das Erkerfenster des Wohnzimmers ging zum Vorgarten hinaus. Auf der Fensterbank war eine Jazzband aus Schneemännern arrangiert. Jede Figur war etwa dreißig Zentimeter groß, alle hatten die typischen Karottennasen und Messingknopfaugen, trugen jedoch steife Hüte und gestreifte Jacketts. Einer der Schneemänner hielt ein Banjo in den Händen, der andere ein Saxofon, der dritte saß hinter den beiden an einem Schlagzeug. Spazzer hatte recht, dachte Tookey. Jemand, der sich all diesen Schnickschnack leisten konnte, war auf ein paar Geschenke nicht angewiesen.

»Mensch, Tookey, beweg deinen Arsch!«, zischte Spazzer. Tookey setzte sich in Bewegung, doch vorher musterte er noch einmal die Schneemänner-Jazzband. Alle Köpfe waren ihm zugewandt. Er war sicher, dass dies eine Minute zuvor noch nicht der Fall gewesen war.

»Tookey!«

»Ist ja schon gut!« Tookey ging in die Hocke. Je mehr Päckchen er in seinen Sack steckte, die alle mit Schleifen, Anhängern und weihnachtlichen Aufklebern verziert waren, desto leichter fiel es ihm, sich in Erinnerung zu rufen, dass er selber zum Fest weder als Kind noch als Erwachsener jemals mit so einem Berg an Geschenken oder auch nur mit so vielen guten Wünschen bedacht worden war.

Spazzer hatte seinen ersten Sack bereits gefüllt und nach draußen in die Diele geschleppt. Tookey folgte ihm mit seinem Sack und stellte ihn neben der Haustür ab – doch dann hielt er inne und sah sich um. Neben ihm war der mechanische Weihnachtsmann auf halbem Weg die Leiter herunter stehen geblieben. Tookey starrte ihm jetzt direkt ins Gesicht. Auch wenn das absolut lächerlich erschien: Die Figur hatte ihm den Kopf zugewandt und sah ihn an. Für einen Augenblick war Tookey wie hypnotisiert. Die Augen des winzigen Plastikgesichts waren zwei blaue Punkte, aber es hatte eine spitze Nase, und der weiße, vom Kinn herabhängende Bart hatte irgendwie etwas Dämonisches. Tookey zuckte zusammen, als der Weihnachtsmann plötzlich wieder zum Leben erwachte und seinen unbeholfenen Abstieg fortsetzte, wobei sein Gesicht sich wieder der Leiter zuwandte.

»Spaz«, sagte Tookey, als er wieder im Wohnzimmer war, erschreckte sich jedoch beinahe zu Tode, als die Schneemänner-Jazzband hinter ihm plötzlich ebenfalls zum Leben erwachte.

… »*I wish it could be Christmas every daa-aa-aay!*« …

Tookey wirbelte herum. Die drei Figuren drehten sich während ihrer Performance, ihr Gesang und die Musik drangen aus irgendeinem verborgenen Lautsprecher. Beinahe so abrupt, wie das Gejaule eingesetzt hatte, verstummte es wieder. Die Schneemänner blickten jetzt alle in unterschiedliche Richtungen.

Spazzer hatte sich ruckartig aufgerichtet. »Verdammt, was hast du gemacht?«

»Nichts. Es ist einfach so losgegangen! Und dieser Weihnachtsmann auf der Leiter …«

»Wahrscheinlich funktionieren sie mit Timern, oder? So ein Scheiß ist gerade voll angesagt. Aber egal, los, machen wir weiter.«

Tookey wollte gerade das Zimmer durchqueren, als er seinen Blick zufällig zur Tür schweifen ließ und den kleinen Weihnachtsmann dort stehen sah. Er hatte nach wie vor seinen Sack auf dem Rücken, den Kopf aber so gedreht, als würde er ins Wohnzimmer blicken. »Scheiße!«, schrie Tookey. Die kleine Figur stand reglos

da, aber sie war eindeutig aus eigener Kraft die Leiter hinuntergestiegen und hatte die Diele durchquert. »Kann es denn angehen,
dass dieses Ding durch die Gegend spaziert?«

»Was?«, entgegnete Spazzer und kam zu ihm.

»Dieses Ding... sieh doch!«

»Und wenn schon!«, entgegnete Spazzer. Er verpasste der kleinen Figur einen Tritt und katapultierte sie zurück in die Diele, wo
sie mit einem lauten Scheppern auf dem Boden aufschlug. »Na
bitte... Problem gelöst.«

Tookey musterte mit ungutem Gefühl all die anderen Dekora-
tionsgegenstände.

»Soll ich dir was sagen, Took«, sagte Spazzer, »ich glaube, wir
sind hier auf eine Goldmine gestoßen.«

Tookey war immer noch beunruhigt. Warum sahen ihn die
Sternsinger auf dem Bücherregal an? Er war sicher, dass sie ihre
Blicke beim letzten Mal, als er sie betrachtet hatte, einander zuge-
wandt hatten. »Hä?«

»In den nächsten zwei Stunden kommt niemand zurück. Und
der Transporter steht direkt um die Ecke. Mann, wir können die
ganze Bude leer räumen. Wir können echt *alles* mitnehmen.«

Tookey begriff schließlich, worauf sein Kumpel hinauswollte.
Er blickte wieder zu dem Geschenkeberg. Zwei Säcke waren bereits gefüllt, doch der Haufen war kaum kleiner geworden. Wie
lange würde es dauern, alles wegzuschaffen? Wie viele Male würden sie zu dem Wagen und wieder zurücklaufen müssen? Wie
lange würden sie noch in diesem Haus bleiben müssen?

»Lass uns mal einen Blick ins Esszimmer werfen!«, sagte Spazzer. »Mal sehen, ob es irgendwelches Tafelsilber gibt.«

»Was ist Tafelsilber denn heutzutage schon noch wert?«,
wandte Tookey ein, während er seinem Kumpel folgte.

»Ich kenne jemanden, der das Zeug verticken kann. Da wird
für uns auch nett was abfallen, keine Sorge.«

Wie im Wohnzimmer war auch die Decke des Esszimmers mit
Eichenbalken verziert, die allesamt mit Efeu geschmückt waren.

Ein langer Esstisch war mit Besteck, Servietten und mit Krepp umwickelten Weihnachtsknallbonbons gedeckt. An einer der Wände stand eine Mahagonianrichte, auf deren polierter Oberfläche drei weitere Weihnachtsbäume arrangiert worden waren. Auch diese Bäume waren künstlich, sie standen in mit Bändern geschmückten Eimern, aus denen hinten dünne Strippen kamen, die sich über die Anrichte schlängelten. Die Spitzen der Zweige leuchteten in verschiedenen Farbtönen.

»Meinst du so was?«, fragte Tookey und nahm eine Gabel in die Hand.

»Ne.« Spazzer riss eine Schublade der Anrichte auf. »Feine Pinkel wie die Leute, die hier wohnen, haben ein besonderes Service im Schrank, das nur für besondere Anlässe auf den Tisch kommt – nicht für die Familie.«

Hark! The herald angels siii-iiing…

Drei melodische Stimmen sangen in voller Lautstärke.

»Mein Gott!« Diesmal schrak selbst Spazzer zusammen.

Verblüffenderweise waren drei Münder erschienen, in jedem Gezweig der drei Weihnachtsbäume einer, wobei das heitere Weihnachtslied eindeutig aus den Eimern ertönte, in denen die Bäume standen. Spazzer fegte einen der Bäume von der Anrichte. Als er auf den Boden krachte, verstummte das Lied abrupt. Die Kabel an den Bäumen strafften sich, und die anderen beiden Weihnachtsbäume kippten ebenfalls auf den Boden. »Ich hasse diesen Dekoscheiß!«, fluchte Spazzer und trat wütend auf die Bäume ein. Zweige zerbrachen, die Eimer rollten durch den Raum, der Schaltkreis wurde unterbrochen.

»Vielleicht verschwinden wir besser«, schlug Tookey vor.

»Noch nicht!«, rief Spazzer und riss weitere Schubladen auf.

Tookey sah sich um. Das Fenster des Esszimmers ging auf den hinteren Garten hinaus, in dem immer noch die Schneeflocken tanzten. Die Szenerie bildete einen stimmungsvollen Hintergrund für die detailgenaue Weihnachtskrippe, die auf der Fensterbank aufgebaut worden war. Als er sich hinunterbeugte und das

Ganze näher in Augenschein nahm, sah er, dass es in Wahrheit viel mehr war als nur eine Weihnachtskrippe: Es schien sich um eine Miniaturdarstellung von ganz Bethlehem zu handeln. Für einen flüchtigen Moment war Tookey gerührt, und die längst begrabenen Erinnerungen an seine Grundschultage kamen wieder hoch, als er noch die gleichen weihnachtlichen Hoffnungen und Ängste gehegt hatte wie all die anderen Kinder. Die Flachdachhäuser des nachgebauten Bethlehems waren braun oder beige, wie aus Lehmziegeln geformt, aus dem Inneren der Häuser fiel sanftes Licht nach draußen, vor ihnen standen Esel- und Kamelgespanne. Genau in der Mitte gab es einen kleinen Hügel, auf dem sich ein Stall befand, dessen Vorderseite entfernt worden war. In dem Stall lag ein Baby in einer Krippe, an deren Seiten Figuren von Maria und Joseph in der Größe von Spielzeugsoldaten knieten. Über ihnen hing ein einzelner Stern. Irgendwo auf dem Boden sprühten aus einem der Kabel der heruntergekrachten Weihnachtsbäume Funken, und der Stern erleuchtete in einem blassen silbernen Licht. Gleichzeitig setzten sich in der Stadt diverse Figuren in Bewegung. Tookey sah fasziniert zu, wie drei oder vier Männer – auch diese nicht größer als Spielzeugsoldaten – durch die engen Gassen zogen. Mit ihren Kapuzen und Umhängen und ihren Krummdolchen sahen sie so aus, als ob sie Unheilvolles im Schilde führten. Sie bewegten sich auf elektrischen Laufschienen, die ihm zuvor nicht ins Auge gefallen waren, und statteten einem Haus nach dem anderen einen Besuch ab. Jedes Mal, wenn sie ein Haus betraten, veränderte sich dessen Innenbeleuchtung und erstrahlte blutrot – begleitet von blechernen Schreien.

»Was zum Teufel …«, brachte Tookey hervor. Er erinnerte sich vage an eine Schulstunde, in der er etwas über diesen finsteren Kerl gehört hatte – wie hieß er noch mal? Herodes? –, der all die kleinen Kinder hatte töten lassen, um Jesus zu erwischen. Aber verdammt – so eine Szene stellte man doch nicht im Rahmen einer Weihnachtsdekoration dar! »Spaz!«, sagte er. »Spaz …«

»Was ist?«, raunzte Spazzer zurück, der immer noch Schubladen aus der Anrichte riss.

Bevor Tookey weiterreden konnte, wich er ruckartig zurück – vor dem Fenster war eine riesige Gestalt aufgetaucht, direkt vor ihm. Sie war weiß und mehr als zwei Meter groß. Ihre aufgerissene rote Schnauze und ihre kunststoffüberzogenen Klauen klopften an die Scheibe. »O mein Gott!«, schrie er.

Spazzer wirbelte herum, entspannte sich jedoch sofort wieder, als er den aufblasbaren Eisbären sah. »Vollidiot! Du hast mich zu Tode erschreckt!«

Die Klauen des Eisbären tappten weiter gegen die Scheibe. Aus dieser Nähe betrachtet, sahen seine Augen aus wie schwarze, tief liegende Kugeln; seine Hängebacken verzogen sich grauenhaft, als er die Lippen zurückzog und realistisch aussehende Zähne fletschte. Tookey wich weiter zurück, bis er mit dem Esstisch kollidierte. Er stieß so heftig dagegen, dass das Besteck herunterscheppterte. »Ich hau ab, Spazzer. Ohne Scheiß, Alter. Mir reicht's!«

»Wir hauen beide ab«, stellte Spazzer klar, dem die Anrichte schließlich egal war. Er verpasste ihr einen brutalen Tritt, woraufhin eine der fein gearbeiteten Holzfronten zersplitterte. Der aufblasbare Eisbär schien jetzt noch lauter an die Scheibe zu klopfen. »Schnappen wir uns einfach nur die Geschenke und verschwinden von hier.«

Sie huschten zurück durch die Diele. Die innere Haustür war verschlossen, aber auf einem Brett lag der Schlüssel bereit. Dahinter befand sich eine kleine Veranda, an deren Seiten rechts und links jeweils ein lebensgroßes Rentier aus Rattan stand. Die beiden Rentiere waren mit leuchtenden weißen Lichterketten geschmückt, jedoch auch mit einem Gewirr aus Kabeln behängt, die sich merkwürdigerweise zwischen ihnen über die Veranda zogen und somit eine Art Barriere bildeten und den Weg versperrten.

»Kümmere dich darum«, wies Spazzer Tookey an. »Ich werfe noch einen Blick in die Schlafzimmer.«

Während Spazzer nach oben stapfte, versuchte Tookey, die beiden Rentiere in die Diele zu ziehen, doch er stieß sofort auf Probleme. Die Kabel, die zum Stromanschluss führten, waren nicht nur ineinander verheddert, sondern schienen unter den Filzteppichfliesen herzuführen. Nachdem er ein paar von ihnen hochgenommen hatte, sah er, dass die Kabel durch ein Loch hindurchführten, das in die Stufe zwischen der Veranda und dem Flur gebohrt worden war, was bedeutete, dass sie auch in der Diele unter dem Teppich verliefen. Ein verirrter Strang führte allerdings am hölzernen Türrahmen entlang und nach oben zu der grün geschmückten Decke. Während Tookey an den Kabeln herumfummelte, begann eines von ihnen zu zischen, weshalb er nach einem Verteilerkasten suchte, um den Strom abzustellen, doch es war nirgends einer zu sehen, und je mehr er herumhantierte und sich hin und her drehte, desto mehr verhedderten sich seine Füße in dem Gewirr der Lichterkette.

»Scheiße!«, fluchte er, als er rückwärts in die Diele stolperte.

Als er sich von dem Kabelgewirr befreit hatte, waren die Rentiere immer noch in der Veranda, allerdings lagen sie inzwischen übereinander und waren von den Lichterketten umwickelt. Eine leichte Bewegung erregte seine Aufmerksamkeit. Durch den festlich geschmückten Torbogen der Tür, die in die Küche führte, sah er ein großes weißes Objekt, das sich von außen gegen die Küchenfensterscheibe drückte. Der Wind musste den aufblasbaren Eisbären wieder an der Rückseite des Hauses entlanggetrieben haben, doch genau in dem Moment, in dem Tookey ihn erblickte, verharrte der Bär auf einmal reglos – als ob er ihn anstarrte.

»Was ist denn nun?«, fragte Spazzer, der die Treppe wieder herunterkam.

»Nichts, ich ...« Tookey riss sich aus der Trance, in die er gefallen war, musste jedoch zweimal hinsehen, als er sah, dass vor dem Küchenfenster auf einmal wieder nichts mehr war. »Gibt's da oben irgendwas?«

Spazzer hielt ihm seine geöffnete Hand hin, in der ein paar Schmuckstücke glitzerten. Er stopfte sie in seine Tasche. »Ist nicht viel, aber besser als gar nichts. Gute Arbeit übrigens.« Er deutete auf die beiden Rentiere, die immer noch die Veranda blockierten.

»Die Dinger haben sich total in den Lichterketten verheddert. Ich hab versucht, sie da wegzuschaffen, aber es ging nicht.«

Spazzer sprang ohne ein weiteres Wort auf die beiden Dekorationsobjekte und trat und stampfte auf ihnen herum, bis von ihnen wenig mehr übrig war als ein Haufen Fetzen und Kabel. Jetzt war es kein Problem mehr, sie in die Diele zu zerren und aus dem Weg zu schaffen. »Wenn ich das nächste Mal deinen Transporter brauche, Tookey, hole ich ihn mir und lasse dich zu Hause.« Er öffnete die Haustür und sah nach draußen. »Mach noch zwei Säcke voll und komm hinter mir her.« Er hievte sich die beiden Säcke, die sie bereits an der Tür abgestellt hatten, über die Schulter, doch das kombinierte Gewicht ließ ihn beinahe nach hinten überkippen. »Verdammte Scheiße!« Tookey versuchte, ihm zu helfen, aber Spazzer wollte nichts davon wissen. »Kümmer dich nicht um mich! Pack einfach noch zwei Säcke voll!« Ohne sich noch einmal umzudrehen, taumelte Spazzer nach draußen und verschwand schwankend über die Zufahrt aus Tookeys Sicht. In dem Moment ertönte eine weitere scheppernde weihnachtliche Jazzeinlage.

… *Mary's boy-child, Jesus Christ, was born on* …

Tookey wirbelte herum. Dabei verhedderten sich seine Füße erneut in den Kabeln der Lichterkette. Er stolperte seitlich gegen den Weihnachtsbaum. Als er sich – nun schon zum zweiten Mal – von den Kabeln befreit hatte, war die Musik verstummt. Argwöhnisch ging er wieder ins Wohnzimmer. Die Köpfe aller Jazzmusiker waren ihm zugewandt. Er ließ seinen Blick durch den Raum schweifen und hatte erneut den Eindruck, dass jede einzelne Figur in dem Zimmer den Kopf in seine Richtung gedreht hatte und ihn beobachtete, sogar die Zuckerguss-Soldaten, die nicht einmal aus beweglichen Teilen bestanden. Er stürzte sich auf die verbliebenen Müllsäcke und stopfte den ersten, den er zu fassen bekam, mit Päckchen voll, überlud ihn jedoch, sodass er, als er ihn durch den

Raum zu ziehen versuchte, aufriss und alles wieder herausfiel. Die Zeit lief ihm davon, wie ihm panisch bewusst wurde. Aber er konnte diese Schatzhöhle doch nicht mit leeren Händen verlassen. Er nahm sich einen neuen Sack, warf ein paar Sachen hinein und zog ihn in die Diele, wo Schneeflocken durch die weit geöffnete Haustür stoben. Aus irgendeinem Grund veranlasste ihn dies, den Blick zurück zum Küchenfenster schweifen zu lassen. Dass der Eisbär nicht mehr da war, war kaum verwunderlich – der Wind musste das verdammte Teil kreuz und quer durch die Gegend gefegt haben. Aber dann hörte er von der Seite des Hauses ein Geräusch: ein Kratzen und quietschendes Schaben, als ob etwas Riesiges, Aufblasbares sich durch den engen Durchgang zur Vorderseite des Hauses zwängte.

Tookey stürmte zur Haustür und knallte sie zu. Dann trat er einen Schritt zurück, betrachtete durch das rautenförmige Fenster die draußen umherwirbelnden Schneeflocken und rechnete jeden Augenblick damit, dort einen riesigen Umriss auftauchen zu sehen. Er war sich vage dessen bewusst, dass er das Schreien von Babys hörte, die scharfen Klingen zum Opfer fielen. Doch dann hörte er noch etwas anderes: ein Rumpeln und Schaben. Er blickte zur Wohnzimmertür, brauchte jedoch nicht in das Zimmer hineinzugehen, um zu wissen, was das für ein Geräusch war: Es mussten diese in schwarzen Stiefeln mit rotem Pelzbesatz steckenden Beine sein. Er stellte sich vor, wie sie in dem Versuch, den großen Körper durch den über ihnen befindlichen Schornstein zu zwängen, hin und her strampelten. Vor seinem inneren Auge sah er eine korpulente, plumpe Gestalt, natürlich in Lebensgröße, die sich, schwarz vom Ruß, langsam durch den Schornstein herunterließ. Vielleicht umklammerten die in Handschuhen steckenden Hände genau in diesem Augenblick die Unterseite des Kaminsimses, um sich durch die Öffnung herauszuziehen.

Tookey floh über die Diele. Wenn er es schaffte, durch das Küchenfenster nach draußen zu steigen, könnte er vielleicht in den benachbarten Garten entkommen. Doch auf dem Weg verhedderten sich seine Füße wieder in den Schlingen der Lichterkette und den zerfetzten Überresten der Rattan-Rentiere. Eine gewaltige Ladung Putz rieselte herab, als er die Kabel von der Decke riss. Die zu Girlanden gebundenen Zweige und das über ihnen angebrachte Geflecht grüner Lichterketten folgten, und alles zusammen landete in einer einzigen Masse auf Tookey und begrub ihn unter sich. Das Gewirr war so schwer, dass es ihn beinahe in die Knie zwang. Von allen Seiten stachen Tannennadeln und die Dornen der Stechpalmenblätter auf ihn ein. Er drehte und wand sich und versuchte, sich zu befreien, doch dabei verhedderte er sich nur noch fester in dem Gewirr. Blitze zuckten, als die Lichterketten kurzschlossen und Funken sprühten. Ein stromführendes Kabel fiel herunter und landete Funken sprühend auf seiner Schulter. Ein weiteres wand sich wie eine Schlange um seine Füße. Tookey erstarrte, als er sich all der beschädigten Stromkabel um sich herum bewusst wurde – jedoch ein bisschen zu spät, wie die schweren Schritte, die aus dem Wohnzimmer auf ihn zugestapft kamen, bald bestätigen sollten.

———

Unter der Last der beiden Säcke niedergedrückt, taumelte Spazzer den sich schlängelnden Weg entlang, der innen um den Park herumführte. Es war eher unwahrscheinlich, dass er auf diesem wenig genutzten Weg jemandem begegnen würde, aber er hatte trotzdem gegen einige Widrigkeiten zu kämpfen. Der tiefe Neuschnee ließ ihn immer wieder stolpern und taumeln. Die Miry Lane, die ihm bei der Planung dieses Einbruchs als so geeignet erschienen war, kam ihm jetzt, in Anbetracht dessen, dass sie so viel Beute abzutransportieren hatten, absurd weit vor. Sie hätten den Transporter auch direkt in die Zufahrt des Hauses stellen können, aber was wäre gewesen, wenn die Familie früher als erwartet nach Hause gekommen wäre und ihnen den Weg versperrt hätte? Selbst wenn Tookey und Spazzer es in diesem Fall geschafft hätten, über eines der Nachbargrundstücke zu entkommen, hätte der Transporter die Bullen direkt zu ihnen geführt. Spazzer, der sowieso etwas schwach auf der Brust war, war bereits am Ende seiner Kräfte. Der Hals tat ihm weh, und die Last des schweren Diebesguts schlug ihm bei jedem Schritt schmerzhaft gegen die Wirbelsäule. Doch diese unbedeutenderen Probleme relativierten sich, als er den Park durch den auf die Miry Lane führenden Seitenausgang verließ und sah, dass von Tookeys Transporter kaum noch mehr zu erkennen war als ein schimmernder weißer Buckel.

Spazzer blieb stehen, die beiden Säcke glitten aus seinen eisigen Fingern. Etliche Sekunden lang konnte er nur dastehen und mit offenem Mund starren. Sobald er die Plane abgezogen hätte, wäre das Dach des Transporters frei, so wie auch die Windschutzscheibe und die Türen, aber die Räder waren komplett im Schnee versunken. Eine lähmende Leere überfiel ihn, als ihm allmählich dämmerte, dass dieses unvorhersehbare Problem die ganze Aktion zum Scheitern gebracht hatte. Selbst wenn es ihnen gelänge, irgendwo Schaufeln aufzutreiben – wie lange würden sie wohl brauchen, um den Wagen frei zu kriegen, und wie viel Aufmerksamkeit würde das erregen? Die nächsten Häuser an der Miry Lane waren keine dreißig Meter entfernt. Wäre er von dem fünfminütigen Marsch von dem Haus bis hierher nicht sowieso bereits zittrig und schweißnass gewesen, hätte ihn spätestens die Erkenntnis, dass all die Mühe vergeblich gewesen war, umgehauen. Die einzige Möglichkeit, die es noch gab, war, die Säcke im Park zu verstecken und an einem anderen Tag zurückzukehren und sie zu holen, aber damit würden sie ein großes Risiko eingehen. De facto war es schon ein großes Risiko, den Transporter stehen zu lassen, aber sie hatten wohl kaum eine andere Wahl.

Er warf einen Blick über seine Schulter und rechnete halbwegs damit, Tookey auf ihn zutaumeln zu sehen. Dass von seinem Kumpel weit und breit keine Spur zu sehen war, verärgerte ihn nur noch mehr. Eins stand jedenfalls fest: Sie mussten so schnell wie möglich verschwinden. Also stapfte er entnervt den gleichen Weg zurück, den er gekommen war, und fluchte leise vor sich hin.

Als er mit seiner vom Rauchen zugrunde gerichteten Lunge den Nordeingang des Parks erreichte, war er völlig außer Atem und stinksauer, dass Tookey ihm immer noch nicht entgegengekommen war. Außerdem war er wütend, dass die Sache in die Hose gegangen war – daran gab es nichts mehr zu deuteln. Die ganze Nummer war verkackt. Sie konnten jetzt bestenfalls jeder noch einen Sack mitnehmen, denn sie müssten die ganze Strecke zu Fuß nach Hause gehen. Er vergewisserte sich, dass die Straße immer noch menschenleer war, und überquerte sie schnell – doch erst, als er in die Zufahrt hineinging, fiel ihm auf, dass das Haus komplett im Dunkeln lag. Er sah verblüfft nach oben. Weder die Engel auf dem Dach noch die Lichterketten an den Dachvorsprüngen leuchteten noch. Auch im Inneren des Hauses brannte kein einziges Licht. Oder war vielleicht die Sicherung herausgesprungen? Was hatte Tookey bloß jetzt schon wieder angestellt?

Als Spazzer die Haustür erreichte, stellte er fest, dass sie geschlossen und verriegelt war. Aber durch das Seitenfenster sah er, dass drinnen offenbar doch noch ein Licht brannte, das allerdings nur ganz schwach glimmerte. Er wischte den Schnee von der rautenförmigen Scheibe, um mehr erkennen zu können. In der Mitte der Diele lag ein Haufen von der Decke heruntergefallener schwelender grüner Efeuranken und Tannenzweige inmitten eines Wirrwarrs aus schwarzen ineinander verhedderten Kabeln. In diesem Haufen konnte er soeben etwas ausmachen, das aussah wie eine menschliche Gestalt, die jedoch total verkohlt war und über die immer noch Flammen hinwegleckten.

Spazzers Mund war zu trocken, um auch nur ein entsetztes Krächzen hervorzubringen. Als er versuchte zu schlucken, fühlte sich sein Speichel an wie ein verschimmeltes Apfelkerngehäuse.

Und falls es nicht seiner wilden Fantasie entsprang, dass da eine weitere entfernt menschenähnliche, ebenfalls verkohlte Gestalt neben der anderen zu liegen schien, ja, diese sogar zu umgreifen schien, konnte er sich nicht erklären, um was es sich sonst handeln sollte. Spazzer wandte sich ab, er fühlte sich wie betrunken.

Selbst durch die geschlossene Tür roch er den Geruch von versengtem Fleisch. Und dann setzte sein Herz einen Schlag aus, als er den riesigen aufblasbaren Eisbären am Ende des neben dem Haus entlangführenden Durchgangs erblickte – doch genau in dem Moment sank der Bär mit einem Plumps auf alle viere nieder und fiel langsam in sich zusammen. Seine furchterregende Visage wurde faltig und schrumpfte zusammen, als keine Heißluft mehr in ihn hineinströmte.

Wie benommen umrundete Spazzer die kraftlose Gummifigur und rannte drauflos. Und diesmal rannte er *wirklich* – mit gleichmäßigen, großen, gazellenartigen Sätzen –, erst die Zufahrt entlang, dann über die Straße und zurück durch den Park. Am Ende der Miry Lane blieb er stehen, schnappte sich einen der Säcke, die er bereits hergeschleppt hatte, schwang ihn sich über die Schulter und eilte weiter. Angst und Entsetzen verliehen ihm Kräfte, von denen er nicht im Traum geglaubt hätte, dass sie in ihm steckten, und versetzten ihn in die Lage, den Nachhauseweg in nur fünfzehn Minuten zu schaffen. Merkwürdigerweise hörte es genau in dem Moment auf zu schneien, als er den Wohnblock erreichte, in dem sich seine Bude befand. Er schaffte es die vier Serpentinentreppen hinauf, ohne jemandem zu begegnen, betrat seine Wohnung, warf den Sack ins Schlafzimmer und ging schwitzend und zitternd weiter in das äußerst spärlich eingerichtete Wohnzimmer. Es gab nur ein schlecht gefedertes Sofa, einen Fernseher und einen niedrigen Beistelltisch, auf dem sich eine volle Packung Zigaretten, ein Becher und eine halb leer getrunkene Flasche Whisky befanden. Er schenkte sich schnell vier Fingerbreit ein und steckte sich eine Zigarette in den Mund. Beinahe geistesabwesend schaltete er den Fernseher ein und starrte eine junge und überraschend begehrenswerte Julie Andrews an, die wie wild mit ein paar Zeichentricktieren tanzte. Er nahm kaum wahr, was er sah, goss sich nochmals vier Fingerbreit ein und ließ sich den Whisky durch die Kehle gleiten. Sich bis zur Besinnungslosigkeit zu betrinken – das war die einzige Lösung. Er schaltete den Fernseher aus, genehmigte sich noch einen Schluck Scotch, diesmal direkt aus der Flasche, und taumelte ins Schlafzimmer.

Spazzer hatte keine Ahnung, wie spät es war, als er aufwachte, wahrscheinlich früh am Morgen. Er fühlte sich von dem Whisky benebelt, aber das Schlafzimmer war eisig kalt, und sein rechtes Auge tat ihm höllisch weh. Er tastete blind nach der Nachttischlampe und zog an der Schnur. Als die Glühbirne aufflammte, betastete er sein Gesicht und entdeckte Blut auf seiner Wange und etwas, bei dem es sich offenbar um einen kleinen Holzsplitter handelte, der sich in seinen Augenwinkel gebohrt hatte. Nachdem er ihn entfernt hatte, starrte er den Fremdkörper ungläubig an. Es war eine winzige, pink-weiß gestreifte Zuckerstange.

Er sah hinab auf sein Kissen, und dort lag der aufziehbare Weihnachtsmann. Einer seiner Arme fehlte, und sein Hals war grässlich verdreht, aber seine Beine bewegten sich immer noch, als ob sie die Leiter hinaufsteigen wollten. Spazzer war bereits über das Stadium des Staunens und der Verwunderung hinweg. Der Sack mit den Geschenken stand neben dem Bett, das erklärte also, wie der kleine Mistkerl in sein Schlafzimmer gelangt war. Spazzer knurrte wütend, packte die Figur, schleuderte sie auf den Boden und trat immer wieder auf sie ein, bis Zahnrädchen und Federn in alle Richtungen flogen. Als er fertig war, kehrte er den platt getretenen Schrott zusammen, taumelte in die Küche und versenkte ihn im Müllschlucker. Doch kaum hatte die Anlage aufgehört, zu rattern und zu mahlen, um das Müllvolumen zu reduzieren, hörte Spazzer aus seinem Schlafzimmer ein anderes Geräusch. Es klang wie das Zerreißen und Zerknüllen von Papier.

Er eilte hin, blieb in der geöffneten Tür stehen und wusste nicht, ob er sich in das Zimmer hineinwagen sollte. Diverse bunt verpackte Päckchen waren aus dem Sack gefallen und bewegten sich selbstständig über den Teppich. Die verpackten Geschenke wickelten sich langsam aus. Wie es schien, war Spazzer mit den Weihnachtsdekorationen fertig geworden, doch jetzt musste er es mit den Weihnachtsgeschenken aufnehmen.

Mitternachtsgottesdienst

Es schneite nur leicht, jedoch stark genug, um alles mit einer Schneeschicht zu bedecken, und Capstick konnte sich ein spöttisches Lächeln nicht verkneifen. In jedem Dezember wünschten und erhofften sich die Leute weiße Weihnachten, doch jedes Mal, wenn ihr Wunsch in Erfüllung ging, schien die gesamte Infrastruktur Großbritanniens zusammenzubrechen. Büros schlossen frühzeitig, Züge verspäteten sich, und ganz offensichtlich fuhren jetzt auch die Busse nicht mehr.

»Tut mir leid, liebe Fahrgäste, aber an so einem Abend weiterzufahren steht nicht in meiner Jobbeschreibung«, hatte der dickliche Busfahrer verkündet, nachdem er völlig unerwartet irgendwo zwischen Derby und Macclesfield von der Fernstraße abgebogen und in einen Ort gefahren war, dessen Namen Capstick nicht mitbekommen hatte. »Wir können es unter keinen Umständen riskieren, die Fahrt auf diesen glatten Straßen fortzusetzen, zumal sich das Wetter eher noch verschlechtern soll, bevor es wieder besser wird.«

Vor dem offenen Eingang des Busbahnhofs rieselten die Schneeflocken hinab wie Taubenfedern. Allerdings war die frische Schneedecke, die sich auf die Straßen und Bürgersteige gelegt hatte, gerade mal so dick wie ein Teppich. *Der Herr möge uns beistehen, wenn wir in Kanada oder Sibirien leben würden*, dachte Capstick.

»He, immer mit der Ruhe… mir ist durchaus klar, wie unerfreulich das ist!«, fügte der Busfahrer hinzu und errötete angesichts des allgemeinen missbilligenden Aufstöhnens seiner Fahrgäste. »Niemand wünscht sich so etwas am Heiligen Abend. Ich sitze schließlich auch fest. Aber ich muss den Kopf dafür hinhalten, wenn wir einen Unfall haben. Das Busunternehmen wird sein Bestes tun, Sie heute Abend irgendwo unterzubringen, aber dieser Bus kann heute Abend definitiv nicht weiterfahren.«

Capstick hatte sich seine Umhängetasche über die Schulter geschwungen und war einfach losgestapft. Er hatte darauf verzichtet abzuwarten, was für Übernachtungsmöglichkeiten das Busunternehmen auftun würde – mit Sicherheit irgendein seelenloses Motel auf einer Autobahnraststätte, in dem es weder eine Kneipe noch ein Restaurant und so gut wie kein Personal gab. An jedem anderen Abend des Jahres wäre das vielleicht gerade noch hinnehmbar gewesen, und letzten Endes würde er an diesem Abend wahrscheinlich auch nichts Besseres finden, aber im Augenblick war er zu wütend, um einen klaren Gedanken fassen zu können, ganz zu schweigen davon, es zu ertragen, in diesem düsteren Warteraum herumzustehen und mit Leuten, die er nicht kannte, höfliche Konversation betreiben zu müssen.

Doch wo auch immer er ausgesetzt worden war ... attraktiv war der Ort nicht gerade. Capstick hatte erwartet, dass es hier so aussehen würde wie in jedem x-beliebigen anderen Provinzkaff am Heiligen Abend um halb elf: mit greller Weihnachtsbeleuchtung geschmückt und voller herumgrölender, streitender und sich übergebender Feiernder. Na schön, die Weihnachtsdekorationen waren vorhanden, nicht jedoch der stumpfsinnige Mob. Die Straßen, die er entlangstapfte, waren schaurig leer. Weder die bunten Lichterketten, die im Zickzack über ihm die Straßen überspannten, noch der unter seinen Füßen knirschende Schnee vermochten, eine weihnachtliche Stimmung aufkommen zu lassen. Die Gebäude hatten irgendwie etwas unauslöschlich Schäbiges an sich. Sie waren alt, verrußt, variierten in ihren Formen und Baustilen und ließen keinerlei Planung hinsichtlich ästhetischer Aspekte oder ihrer Anordnung erkennen, wie es moderne Stadtplanung eigentlich vorsah. Läden, Fabriken und Wohnhäuser standen in allen Straßen wahllos nebeneinander, alle waren geschlossen und ragten über Capstick auf, während er steile, enge

Gassen hinaufstieg oder sich windende, vereiste Treppen hinunterstapfte. Sein Atem dampfte, seine Finger wurden trotz der Wollhandschuhe, die er trug, von der Kälte zunehmend taub.

Er sah nirgendwo ein Hotelschild und nicht einmal eine Bed-and-Breakfast-Pension, wobei Gott allein wusste, wie eine Unterkunft in diesem Dreckskaff wohl aussehen mochte. Wenn er ehrlich war, gab es natürlich auch sonst nicht viel, worauf er sich hätte freuen können. Es war Gretchens Idee gewesen, dass er nach Manchester fahren und Weihnachten dort verbringen sollte, wobei ihm schleierhaft war, warum sie so darauf beharrt hatte. Seine Familie hatte noch nie ein nettes Wort über sie fallen lassen, obwohl niemand von seinen Leuten Gretchen je begegnet war. Marlene würde ihn wie immer frostig empfangen. Seine Kinder waren inzwischen vierzehn und sechzehn, es war also nicht so, dass sie die Anwesenheit ihres Daddys unbedingt *brauchten*. Doch selbst wenn – Tabby war eine pubertierende Zicke, die ihn mit ihrer aggressiven Selbstsucht schon nach ein paar Minuten auf die Palme brachte (obwohl Marlene willens schien, ihr Verhalten uneingeschränkt zu dulden, was wahrscheinlich die halbe Ursache des Problems war), und Tommy war ein ungehobelter Flegel, der sich von irgendwoher rechte Ansichten angeeignet hatte, die er jedoch nie begründen konnte.

Apropos Gretchen – Capstick versuchte zum dritten Mal, sie anzurufen, aber sie ging wieder nicht dran. Es war noch nicht besonders spät, wahrscheinlich war sie noch mit Freunden unterwegs und feierte. Er musste sich eingestehen, dass ihm das missfiel. Als er sich mit einer seiner Studentinnen eingelassen hatte, war ihm immer klar gewesen, dass solche Situationen eintreten konnten: dass sie um den Block ziehen und das Tanzbein schwingen wollte, während er es vorzog, vor der Glotze zu hängen. Na schön, sie war keine Studentin mehr, aber der Altersunterschied war nun mal nach wie vor da. Ihm kam ein hässlicher Gedanke in den Sinn, warum sie Weihnachten so bereitwillig ohne ihn verbringen wollte, aber er verbannte ihn aus seinem Kopf. Im Augenblick war das größere Problem die Kälte. Da er nicht davon ausgegangen war, längere Zeit im Freien zu verbringen, trug er über seinem Hemd nur eine leichte Jacke. Seine Sportschuhe waren bereits mit Eiskristallen verkrustet, die schnell schmolzen, durch das Gummi und den Stoff drangen und seine Socken und Füße durchnässten. Es war reines Glück, dass er wenigstens Handschuhe dabeihatte, aber in Wahrheit nützten sie auch nicht viel. Er lief nun schon seit einer ganzen Weile in dem Ort herum und würde wahrscheinlich nicht einmal zurück zum Busbahnhof finden. Er sah sich um und stellte mehr als nur leicht besorgt fest, dass außer ihm niemand unterwegs war, den er hätte fragen können. Der kontinuierlich weiter fallende Schnee dämpfte alle Geräusche, sodass er selbst jemanden, der auf einer der benachbarten Straßen unterwegs war, nicht unbedingt hören würde. Hin und wieder rauschte ein Auto vorbei, aber nur vereinzelt und in großen Zeitabständen.

Capstick ging weiter und betrat einen kleinen Platz. Auf der gegenüberliegenden Seite des Platzes befand sich ein Zaun mit Metallspitzen, in dessen Mitte ein Tor offen stand, das, wie es aussah, auf einen Hof führte, der von hohen Gebäuden umgeben war. Ganz hinten, am Ende des Hofes, bewegte sich ein Licht. Es leuchtete nur schwach, und aus dieser Entfernung sah es aus, als ob jemand mit einer Laterne umherging. Während Capstick in diese Richtung blickte, zeichnete sich in der geballten Finsternis, die dahinten herrschte, auf einmal ein vertikaler Lichtstreifen ab, als zusätzliches Licht durch eine sich öffnende Tür nach draußen fiel. Der Lichtstreifen verbreiterte sich, ließ kurz die Umrisse einer Gestalt erkennen, dann verengte er sich wieder und verschwand. Es folgte ein leiser, dumpfer Rums.

Capstick näherte sich dem Zaun und spähte hindurch auf den Hof. Das Gebäude ganz hinten sah vage aus wie eine Kirche. Es war zu dunkel, um Details erkennen zu können, aber das Dach war gewölbt, und es gab eine Art Turmspitze. Bevor er sich's versah, marschierte er auf das Gebäude zu. Er war nicht religiös und konnte sich nicht erinnern, wann er das letzte Mal in einer Kirche gewesen war. Es hatte sogar eine Zeit gegeben, in der er bei jeder sich bietenden Gelegenheit über den christlichen Glauben hergezogen war. Er hatte ihn als einen »die Leute missbrauchenden Aberglauben« bezeichnet und es bevorzugt, die guten Dinge, die mit ihm einhergingen, wie Barmherzigkeit zu zeigen und Obdach zu gewähren, zu ignorieren. Nicht, dass er jetzt um Barmherzigkeit bitten wollte oder darum, ihm Obdach zu gewähren – großer Gott, nein, so verzagt war er nun auch noch nicht! –, aber er konnte ein paar Adressen von möglichen Unterkünften gebrauchen, und es konnte auch nicht schaden, sich da drinnen für ein paar Minuten aufzuwärmen.

Ein hohes Buntglasfenster zu seiner Rechten ließ darauf schließen, dass er mit seiner Vermutung, dass dieses Gebäude kirchlichen Zwecken diente, richtiglag. Allerdings brannte hinter dem Fenster kein Licht, weshalb es irgendwie schäbig aussah; zudem schienen etliche Glaselemente zu fehlen. Zu seiner Linken lag, zurückgesetzt zwischen zwei Backsteinmauern, ein kleiner Garten, der als Gedenkstätte diente. In der Mitte des Gartens stand eine Statue, die Capstick durch einen Schleier aus Eiszapfen angrinste. Eine steinerne Hand der Statue umfasste einen aufgerichteten Speer, die andere war nach vorne gestreckt und ebenfalls mit Schnee bedeckt, zeigte jedoch nach unten.

Als er den Haupteingang des Gebäudes erreichte, fiel ihm ein Spruch ins Auge, der mit schwarzer Farbe auf die weiß getünchten Backsteine über dem Türsturz aufgemalt worden war:

GOTT IST GERECHT

Capstick drückte die Klinke herunter und schob die Tür auf.

Er fand sich vor einem langen nackten Flur wieder, der von schwachen Glühbirnen beleuchtet wurde. Der Boden war gefliest, die Wände und die Decke waren verputzt und angestrichen. Der Putz bröckelte an vielen Stellen ab, die oberen Ecken des Flurs waren mit verstaubten Spinnweben verziert. Am Ende des Flurs verschwand gerade eine Frau durch eine halb geöffnete Tür.

Capstick blieb, wo er war, Schneeflocken umwehten ihn. Die Frau war in ein Schultertuch gehüllt gewesen und trug einen bodenlangen Rock und eine Biedermeierhaube. Ein historisches Kostüm? Das kam ihm merkwürdig vor, aber im Augenblick war ihm das ziemlich egal. Er schloss die Tür hinter sich und ließ die bittere Kälte weitgehend draußen, doch sein Atem erzeugte immer noch kleine Wölkchen. Zu seiner Linken schien sich eine Art Pförtnerloge zu befinden, deren Tür offen stand und den Blick auf eine Reihe Kleiderhaken freigab. Etwas weiter den Flur entlang entdeckte er noch eine Tür. Er ging vorsichtig weiter und blickte in den Raum dahinter. Er war weiß gefliest und verfügte über saubere Metallarbeitsflächen und Regale mit glänzenden Utensilien. Clapstick hatte noch nie von einer Kirche gehört, in der es eine Küche gab, aber vielleicht war dies eine dieser Einrichtungen, bei denen Kirche und Gemeindesaal zusammengefasst waren.

Er ging den Flur noch ein Stück weiter, passierte eine weitere Tür zu seiner Rechten, hinter der eine dunkle, schmale Treppe nach oben führte, und erreichte die Tür am Ende des Flurs. Er drückte dagegen, und sie schwang auf. Dahinter befand sich ein sehr viel größerer Raum, der ihm erneut das Gefühl vermittelte, sich in einem Gemeindesaal zu befinden. Die Wände, von denen sich der Putz abschälte, waren mit zerknitterten Notizblättern und allen möglichen längst vergilbten Papieren zugekleistert. An einem Ende des Raums war eine Art Bühne aufgebaut: eine niedrige Holzplattform, vor der ein grüner Friesvorhang zugezogen war. Frontal zur Bühne standen etwa zehn Reihen Holzstühle mit geraden Rückenlehnen, von denen momentan keiner besetzt war. Allerdings brannte auf einem Regal in der Nähe der Bühne eine alte Öllampe, die vielleicht gerade von der Frau dort hingestellt worden war, die Capstick in den Raum hatte gehen sehen.

Er wagte sich ein paar Meter weiter vor.

Der Raum war weihnachtlich geschmückt. Die Wände waren unmittelbar über Kopfhöhe rundum mit zusammengebundenen Tannenzweigen dekoriert, in einer Ecke des Raums stand ein großer Weihnachtsbaum, der mit verschiedenfarbigen Christbaumkugeln, Lametta und glitzernden Girlanden geschmückt war. Die Rücklehnen der Stühle waren mit weihnachtlichen Gestecken aus grünen Zweigen behängt, an der linken Wand stand eine lange Anrichte, auf der zu normalen Anlässen zweifelsohne Teetassen und Teller mit Kuchen bereitstanden, die jedoch jetzt mit einem roten Tuch ausgelegt war, in dessen Mitte ein weiteres ausladendes weihnachtliches Schmuckstück zur Schau gestellt wurde: ein riesiger Stechpalmenkranz mit vier angezündeten Kerzen. Das war ja alles ganz nett, aber Capstick konnte nicht umhin, all diese weihnachtlichen Utensilien für ein wenig muffig zu halten. Vermutlich war das ganze Zeug während der vergangenen zwölf Monate in Kartons verstaut gewesen und noch dazu bestimmt auf irgendeinem düsteren Dachboden. Er rechnete halbwegs damit, aus dem nächstbesten Mistelzweig eine Spinne oder eine Kakerlake hervorkrabbeln zu sehen.

Als ihm dieser Gedanke gerade durch den Kopf ging, bewegte sich der Friesvorhang.

»Oh, hallo?«, sagte er und bahnte sich zwischen den Stuhlreihen einen Weg in Richtung Bühne. »Tut mir leid, dass ich hier einfach so eingedrungen bin, ich wollte eigentlich nur fragen, ob Sie mir vielleicht weiterhelfen könnten.«

Niemand antwortete, doch der Vorhang bewegte sich erneut. Dahinter befand sich definitiv jemand.

»Hallo?«, sagte Capstick noch einmal. Immer noch keine Antwort. Er langte vorsichtig nach dem Vorhang.

»Kann ich Ihnen behilflich sein?«, fragte eine Stimme hinter ihm.

Capstick wirbelte herum. Hinter ihm hatte eine große hagere Gestalt mit bleichem Gesicht und kurzem rotblondem Haar den Saal betreten. Sie trug einen grauen Anzug und einen Kollar.

»Oh, Entschuldigung…«, stammelte Capstick, weil er nicht wusste, mit welchem geistlichen Titel er den Mann anreden sollte. »Also, na ja, vielleicht klingt es ja lächerlich, aber …«

»Sie sind ein Herr, der auf der Straße lebt, stimmt's?«

»Wie bitte?« Capstick war schockiert. Sah er so schlimm aus? Er fuhr sich verlegen durch den Bart. »Äh… nein, wobei ich gestehen muss, dass ich mich ein bisschen fühle wie ein verlorenes Schaf.«

»Das passiert vielen während der Weihnachtszeit.«

Als der Pfarrer sich durch die Stuhlreihen schlängelte und auf ihn zukam, sah Capstick, dass er schon ziemlich alt war. Sein Gesicht war faltig und hatte einen Stich ins Gelbliche, seine Augen schimmerten wässrig. Sein Haar war farblos und extrem dünn; aus der Ferne hatte es rotblond ausgesehen, aber nur weil er die wenigen verbliebenen fettigen Strähnen über seine mit Altersflecken übersäte Glatze nach hinten gestrichen hatte. Sein Anzug, der einmal elegant gewesen war, war verstaubt und zerknittert.

»Ich sitze aufgrund misslicher Umstände in dieser Stadt fest«, erklärte Capstick. Die Aufmachung des Mannes verwirrte ihn leicht. »Ich bin auf der Suche nach… na ja, vor allem nach einer Unterkunft. Und außerdem nach einer Möglichkeit, von hier wegzukommen.«

»Mit Ersterem können wir dienen… natürlich können wir das.« Der Pfarrer lächelte mit gefalteten Händen. Seine zurückgezogenen blutleeren Lippen offenbarten bräunliche Zahnstümpfe. »Den zweiten Wunsch können wir Ihnen leider nicht erfüllen.«

»Ich wollte Sie nicht um ein Bett bitten«, entgegnete Capstick schnell. »Ich bin gerne bereit, ein Hotel zu bezahlen… Wenn Sie mir vielleicht sagen könnten, wo ich eins finden kann.«

»Ich weiß nicht, ob die Hotels in unserer Stadt um diese Uhrzeit noch geöffnet haben, Mr…?«

»Capstick… Ronald Capstick.«

Der Pfarrer nickte. Seinen eigenen Namen nannte er nicht.

»Sie meinen, kein einziges hat mehr geöffnet?«, hakte Capstick skeptisch nach.

»Sie können ja gerne mal durch den Ort laufen und sich vergewissern, aber bei uns landen nicht viele Besucher.«

Ach nein? Ich kann mir gar nicht vorstellen, warum nicht, dachte Capstick.

»Wie ich schon sagte«, fuhr der Pfarrer fort, »wir können Sie beherbergen.«

Capstick ließ seinen Blick durch den Saal zu den drei hohen, gewölbten Fenstern schweifen. In der Finsternis dahinter wirbelten Schneeflocken. Wahrscheinlich war dies eines jener Angebote, die er nicht ausschlagen sollte, ohne zumindest darüber nachgedacht zu haben.

»Gegen eine kleine Gefälligkeit«, fügte der Pfarrer hinzu.

»Wie bitte … eine Gefälligkeit?« Capstick wurde schlagartig klar, wie voreilig es von ihm gewesen war zu erwähnen, dass er bezahlen würde.

»Ich rede nicht von Geld«, stellte der Pfarrer klar, als könnte er Gedanken lesen, was irgendwie unheimlich war. »Sie sind nämlich genau im rechten Augenblick hier eingetroffen, Mr Capstick. Heiligabend führen wir immer unser Mysterienspiel auf. Und in diesem Jahr führen wir wie in jedem Jahr das Stück *Der Schafbock von Derby* auf.«

»*Der Schafbock von Derby*?« Irgendwie bereitete die merkwürdige Wendung, die das Gespräch nahm, Capstick ein wenig Unbehagen.

»Es ist eine Geschichte aus unserer Gegend, deshalb wundert es mich nicht, dass Sie sie nicht kennen. Bestimmt gibt es in der Stadt, aus der Sie kommen, andere Stücke, die zu Weihnachten aufgeführt werden.«

»Bestimmt.« Capstick hatte keine Ahnung, ob dies der Fall war oder nicht.

»In *Der Schafbock von Derby* wird die Geschichte von Old Tup erzählt, einem magischen Schafbock, der einem armen Bauern und seiner Frau ein großes Vermögen beschert hat. Aber wir sind dieses Jahr ein bisschen dünn besetzt, wenn *Sie* also vielleicht mitspielen könnten ...?« Der Pfarrer musterte seinen Gast mit großem Interesse, wobei seine Augen, aus der Nähe betrachtet, so trüb und gelb waren, dass es ein Wunder war, wenn er überhaupt etwas sah.

»Wie bitte?«, fragte Capstick. »Sie möchten, dass *ich* in Ihrem Stück mitspiele?«

»Der Bock hat die einfachste Rolle. Er muss keinen Text sprechen.«

»Sie wollen, dass ich diesen Old – wie hieß er noch – spiele?«

»Old Tup, genau. Es ist ganz einfach, das verspreche ich Ihnen. Sie brauchen nichts anderes zu tun, als in Ihrem Kostüm die Bühne auf und ab zu gehen und sich zu verhalten wie, na ja ...«, er zeigte wieder diese braunen Zähne, »ein Tier, das im Freien lebt.«

»Und das ist schon *alles*?« Capstick hatte seine Frage ironisch gemeint.

»Es ist eine Kleinigkeit, aber unserem Publikum würde es viel bedeuten.«

Capstick sah zu den immer noch leeren Stuhlreihen. »Und wer ist Ihr Publikum?«

»Die Waisenkinder natürlich.«

Capstick sah ihn misstrauisch an. Es war ihm entgangen, dass Worte wie »Waisenkinder« tatsächlich noch in Gebrauch waren, aber das war nicht der Hauptgrund seiner Verwunderung. »Es ist schon fast halb zwölf. Ist das nicht ein bisschen spät für eine Theateraufführung für Kinder?«

»Heute ist Heiligabend, Mr Capstick, ein besonderer Tag. Das Mysterienspiel ist das Vorspiel zu unserem traditionellen Mitternachtsgottesdienst.«

»Ach so, ja, natürlich ...«

Die gefalteten Hände des Pfarrers verkrampften sich, bis von seinen Fingern nur noch knotige Sehnen und Knochen zu erkennen waren. Seine fleckigen Augäpfel traten aus ihren Höhlen hervor. »Ich ersuche Sie, darüber nachzudenken. Weihnachten ist das Fest des Gebens, wie es so schön heißt.«

»Ja … tut mir leid, dass ich so unentschlossen wirke. Aber ich habe so etwas noch nicht oft gemacht.«

»Oje.«

»Ich meine nicht die Sache mit dem Geben. Ich meine …«

»Ich verstehe.« Die schmalen Lippen des Pfarrers rieben aufeinander. Er schien zu enttäuscht, um die passenden Worte zu finden.

»Aber ich denke, es kann ja nicht schaden, wenn ich mitmache«, fuhr Capstick fort und dachte, dass er jetzt wohl verrückt geworden sein musste, doch gleichzeitig fragte er sich, was er sonst mit dem angebrochenen Abend anfangen sollte. Schließlich sah es nicht so aus, als ob es in dem alten Gemäuer Satellitenfernsehen gäbe, und sein Taschenbuch hatte er auf der Busreise schon fast durchgelesen.

Das Gesicht des Pfarrers verzog sich wieder zu einem braunzahnigen Grinsen. »Sehr schön … wirklich ausgezeichnet. Wenn Sie die Treppe hochgehen, finden Sie ein Schlafzimmer, in dem Sie sich einrichten können. Ich sorge dafür, dass Ihnen Ihr Kostüm hochgebracht wird.«

»Und Sie sind sicher, dass ich nur auf der Bühne herumgehen muss?«

»Und ein wenig tanzen.«

»Tanzen?«

»Um die Waisenkinder zu belustigen. Ein tanzendes Tier. Eine witzige Einlage.«

Capsticks Gedanken wanderten zu von Laienschauspielern dargestellten Kühen und Pferden – diesen langweiligen, überhaupt nicht witzigen Ikonen des alljährlichen Weihnachtsaffentheaters. Entsetzlich peinlich. Wenigstens würde sein Gesicht nicht zu erkennen sein. Er sah auf seine Uhr: Es war zwanzig vor zwölf. »Wann fangen wir an?«

»In zehn Minuten.«

Das war eine erleichternde Nachricht. Wenn sie vor Beginn des Mitternachtsgottesdienstes mit der Vorführung fertig sein mussten, konnte sie nicht sehr lange dauern.

»Dann beeile ich mich wohl besser«, sagte Capstick.

»Ja, machen Sie sich ein wenig frisch, wie man so schön sagt. Ach, und wenn Sie wieder runterkommen, Mr Capstick, benutzen Sie doch bitte die hintere Treppe. Wir wollen doch nicht, dass Sie mitten durch unser Publikum spazieren müssen.«

»Gerne. Aus irgendeinem besonderen Grund?«

»Na ja, in Ihrem Kostüm? Das wäre doch wohl höchst unprofessionell.«

Stimmt, sonst könnten die Zuschauer sich noch einbilden, sie wären im West End, dem Theaterviertel Londons. Nicht, dass Capstick Wert darauf gelegt hätte, sich durch eine Meute aufgeregter Schmuddelkinder zu drängen.

»Kein Problem. Dann also die Hintertreppe.«

Allerdings bereitete ihm schon die vordere Treppe genügend Probleme. Sie war steil, unbeleuchtet und knarrte. Er stolperte mehrmals beim Hinaufsteigen, einmal bewahrten ihn nur seine rechtzeitig ausgestreckten Hände davor, mit dem Gesicht zuerst auf den nackten Holzstufen zu landen. Oben angelangt, war es kaum besser: Schummrige nackte Glühbirnen beleuchteten einen weiteren langen Gang, an dessen Wänden rechts und links große Flächen nackten Backsteins freilagen, von denen der Putz abgefault war. Er betrachtete hilflos die zahlreichen von dem Gang abgehenden Türen, von denen einige geschlossen und einige offen waren. Keine ließ in irgendeiner Weise erkennen, ob sich dahinter ein Bett befand, aber außer ihm war eindeutig noch jemand da oben – irgendwo ganz in der Nähe ertönte ein Zischen, gefolgt von einem dumpfen Schlag.

In regelmäßigen Abständen folgten weitere dieser dumpfen Schläge, und Capstick stolperte beinahe über den Absatz einer anderen Treppe, die noch enger, dunkler und steiler war als die,

die er gerade hinaufgekommen war – die Hintertreppe, nahm er an –, bis er die Quelle des Geräusches schließlich hinter der Tür ortete, die sich am hintersten, dunkelsten Ende des langen Flurs befand. Er schob sie auf. Das kalte Licht einer Straßenlaterne fiel durch ein hohes Fenster und offenbarte einen Raum, der aussah wie ein seit langer Zeit nicht mehr genutztes Klassenzimmer. Es gab eine Tafel, auf der noch blasses Kreidegekritzel zu erkennen war, etliche alte Schulbänke, und in einer Ecke stand die Eselsbank, auf die seinerzeit die Dummköpfe verbannt worden waren. Bis auf ein paar sich kräuselnde Staubfäden regte sich nichts. Capstick glaubte, sich geirrt zu haben, und ging zu der Tür auf der gegenüberliegenden Seite des Flurs, hinter der sich ein weiterer höhlenartiger Raum befand, und auch dieser war in einem desolaten Zustand. Das Fenster an der Wand gegenüber der Tür war gewölbt und enthielt Elemente aus Buntglas. Die Bodendielen waren gesprungen, in der Mitte des Raums lagen kreuz und quer heruntergefallene Balken. Falls das, was er da aus irgendeiner verborgenen Ecke des Raums hörte, ein leises krächzendes Kichern war, beschloss er, es zu ignorieren.

Er ging den Flur wieder zurück und sah jetzt, dass eine Zimmertür offen stand, die ihm zuvor nicht ins Auge gefallen war. Wie er diese Tür hatte übersehen können, war ihm ein Rätsel, aber als er in den Raum spähte, sah er sechs Eisengestellbetten, auf jeder Seite drei. Auf einem der Betten lagen eine Matratze, ein Kissen, ein Laken und eine Decke. Als er genauer hinsah, erwies sich die Bettwäsche als frisch. Der Raum an sich war zwar sehr schlicht – der Boden bestand aus blanken Brettern, die Wände waren verputzt, jedoch nicht gestrichen –, aber er war zumindest sauber.

Capstick schloss die Tür hinter sich, stellte seine Umhängetasche ab und ging zum Fenster. Auf dem Fenstersims lagen tote Fliegen aus mehreren Jahrzehnten, hinter dem Fenster tanzten Millionen Schneeflocken über den Schornsteinen und den schwarzen Schrägdächern. Direkt unter dem Fenster befand sich ein weiterer verschneiter Hof. Von dem Hof führte eine schmale Zufahrt weg, die vor einem verschlossenen Gittertor endete. Es hätte ihn nicht überrascht, hinter dem Tor eine Vierer-Gespann-kutsche vorbeiziehen zu sehen, doch stattdessen rollte ein gewöhnlicher Bedford-Transporter die Straße entlang und erinnerte ihn daran, dass das normale Leben nicht allzu weit entfernt stattfand. Wenn er den Unsinn, der ihm in dieser Nacht noch bevorstand, nur schnell hinter sich bringen konnte.

Vor der Tür seines Zimmers war ein Geräusch zu vernehmen: ein leises Flüstern. Capstick drehte sich um und rechnete damit, dass jemand anklopfte. War es so weit? Wurde er auf die Bühne gerufen?, fragte er sich ohne große Begeisterung. Doch das Klopfen blieb aus. Stattdessen hörte er wieder dieses krächzende Kichern. Er durchschritt gereizt den Raum, doch bevor er die Tür erreichte, hörte er das dumpfe Donnern davonflitzender kleiner Füße. Als er die Tür aufriss, war auf dem Flur niemand zu sehen. Vermutlich bedeutete dies, dass die Waisenkinder eingetroffen waren. Während er die Tür wieder schloss, ging ihm durch den Kopf, dass er sich vielleicht ein bisschen großherziger zeigen sollte. Immerhin war Heiligabend, und für obdachlose, vernachlässigte beziehungsweise »nicht wohnhafte« Kinder, wie es dieser Tage wohl politisch korrekt ausgedrückt hieß, war es bestimmt ein ganz besonderes Erlebnis. Man bot ihnen eine Theateraufführung und danach den Mitternachtsgottesdienst. Das war doch großartig. Vielleicht würde sogar jedes Kind eine Mandarine als kleines Geschenk bekommen.

Es klopfte laut an der Tür.

»Okay, jetzt reicht's aber mit dem Unsinn«, brummte er verärgert, stürmte erneut zur Tür und riss sie wieder auf.

Auch diesmal war auf dem Flur niemand zu sehen, aber jetzt stand die Tür gegenüber offen, und von der Klinke hing etwas herunter, das aussah wie ein Haufen schmutziger Lammwolle. Als Capstick das wollene Ungetüm näher in Augenschein nahm, wurde ihm bewusst, dass dies sein Kostüm war. Es war aus echtem

Schaffell und stammte, der Größe nach zu urteilen, von einem ziemlich stattlichen Tier, aber es war auch ziemlich abstoßend: Es roch nach Schweiß und war ekelhaft befleckt. Das Kopfstück war synthetisch und grob gearbeitet; es bestand aus einer genähten, kapuzenartigen Baumwollmaske, an die ein paar Fellstücke getackert worden waren. An den Seiten waren auf die gleiche Weise gewundene Plastikhörner befestigt worden. Als Capstick das Kostüm anprobierte, stellte er fest, dass es extrem unbequem war. Die Maske war ihm zu eng, die Heftklammern drückten schmerzhaft gegen seinen Schädel, und die Augenschlitze waren so schmal, dass er durch sie kaum etwas sehen konnte. Er streifte das Kostüm ächzend wieder ab und stieß dabei gegen die halb geöffnete Tür, die jetzt ganz aufging.

Dahinter befand sich ein langer Raum, der ebenfalls nur schwach beleuchtet war. In der Mitte des Raums stand ein Kleiderständer, der mit alter Kleidung vollgehängt war. Im ersten Moment fragte Capstick sich, ob das wohl weitere Kostüme waren, doch dann wurde ihm klar, dass es sich eher um Spenden handelte: Anzüge, Kleider, Jacken und Mäntel. Obwohl die Kleidungsstücke zuvor bestimmt gereinigt und gebügelt worden waren, wirkten sie allesamt schäbig und schmuddelig. Es gab auch einige Regale: Im obersten Fach lagen Hüte, die beiden Fächer darunter waren mit Schuhen und Stiefeln vollgestopft. Und dann fiel ihm etwas anderes ins Auge: ein altes Schild, das neben dem Fenster an der Wand lehnte. Es war offensichtlich sehr alt, die Holzpfosten waren durchgefault, die Hinweistafel hatte von der Feuchtigkeit Blasen geworfen und war so von Moos überzogen, dass die abblätternden Buchstaben kaum noch lesbar waren:

CK RTH GREEN
UN ON
ARMEN AUS

Er trat verblüfft zurück in den Flur, wo er feststellen musste, dass etliche der Glühbirnen den Geist aufgegeben hatten, unter anderem die im Treppenhaus der Haupttreppe und die in dem Raum, in dem er schlafen sollte. Er nahm zumindest an, dass sie den Geist aufgegeben hatten, da er sich kaum vorstellen konnte, dass es in einem heruntergekommenen Gebäude wie diesem eine Zeitschaltuhr gab. Wie auch immer, seine unmittelbare Umgebung war jedenfalls nahezu in absolute Finsternis getaucht. Aber das spielte jetzt auch keine Rolle mehr. Er war bereits zu dem Schluss gekommen, dass er die Nacht auf keinen Fall in diesem Gemäuer verbringen konnte. Sobald er das Fiasko da unten hinter sich gebracht hätte, würde er sich verabschieden und die nächste Polizeiwache aufsuchen. Wenn man ihm dort nicht die Adresse eines Motels nennen konnte, wo dann? Er ertastete sich seinen Weg zum oberen Absatz der Hintertreppe und stieg, so schnell er sich traute, hinunter. Dabei hatte er sich das Schafbockkostüm unter den Arm geklemmt und war fest entschlossen, sich von keinem weiteren seltsamen Geräusch mehr beeindrucken zu lassen, das diesem verfallenen alten Kirchengemäuer entstieg.

Aber es war unglaublich dunkel. Da unten schien es überhaupt keine Fenster zu geben, nicht mal kleine. Einerseits sollte ihn das nicht überraschen. Denn nach allem, was er über diese alten Armenhäuser wusste, hatte man sie bewusst so unwirtlich wie nur irgend möglich ausgestattet, um bis auf die Allerärmsten alle potenziellen Besucher abzuschrecken. Doch wenn man schon eines dieser alten Gebäude dazu auserkor, es wieder zu nutzen – war es dann zu viel verlangt, es wenigstens ein bisschen aufzupolieren und zeitgemäß auszustatten? Am Fuß der Treppe lief er in einen feuchten, muffigen Vorhang hinein – und erst als er daran vorbeigetaumelt war, sah er endlich Licht: den Schein weihnachtlicher Kerzen, die hinter etwas flackerten, das aussah wie die hohen Schiebewände einer Theaterkulisse. Er legte sich sein Schafbockkostüm über die Schultern und irrte weiter. Irgendwo vor sich hörte er Geflüster und erwartungsvolles Gekicher. Wie es schien, hatte das Publikum Platz genommen.

Dann trat ihm eine Frau in den Weg.

Er erkannte sie als die Frau wieder, auf die er bereits zuvor einen Blick erhascht hatte. Sie trug ein viktorianisches Bauernkostüm – jenen bodenlangen Rock, das Schultertuch und die Biedermeierhaube, unter der strubbelige metallgraue Haarsträhnen hervorlugten. Genau wie Pfarrer Namenlos war sie unglaublich alt: Ihr Gesicht war runzelig wie getrocknetes Leder, ihr Mund ein zahnloser verschrumpelter Schlund, die Augen milchige, blicklose Kugeln.

Da Capstick nichts Besseres einfiel, sagte er: »Ähm … hallo.«

Sie starrte ihn einfach nur an – falls sie ihn überhaupt sehen konnte, was er bezweifelte. Dann wurde ihm bewusst, dass jemand redete.

»… unseren allseits beliebten Heiligabend-Brauch …«, verkündete eine gedämpfte Stimme.

»Entschuldigen Sie bitte.« Capstick drängte sich an seiner komatösen Schauspielkollegin vorbei und fand sich in einer Position wieder, von der aus er auf die Bühne blicken konnte. Die grünen Friesvorhänge waren zur Seite gezogen worden, vor der Bühne stand eine Reihe flackernder Kerzen, die für seine Begriffe eine große Brandgefahr darstellten. Pfarrer Namenlos stand bereits auf der Bühne. Er trug ebenfalls eine historische Bauernkluft: ein Wams, eine Kniehose, schwere Stiefel und eine Lederschürze. Während er seine Ansprache fortsetzte, hatte er einen Fuß auf einen Holzklotz gestellt.

»… den Schafbock von Derby.«

Es folgte keine unmittelbare Reaktion, und Capstick fragte sich, ob dies wohl sein Stichwort sein sollte.

»*Den Schafbock von Derby!*«, wiederholte Pastor Namenlos, diesmal mit einem Anflug von Ungeduld in der Stimme.

Capstick zog sich schnell die stinkende Maske übers Gesicht, doch bevor er sie richtig zurechtrücken konnte, wurde ihm von hinten ein kräftiger Stoß zwischen die Schulterblätter verpasst – vermutlich von der alten Frau –, der ihn taumelnd auf die Bühne katapultierte. Das Publikum fing sofort an zu kichern, doch hinter der Rauchwolke, die von den Kerzen aufstieg, konnte Capstick so gut wie nichts sehen, was zum einen daran lag, dass die Maske so schlecht passte, aber auch daran, dass alle anderen Lichter im Saal ausgeschaltet worden waren. Das Publikum war auf jeden Fall anwesend, doch als er genauer hinsah, sah er, dass der Schein der Kerzen da, wo die Zuschauer saßen, von unzähligen grünen und roten Weihnachtsbaumkugeln reflektiert wurde. Er nahm an, dass die kleinen Strolche beim Betreten des Saals über den Weihnachtsschmuck hergefallen waren und ihn in Halsketten, Kopfschmuck und Ohrringe verwandelt hatten.

»Ahhh … da ist er ja.« Pfarrer Namenlos streckte ihm zur Begrüßung die Hand entgegen.

Capstick bewegte sich unbeholfen vorwärts. Während er dies tat, setzte eine schwerfällige Schrabbelmusik ein, irgendein sehr volkstümliches, auf einem Akkordeon gespieltes Stück, aber es handelte sich eindeutig um eine alte Aufnahme, denn sie war von einem Kratzen und Knistern und einem wiederholten, gequält klingenden Zischen unterlegt, das eher an eine Herz-Lungen-Maschine in einem Krankenhaus erinnerte.

Pfarrer Namenlos begann mit krächzender Stimme in einem Singsang die Geschichte einer Reise nach Derby vorzutragen, während der man auf einen Schafbock stieß, »den größten, der je mit Heu gefüttert wurde«.

Capstick rief sich in Erinnerung, was er tun sollte, und fing an, unbeholfen zu tanzen, was erneutes Kichern und Gelächter auslöste. Zum Glück kannte ihn hier niemand. Andernfalls würde ihm das ewig anhängen. Er hüpfte auf der Bühne hin und her und bemühte sich, im Takt der Musik zu bleiben.

Pfarrer Namenlos setzte sein banales Liedchen fort und erzählte von dem wundersamen Bock, der mehr als neun Meter groß war. Capstick erhaschte nach wie vor nur flüchtige Blicke auf seine

Umgebung, sodass er die dritte Person, die die Bühne betreten hatte, erst bemerkte, als er fast mit ihr zusammenstieß. Es war die alte Frau. Sie tanzte ebenfalls, allerdings sehr viel eleganter als er und vollführte mit ausgebreiteten Armen und wehendem Rock raffinierte Pirouetten. Für ihr Alter war sie erstaunlich gelenkig, wobei ihm in dem Moment, in dem er von ihr wegstolperte, schlagartig bewusst wurde, warum sie so agil war. Eigentlich lag es ja auf der Hand. Sie war natürlich ebenfalls kostümiert – sie spielte die Frau des Bauern. Diese abscheuliche Visage eines hässlichen alten Hutzelweibs war eine Maske.

Währenddessen spann Pfarrer Namenlos seine aberwitzige Geschichte weiter und besang die Vorzüge des Riesenviehs, dessen Schädel so groß war, dass man eine Kanzel auf ihm hätte errichten können, von der ein Pfarrer hätte predigen können. Dann nahm er Capstick bei der Hand und führte ihn zum vorderen Rand der Bühne. Immer noch unsicher, was er tun sollte, ging Capstick fügsam mit, achtete jedoch darauf, den Flammen nicht zu nahe zu kommen. Sein muffiges altes Kostüm würde sich mit Sicherheit entzünden wie ein Römisches Licht. Während der Pfarrer im Bauernkostüm fortfuhr und beschrieb, wie der Schafbock, wenn er quer stand, vier Morgen Land bedeckte, drückte er Capstick an der Schulter herunter. Capstick kam sich jetzt noch bescheuerter vor, fügte sich jedoch bereitwillig, um dieses grauenvolle Schauspiel so schnell wie möglich hinter sich zu bringen, und ging hinunter auf alle viere. Da er nicht richtig sehen konnte, schlug er mit dem Kopf auf dem Holzklotz auf, der auf dem Boden stand.

»Verdammt«, fluchte er und sah im gleichen Moment aus dem Augenwinkel, dass das alte Weib mit etwas Glänzendem in der Hand entlang der Vorderseite der Bühne auf ihn zutänzelte.

Pfarrer Namenlos sang jetzt von einem blutüberströmten Schlachterjungen.

Aber Capstick hörte nicht zu. Im ersten Moment wollte er nicht glauben, dass das Teil, das die Frau in der Hand hielt, ein echtes

Messer war – doch dann sah er die glänzende scharfe Klinge. Jetzt geriet er in Panik, sprang vom Boden auf und von den beiden weg. Im gleichen Moment verstummte die Musik. Hinter dem Vorhang aus Flammen und Rauch erhob sich kollektives Zischen und Murren. Ein Rascheln kündete von hastigen Bewegungen, die Weihnachtsbaumkugeln funkelten.

Capstick riss sich die Maske vom Kopf und schleuderte das Kostüm auf die Bühne. »Was, zum Teufel, soll das hier werden?«

»Na, was schon? Wir zelebrieren das traditionelle Ritual des Schafbocks von Derby, Mr Capstick.« Das sichelartige Grinsen des Pfarrers Namenlos zog sich von seinem rechten bis zum linken Ohr über das ganze Gesicht, das schlaffe Fleisch seiner Lippen spannte sich, als ob auch er nur eine raffinierte Maske trüge, und ließ seine braunen Zahnstümpfe aussehen, als wären sie etliche Zentimeter lang. »Mit einer rituellen Schlachtung.«

Die alte Frau kam schnell auf ihn zu, das gekrümmte, glänzende Messer über ihren Kopf erhoben. Capstick wirbelte herum und floh auf die Seitenbühne, woraufhin im Publikum Stühle zusammenstießen und über den Boden schabten. Hinter den Kulissen sah er eine kurze Treppe, an deren unterem Absatz sich eine Tür befand. Das Trommeln Dutzender Fußpaare, die über die Bühne polterten, trieb ihn dort hinunter. Hinter der Tür fand er sich in einem Gewirr düsterer Backsteingänge wieder. Sie waren ebenfalls nur schwach beleuchtet, schmutzverkrustet und mit alten Lumpen und Knochen übersät. Er stürmte wie von Sinnen weiter und bog mal nach links und mal nach rechts. Dann spürte er auf einmal eine eisige Brise auf seinem Gesicht, konnte jedoch nicht genau ausmachen, aus welcher Richtung sie kam. Eine weitere Tür tauchte auf. Er stürmte hindurch und landete in einem länglichen, holzvertäfelten Raum, in dem einige Bänke und auf Böcken stehende Tische aufgebaut worden waren, als sollte dort ein Abendessen stattfinden, nur dass es weder Tischdecken noch Servietten gab. Stattdessen lagen auf den groben Holzoberflächen der Tische lediglich zweizinkige Gabeln und scharfe Sägemesser bereit. Capstick ging erneut ein flüchtiger Gedanke durch den Kopf, eine Frage, die er sich in den oberen Räumlichkeiten unbewusst schon einmal gestellt hatte: Wenn diese Kirche verlassen war und nicht mehr genutzt wurde – wo sollte dann der Mitternachtsgottesdienst stattfinden?

Jetzt wusste er es – denn es war eindeutig kein Gottesdienst, der hier abgehalten werden sollte.

Begleitet vom Gezische und Gekicher, das hinter ihm in den Gängen widerhallte, floh Capstick durch den Raum und stieß dabei Tische und Bänke um, bis er eine weitere Tür erreichte. Sie führte in eine große Eingangshalle, deren gefliester Boden noch nass war und davon kündete, dass erst vor Kurzem zahlreiche Fußpaare über ihn hinweggestapft waren. Schneeflocken wehten durch den Raum. Als Capstick nach rechts blickte, sah er, woher sie kamen: Ein riesiger Steinbogen führte hinaus ins Freie. Was für ein Glück – er rannte los und schrie um Hilfe … Doch gleich darauf musste er feststellen, dass er einen großen Fehler begangen hatte.

Der Schnee, der die aufgewühlte Erde, die schiefen Grabsteine und die umgekippten vereisten Engel bedeckte, reflektierte das Sternenlicht in einem ausreichenden Maß, um ihn erkennen zu lassen, dass er von drei hohen Mauern umgeben war.

Er drehte sich um, stürmte mehr stolpernd als laufend zurück und war sich nur vage dessen bewusst, dass er darauf achten musste, nicht in eines der tiefen, schlammigen Gräber zu fallen, die auf beiden Seiten klafften. Als sie unter dem Bogen herausströmten und ihn umzingelten, wurde ihm bewusst, dass ihm ein weiterer Irrtum unterlaufen war. Was da im Publikum grün und rot gefunkelt hatte, waren keine Weihnachtsbaumkugeln gewesen, die den Schein der Kerzen reflektiert hatten – sondern Augen.

Das verzauberte Haus

Als sie in höhere Regionen kamen, ging der Graupel in Schnee über, und Arthur beschlich ein mulmiges Gefühl. Natürlich sagte er nichts.

Gabby saß auf dem Beifahrersitz und plapperte munter drauflos. Als die grüne Moorlandschaft rechts und links der Straße plötzlich in Weiß getaucht wurde und sich auf der Windschutzscheibe anstelle der wässrigen Hagelkörner richtige Schneeflocken niederließen, jauchzte sie vor Freude.

»Daddy, guck mal, es schneit. Richtige Schneeflocken. Guck doch!«

Arthur nickte und beschloss, lieber nicht zu erwähnen, dass sie immer noch mehr als dreißig Kilometer vor sich hatten. Unter anderem mussten sie noch den gebirgigen Peak District durchqueren, und als ob das nicht genug wäre, ging es zu allem Übel auch noch bereits auf vier Uhr zu, sodass es bald dunkel werden würde. Plötzlich schien es keine gute Idee mehr gewesen zu sein, die Schleichwege zu nehmen, um aus Moiras Sichtfeld zu verschwinden.

»Das heißt, dass der Weihnachtsmann in diesem Jahr ganz sicher kommt, oder?«, fragte Gabby.

»Ja. Das verspreche ich dir.«

Das Mädchen schien sich damit zufriedenzugeben und summte eine Weile vor sich hin. Dann sagte es: »Mummy glaubt nicht an den Weihnachtsmann.«

»Ich weiß.«

»Sie sagt immer, das ist nur eine *Mädchengeschichte* – wie in dem Buch, das du mir zu meinem letzten Geburtstag geschenkt hast.«

Arthur sagte nichts, lächelte aber in sich hinein. Moira war sehr auf Gabbys Ausdrucksweise bedacht, aber ab und zu rutschten ihr Worte heraus, bei denen ihr Manchester-Akzent durchkam, oder sie sprach Worte falsch aus – wie bei dem Wort »Märchen« zum Beispiel, das sie »Mädchen« aussprach. Natürlich war sein Lächeln von einer gewissen Traurigkeit getrübt. Er wollte lieber nicht an den Ärger denken, den das Geschenk, ein einfaches Märchenbuch, verursacht hatte.

»Aber ich glaube trotzdem an den Weihnachtsmann«, stellte Gabby klar. »Glaubt Tante Lucy auch an ihn?«

»Aber ja, auf jeden Fall.«

»Er weiß doch hoffentlich, dass ich Weihnachten bei Tante Lucy bin, oder? Was ist, wenn er meine Geschenke nach Manchester bringt und ich nicht da bin?«

»Du wirst deine Geschenke bekommen, keine Sorge.«

Doch Arthur war zusehends von ihrer Unterhaltung abgelenkt. Der Schnee fegte jetzt heftig gegen die Windschutzscheibe, die Sicht war stark eingeschränkt. Er fummelte am Radio herum, um zu hören, ob es Neuigkeiten zur aktuellen Wetterlage gab. Aber das Schneetreiben schien auch den Radioempfang zu stören, er hörte nur statisches Knistern und Rauschen und die dumpfen Schläge der Scheibenwischer.

Er starrte angestrengt nach vorne. Von der kargen Moorlandschaft um sie herum war nichts mehr zu sehen. Sogar die einspurige Asphaltstraße verschwand allmählich. Nur der mittlere Streifen war noch zu erkennen, er sah aus wie ein langes, schwarzes Band, doch der Schnee kroch von beiden Seiten auf den Streifen zu und bedeckte ihn nach und nach ebenfalls – was Arthur nicht nur ärgerte, sondern ihm auch Sorgen bereitete. Na schön, das britische Wetter war wechselhaft und unvorhersehbar. Aber es war Dezember, Herrgott noch mal! Und sie befanden sich im Peak District! Da konnte man doch wohl erwarten, dass die kommunalen Behörden ihre Streufahrzeuge zumindest während dieser Zeit des Jahres täglich losschickten, um auf der sicheren Seite zu sein, oder? Ihm blieb nichts anderes übrig, als noch langsamer zu fahren. Nach kurzer Zeit krochen sie nur noch mit dreißig Stundenkilometern die Straße entlang.

»Warum übernachtest du eigentlich wieder bei Tante Lucy?«, fragte Gabby. »Weil du wieder wegen deiner Arbeit da sein musst?«

»Ja, genau«, erwiderte Arthur.

Die anderen Male, als er Moira verlassen hatte, hatte er seiner Tochter erzählt, dass er vorübergehend bei seiner Schwester in Sheffield eingezogen sei, weil er dort geschäftlich zu tun gehabt habe. Mit ihren sieben Jahren war Gabby natürlich zu jung, um zu verstehen, worin die Arbeit eines Juniorpartners in einer Steuerberatungsfirma bestand, oder dass er während seiner einsamen Aufenthalte jenseits der Berge rein gar nichts verdiente, da sich sein Büro nun mal in Manchester befand. Deshalb hatte er nicht den blassesten Schimmer, wie, um alles in der Welt, er die Geschenke besorgen sollte, die Gabby sich in diesem Jahr zu Weihnachten gewünscht hatte. Wenn er ehrlich war, glaubte er nicht einmal, dass sie Weihnachten überhaupt bei ihm sein würde. Bei den vorherigen Malen, bei denen er von zu Hause geflohen war, hatte er sich allein aus dem Staub gemacht. Moira hatte sich nicht die Mühe gemacht, ihn aufzusuchen. Sie hatte gewusst, wo er war, und ihn angerufen, um ihn am Telefon niederzumachen, aber jetzt, da er seine Tochter dabeihatte, lagen die Dinge anders. Er warf einen Blick auf sein Handy, das auf dem Armaturenbrett lag. Er hatte es ausgeschaltet, zweifelte aber nicht daran, dass sie ihm bereits zwanzig Nachrichten hinterlassen hatte, jede davon noch wütender und drohender als die vorherige. Er schauderte bei dem Gedanken und versuchte, sich wieder auf die Straße zu konzentrieren. Aber das war gar nicht so leicht. Indem er das Handy ausgeschaltet hatte, schob er das Unvermeidliche nur hinaus. Da er Gabby mitgenommen hatte, war die Chance gleich null, dass Moira sich auch diesmal damit begnügen würde, ihn am Telefon zu beschimpfen. Ziemlich sicher würde sie persönlich nach Sheffield kommen, wahrscheinlich sogar schon gleich am nächsten Tag. Egal wie heftig dieser plötzliche Wintereinbruch auch werden würde – die A57 würde befahrbar bleiben. Und selbst wenn sie gesperrt werden würde … Moira würde irgendeine Möglichkeit finden, nach Yorkshire zu kommen.

Er fummelte erneut am Radio herum. Immer noch nichts – nur weißes Rauschen.

Der Doppelsinn dieses Begriffs ließ ihn nervös auflachen.

»Freust *du* dich denn auf Weihnachten, Daddy?«, fragte Gabby, um etwas Heiteres aus seinem Mund zu hören.

»Ja, aber vergiss nicht – es ist noch zwei Wochen hin. Vorher haben wir noch eine Menge zu tun.«

Arthur spürte, wie Schuldgefühle in ihm aufstiegen. Auch wenn er wusste, dass es im Interesse seiner Tochter war, wenn er so tat, als ob alles bestens wäre, war es anstrengend, sie so an der Nase herumzuführen. Das Problem an Täuschung war, dass sie weitere Täuschung nach sich zog, bis es nichts anderes mehr gab.

»Ich kann einfach nicht anders«, sagte sie. »Ich bin schon so gespannt.«

Arthur versuchte zu lächeln. »Es ist völlig in Ordnung, gespannt zu sein.«

»Mummy findet das aber nicht. Weißt du noch letztes Jahr Heiligabend, als sie mich ganz früh ins Bett geschickt hat, weil sie meinte, dass ich vor lauter Aufregung noch krank werde?«

»Ja, ich erinnere mich.«

Der Gedanke an jenen Abend machte ihn selber krank. Dieses Verhalten war so typisch für Moira gewesen. Und so typisch für ihn, nicht eingeschritten zu sein.

Er ließ die Jahre Revue passieren und versuchte zu ergründen, wann seine Frau zu dieser strengen humorlosen Tyrannin mutiert war – und zwar nicht nur, was ihr Verhalten Gabby gegenüber anbelangte, sondern auch *ihm* gegenüber. Sie hatte ihn nie für besonders männlich gehalten, das wusste er. Ihr Vater – ein bulliger, ruppiger, echter Kerl, der immer eine Zigarre im Mund gehabt hatte – hatte ein Einzelhandelsimperium besessen und war ein Nadelstreifenanzüge tragender Kontrollfreak in der Chefetage gewesen. Das war das Vorbild, mit dem sie aufgewachsen war. Arthur und sie waren jetzt seit zwölf Jahren verheiratet, doch erst vor einigen Jahren hatte sie angefangen, sich über den mangelnden Ehrgeiz ihres Mannes zu ärgern. Na schön, er war jetzt dreiundvierzig und hatte es immer noch nicht weiter als bis zum Juniorpartner gebracht. Er verdiente ganz ordentlich, aber nicht so viel, wie er verdienen könnte. Er war von Natur aus ein ruhiger, zurückhaltender und schüchterner Typ. Bei ihnen zu Hause hatte er nie die Hosen angehabt, doch erst nachdem Moira von ihrem inzwischen verstorbenen Vater zwei große Kaufhäuser geerbt hatte, deren Gewinne sie nochmals kräftig gesteigert hatte, hatte sie ihm gegenüber diese offen feindselige Haltung eingenommen. Nicht, dass sie häufig miteinander stritten. Arthur neigte dazu, alles über sich ergehen zu lassen, abgesehen von den wenigen Malen, wenn er die Situation gar nicht mehr hatte ertragen können und er kurzerhand seine Sachen gepackt hatte und für ein paar Wochen bei Lucy eingezogen war. Immerhin erschien es ihm selbst ein wenig erbärmlich, sich einfach aus dem Staub zu machen und zu seiner großen Schwester zu laufen, nur weil seine Frau ihn angeschrien hatte.

»Oh, wo müssen wir denn jetzt lang?«, fragte Gabby plötzlich.

Arthur musste eine Vollbremsung hinlegen, woraufhin das Auto noch zehn Meter weiter rutschte (zum Glück waren sie nur im Schneckentempo unterwegs). Als sie zum Stehen kamen, starrte er verdutzt auf die Straße vor sich. Sie schien sich zu teilen. Durch die wirbelnden Schneeflocken konnte er nur vage erkennen, dass zwei kleine Nebenstraßen in entgegengesetzte Richtungen führten. Ein Wegweiser war nirgends zu sehen.

Er langte verwirrt ins Handschuhfach, um einen Blick auf die Straßenkarte zu werfen. Doch leider war es im Wageninneren inzwischen zu dunkel, er konnte auf dem zerfledderten Ding nichts erkennen. Er schaltete die Innenbeleuchtung an, doch sie spendete kaum mehr als einen matten Schein, und seine Augen waren nicht gut genug, um unter diesen Bedingungen die zerknitterte, mit Kaffee befleckte Karte lesen zu können, auf der die Straßen aussahen wie gewundene Schnörkel und die Namen der wenigen Siedlungen in dieser Gegend so klein gedruckt waren, dass man sie selbst mit einer Lupe kaum hätte entziffern können. Arthur sah wieder aus dem Fenster. Das Schneetreiben hielt an, und es wurde rasch immer dunkler.

Er musste irgendwo falsch gefahren sein, was bedeutete, dass er jetzt eine schwierige Entscheidung zu treffen hatte. Entweder er riskierte es, über eine der beiden engen Straßen weiterzufahren, die beide wie Feldwege aussahen, oder er wendete in drei Zügen – falls das bei diesem Schneetreiben überhaupt möglich war – und fuhr zurück. In den niedrigeren Regionen würde es wahrscheinlich nicht so heftig schneien, aber zurückzufahren bedeutete natürlich eine Konfrontation mit Moira. Und diese Aussicht war beinahe noch schlimmer als die Vorstellung, in einem Schneesturm festzustecken.

Arthur verfluchte sich für seine Verzagtheit. Er sah Gabby an, die in ihrem Strickmantel und mit ihren Fausthandschuhen lieb und artig neben ihm saß, ein niedliches Mädchen mit kastanienbraunem Haar, das sie wie ihre Mutter als Pagenfrisur trug. Wobei Gabby im Gegensatz zu ihrer anstrengenden, ruppigen Mutter freundlich und unkompliziert war. Anders als die ständig schlecht gelaunte Moira war Gabby zudem geduldig und verständnisvoll. Und während Gabby immer an allem die lustigen und fröhlichen Seiten sah, konnte Moira verletzend grantig sein, wenn sie gerade in der entsprechenden Laune war. Aber all diese Gedanken lenkten ihn nur ab. Momentan zählte nur die Entscheidung, die er zu treffen hatte. Im Moment war es noch schön warm im Auto. Aber der Tank war nur noch zu einem Viertel voll, und wenn sie irgendwo in einer Schneeverwehung stecken blieben, würde die Heizung das verbleibende Benzin ziemlich schnell aufbrauchen. Auf keinen Fall kämen sie damit durch die Nacht.

»Warum nehmen wir nicht einfach die linke Straße?«, schlug Gabby fröhlich vor.

»Warum links?«

»Na ja, auf den Schildern, die man ständig sieht, steht doch immer ›Links halten‹.«

Am liebsten hätte er über die herzerwärmende Naivität seiner Tochter gelacht, aber im gleichen Moment durchzuckte ihn ein weiterer Anfall von Schuldgefühlen und Sorge. Ihre Bemerkung führte ihm nur noch einmal mehr vor Augen, wie viel sie ihm bedeutete und wie töricht es von ihm gewesen war, sie aus einer Laune heraus hier hochzubringen in diese Berge. Wenn er jetzt darüber nachdachte, wusste er nicht einmal mehr, *warum* er sie überhaupt mitgenommen hatte.

Er fuhr wieder los und bog nach links ab. Es gab keinen besonderen Grund, warum er sich für diese Straße entschied, aber die eine schien genauso gut zu sein wie die andere. Beide Straßen waren inzwischen mit einer mehrere Zentimeter dicken, unberührten Schneeschicht bedeckt, und die Reifen knirschten laut, während der Wagen langsam weiterrollte. Hinter der Windschutzscheibe sah er nichts als das endlos erscheinende Treiben der umherwirbelnden Schneeflocken, das jedoch jenseits der Reichweite seiner Scheinwerfer rasch von Schwärze verschluckt wurde.

Wenn er ehrlich war, hatte er sich von einem negativen Beweggrund leiten lassen, als er Gabby mitgenommen hatte. Jedenfalls hatte er es bestimmt nicht ihretwegen getan. Sie freute sich zwar darauf, Weihnachten bei ihrer Tante Lucy zu verbringen, allerdings war es wahrscheinlicher, dass sie die Feiertage zu Hause in der alleinigen Obhut ihrer Mutter verbringen würde, die zudem noch übellauniger und gereizter sein würde als sonst. Nein, die Wahrheit war, dass er seine Tochter mitgenommen hatte, um Moira zu bestrafen.

Es reichte nicht, sich einfach immer mal wieder rauszuziehen, und seiner Frau schien es sowieso jedes Mal völlig egal zu sein. Sie lachte ihn nur aus und wusste ganz genau, dass er irgendwann wie ein geprügelter Hund zurückkommen würde. Dieses Mal, so hatte er beschlossen, sollte es anders sein. Er wollte, dass sie sich fühlte, wie er sich so oft gefühlt hatte – einsam und verlassen. Er hatte sie nicht nur erschrecken, sondern sie auch aus der Fassung bringen wollen. Sie sollte endlich kapieren, dass sie das Spiel zu weit getrieben hatte und er sehr wohl imstande war, sich zu wehren. Darum ging es also in Wirklichkeit, wurde ihm in diesem Moment bewusst, und die Erkenntnis jagte ihm einen Schauer über den Rücken: um Rache. Vielleicht konnte man das, was er tat, sogar als Kindesentführung bezeichnen.

Natürlich hatte er nie vorgehabt, seine Tochter in Gefahr zu bringen, sie hatten einfach nur Pech, dass sie sich auf einmal in dieser misslichen Lage befanden. Aber seinem Vorhaben, Gabby mit zu Lucy zu nehmen, lag keine wirklich sinnvolle Absicht zugrunde, sondern einzig und allein das Motiv, Moira zu verletzen, und während Arthur dem schrillen Pfeifen des arktischen Windes lauschte, erschien ihm die ganze Aktion auf einmal wie ein kolossaler, unheilvoller Irrtum.

»Daddy, ein Haus!«, rief das Mädchen plötzlich. »Sieh mal! Es ist hell erleuchtet.«

Arthur hatte inzwischen Mühe, den Wagen auch nur halbwegs geradeaus zu steuern. Er geriet immer wieder ins Schlingern, und die Räder drohten zu blockieren. Wahrscheinlich, so vermutete er, waren die Achsen und Radläufe inzwischen mit Eis überzogen. Deshalb war er sehr erleichtert, dass Gabby ein Haus erblickt hatte, und reckte den Hals, um zu sehen, ob sie recht hatte. Tatsächlich war zu ihrer Linken auf einer Anhöhe ein Gebäude zu sehen. In der Dunkelheit und von dem Schneetreiben halb verschluckt, sah es auf den ersten Blick aus wie eine Scheune: Das Gebäude war hoch und schmal, mit einer düsteren, funktionalen Fassade aus verwittertem Kalkstein. Aber wahrscheinlich handelte es sich um eine ehemalige Scheune, die zu einem Wohnhaus umgebaut worden war. Aus den Fenstern fiel warmes Licht.

Er fuhr an den Rand und brachte den Wagen zum Stehen.

Dann saßen sie einen Moment da und starrten nach oben. Das Haus befand sich jetzt direkt über ihnen. Aufgrund des Schneegestöbers war ein großer Teil des Hauses immer noch nicht zu sehen, aber seine erste Vermutung schien richtig gewesen zu sein. Es hatte in etwa die Größe einer alten Scheune, doch die Fenster – vor allem die beiden Erkerfenster an der Vorderseite – waren zwar Stabwerkfenster, aber ziemlich sicher erst vor Kurzem eingebaut worden. Das milde Licht, das durch sie nach draußen fiel, wirkte sehr behaglich.

»Na los«, sagte er, löste seinen Gurt und zog den Reißverschluss seines Anoraks zu.

Er schaltete den Motor aus, und sie stiegen aus dem Wagen. Im ersten Moment nahm der Wind ihnen den Atem, er war eisig und scharf und kam direkt vom Nordpol. Schneeflocken flogen ihnen ins Gesicht wie ein Schwarm Motten, während sie sich eine lange Treppe hinaufkämpften, deren Stufen jeweils etliche Zentimeter tief waren, was das Gehen auf ihnen zu einer tückischen Angelegenheit machte.

Oben angelangt, gingen sie auf einem kurzen Pfad weiter, der nur als eine leicht eingesunkene gerade Linie im Schnee zu erkennen war, bis sie die Haustür erreichten. Sie war beeindruckend hoch und breit, über dem Sturz befand sich ein gemeißelter Ziergiebel, auf dem ein Sonnensymbol dargestellt zu sein schien, vor dem ein Baum wuchs. Die Tür selbst war aus solider Eiche und mit einem großen Messingtürklopfer versehen.

»Was für ein prächtiges Anwesen«, staunte Arthur. »Kaum zu glauben, dass hier mitten in der Einsamkeit von Derbyshire so ein Haus steht.«

Er langte nach dem Klopfer, doch in dem Moment, in dem er ihn berührte, ging die knarrende Tür auch schon auf.

Sie blickten auf einen gewölbten steinernen Gang mit niedrigen hölzernen Deckenbalken. Er mündete in eine Treppe mit vier breiten Stufen, die zu einem Wohnbereich hinaufführten. Dort oben flackerte ein rosenrotes Feuer, und ein angenehmer Geruch stieg ihnen in die Nase: eine Kombination aus Orangen und Zimt und noch etwas anderem – frischen Zweigen. Tatsächlich waren die Balken im Eingangsbereich weihnachtlich mit Efeuranken und Stechpalmenzweigen geschmückt. Das einzige Geräusch, das sie vernahmen, war das ferne Knistern von Flammen.

Arthur fand die Atmosphäre, die das Haus verströmte, sehr einladend, aber Gabby war anderer Meinung.

Seltsamerweise zerrte sie an seinem Arm und versuchte, ihn wegzuziehen. »Wir sollten wieder gehen, Daddy. Sofort.«

Er sah zu ihr hinab, und ihre besorgt gerunzelte Stirn verblüffte ihn. »Was hast du denn?«

»Es ist das *versauberte* Haus, ganz sicher«, erwiderte sie.

»Was?«

»Es kam in dem Buch vor, das du mir geschenkt hast. Dort heißt es, draußen im Moor, wenn sich Menschen verirren, taucht das *versauberte* Haus auf, und die Leute gehen hinein und glauben, dass sie in Sicherheit sind. Aber dann verschwindet es, und die Menschen, die reingegangen sind, auch. Und niemand sieht sie jemals wieder.«

Arthur lachte in sich hinein und klopfte mit seinen Fingerknöcheln an den Türpfosten. »Schatz, das ist kein verzaubertes Haus. Sieh doch, es ist so echt und solide wie du und ich.«

»Das heißt gar nichts. So ein Haus muss echt aussehen, um Menschen in die Falle zu locken.«

»Jetzt sei nicht albern.«

»Ich bin nicht albern.«

»Sieh mal, Gabby, ich finde es zwar wirklich gut, wenn du an den Weihnachtsmann glaubst, aber du musst auch realistisch sein. Das hier ist kein verzaubertes Haus, und selbst wenn es eins wäre – ich will doch nur nach dem Weg fragen. Wir haben uns offenbar verfahren und können nicht einfach blind dieser Straße folgen. Am Ende bleiben wir noch stecken. Okay?«

Sie sahen einander mit ernsten Mienen an, bis Gabby schließlich widerstrebend nickte.

»Als gut, dann komm.«

»Warte«, sagte sie plötzlich. »Warum ist die Tür offen? Haben die Bewohner keine Angst vor Einbrechern?«

»Ich glaube nicht, dass sich hier oben in dieser Einsamkeit viele Einbrecher herumtreiben«, erwiderte Arthur. Er schauderte, als eine weitere Windböe an ihnen vorbeifegte und ihre Schultern mit federgroßen Schneeflocken bedeckte. »Komm, Gabby – lass uns reingehen, wir holen uns hier draußen den Tod.«

Gabby wirkte wieder beunruhigt, sogar regelrecht verängstigt. »Wir dürfen nicht einfach in das Haus gehen.«

»Ich habe dir doch erklärt, dass ich nur fragen möchte, wo wir hier gelandet sind.« Diesmal war er energischer, nahm sie bei der Hand und zog sie mit ins Haus, ob es ihr gefiel oder nicht. »Hallo?«, rief er laut, während sie den Flur entlanggingen. »Ist hier jemand?«

Sie stiegen die Stufen hinauf und gelangten in den Wohnbereich. Er war sehr geräumig, und in ihm war es herrlich warm. Auch dort gab es Deckenbalken, der Fußboden war aus glatt lackierten Holzdielen, in der Mitte lag ein gewebter Teppich, auf dem eine in Grün- und Goldtönen gehaltene Waldszene dargestellt war. Am hinteren Ende des Raums befand sich ein riesiger gemauerter Kamin mit einem großen Feuerraum, in dem Holzscheite aufgeschichtet waren, die von den Flammen beleckt wurden und zischten und fauchten. An den Seiten des Kamins standen jeweils ein tiefer roter Ledersessel, weiter hinten ein ledernes Sofa. Letzteres war zu einer Wand hin ausgerichtet, an der ein Breitbild-Plasmafernseher aufgehängt war, der momentan ausgeschaltet war. Die Vorhänge vor den beiden Erkerfenstern waren zurückgezogen und gaben den Blick auf das draußen tobende Schneetreiben frei, wobei vor einem der Fenster eine hohe Rottanne stand, die mit künstlichem Schnee und geschmackvollen weißen Verzierungen geschmückt war: Sternen, Eiszapfen und anderen winterlichen Symbolen.

Auch das Wohnzimmer war mit immergrünen Zweigen geschmückt. Sie waren nicht nur um die Dachbalken gewickelt worden, sondern zierten auch den Kaminsims und steckten hinter den Gardinenstangen und dem Fernseher. Auf einer mit kunstvollen Schnitzarbeiten verzierten Anrichte stand eine angezündete Kerze inmitten eines üppig drapierten Bergs aus Feigen, Äpfeln und Kastanien.

Trotz des heimeligen Ambientes schreckte Gabby erneut zurück. »Daddy, lass uns von hier verschwinden.«

Arthur glaubte zu verstehen, warum seine Tochter Angst hatte. Die Atmosphäre in dem Raum hatte irgendwie etwas Germanisches und erinnerte Gabby wahrscheinlich an all die Darstellungen des Hexenhauses aus dem Märchen von Hänsel und Gretel, die sie je gesehen hatte, nur ohne die Leckereien.

»Es ist auf jeden Fall das *versauberte* Haus«, quengelte sie.

Arthur lachte. »Versuch doch mal, das Wort richtig auszusprechen. Es heißt ›verzaubert‹, nicht ›*versaubert*‹.«

»Ich habe ›*versaubert*‹ gesagt.«

Arthur ging in die Hocke, sowohl um seine Tochter zu beruhigen als auch um sie zu belehren. »Nein, überleg doch mal, wie man das Wort schreibt: v e r z a u b e r t.«

»Es sieht anders aus als das in meinem Buch.«

»Ich weiß, aber so sollte es zumindest buchstabiert und ausgesprochen werden. Außerdem ist es ein altes, geheimnisvolles Wort.«

»Kann ich Ihnen weiterhelfen?«, fragte jemand kurz angebunden.

Arthur richtete sich abrupt auf, Gabby versteckte sich hinter ihm.

Vor ihnen stand eine Frau, die eindeutig gerade ein Bad genommen oder geduscht hatte. Sie war barfuß, trug einen seidenen grünen Hausmantel, der vorne zusammengebunden war, und war gerade dabei, sich ihr langes, glänzendes, schwarzes Haar mit einem Handtuch trocken zu rubbeln. Sie war hübsch und wohlgeformt, vermutlich Anfang dreißig, und ihrem zugleich verblüfften, aber auch verärgerten Gesichtsausdruck nach zu urteilen, bestimmt himmelweit von der feenartigen Gestalt entfernt, mit der Gabby gerechnet hatte. Vielmehr spürte Arthur, dass der Anblick dieser absolut normalen Frau dafür sorgte, dass seine Tochter sich entspannte. Jedenfalls trat sie wieder hinter ihm hervor.

»Es tut mir furchtbar leid«, sagte er. »Ich wollte wirklich nicht einfach so hier eindringen, aber die Tür stand offen.«

»Und?« Die Frau schien immer noch alles andere als erfreut.

»Äh, tja, entschuldigen Sie...mein Name ist Crook, Arthur Crook.« Er hielt ihr eine Hand hin, die sie jedoch ignorierte. »Und das ist meine Tochter Gabby. Wir...äh...«

»Wir haben uns verfahren«, meldete Gabby sich zu Wort.

»Oh.« Der Gesichtsausdruck der Frau wurde etwas weicher.

Arthur rang sich ein Lächeln ab. »Das passiert hier oben bestimmt häufiger, oder?«

»Na ja«, entgegnete die Frau. »Dass jemand *so* weit vom Weg abkommt wie Sie, erleben wir nicht gerade alle Tage. Wir bilden uns eigentlich ein, ziemlich abgeschieden zu wohnen.«

»Ich muss gestehen – es war eine lange Fahrt. Und dann hat sich das Wetter verschlechtert.«

»Wohin wollen Sie denn?«

»Nach Sheffield«, antwortete Gabby. »Wir fahren zu meiner Tante.«

»Ach ja?« Jetzt lächelte die Frau. »Dann wird es aber spät werden. Nach Sheffield geht es da lang«, sagte sie und zeigte nicht in die Richtung, in die sie gefahren waren, sondern genau in die entgegengesetzte. »Es sind mindestens vierzig Kilometer.«

»Oh«, entfuhr es Arthur, und er dachte mit Schrecken an das heftige Schneetreiben.

»Irgendetwas sagt mir, dass Sie es heute Abend nicht mehr bis dorthin schaffen«, fügte die Frau hinzu.

»Ja«, gab er zu. »Ich sollte wohl besser meine Schwester informieren.« Aber es widerstrebte ihm, wieder nach draußen zu gehen und sein Handy anzuschalten. Allein der Gedanke an die wütenden Nachrichten auf seiner Mailbox, die auf ihn einprasseln würden, ließ ihn erschaudern. »Wäre es vielleicht möglich, dass ich Ihr...«

»Sie möchten unser Telefon benutzen? Tut mir leid, wir haben keins.«

»Ah, okay, entschuldigen Sie bitte die Störung. Dann fahren wir wohl am besten einfach zurück.«

»Zurückzufahren ist vielleicht auch nicht die Lösung«, stellte die Frau klar. Sie ging an ihnen vorbei, huschte leichtfüßig die Treppe hinunter und schloss die Haustür. »Jedenfalls nicht, wenn Sie mit ›zurückfahren‹ meinen, dass Sie zur A57 zurückfahren wollen. Von dort sind Sie doch vermutlich gekommen, oder?«

»Äh, ja, das stimmt.«

»Tja, bei Wetterbedingungen wie diesen ist die Strecke zwischen hier und der A57 oft unpassierbar.«

Arthur fühlte sich zusehends unbehaglich. Er wusste nicht, was er noch sagen sollte.

»Vielleicht schicken sie irgendwann mal einen Schneepflug hoch«, fuhr die Frau fort und kam zurück ins Wohnzimmer. »Aus Edale. Aber es gibt keine Garantie. Manchmal, wenn das Wetter unerwartet umschlägt, kommt jedenfalls einer. Vermutlich, weil die Bezirksverwaltung nicht so gut dastünde, wenn hier oben zu viele Leute festsitzen und erfrieren würden.«

»Stimmt, das sähe wohl nicht so gut aus.«

»Warum bleiben Sie nicht einfach hier? Ziehen Sie Ihre Jacken aus, und setzen Sie sich an den Kamin. Ich werde Sie doch wohl kaum rausschmeißen, oder?«

»Das ist wirklich sehr nett von Ihnen... wo wir doch einfach ungebeten bei Ihnen hereingeschneit sind.«

»Keine Sorge.« Sie nahm Gabbys Strickmantel und seinen Anorak entgegen. »Fühlen Sie sich wie zu Hause. Ich bin sofort zurück.«

Sie folgten ihrer Aufforderung, allerdings waren sie angesichts der abrupten Wende der Situation immer noch ein bisschen perplex. Als die Frau zurückkehrte, hätte Arthur eigentlich erwartet, dass sie sich etwas anderes angezogen hätte, doch sie war lediglich in ein Paar goldene, vorne hochgebogene Hausschuhe im persischen Stil geschlüpft. Davon abgesehen trug sie immer noch ihren hauchdünnen grünen Hausmantel, der ihre Rundungen an den richtigen Stellen betonte. Wie Arthur jetzt bewusst wurde, war sie sehr hübsch – genau genommen war sie mit ihren feinen Wangenknochen, ihren strahlenden blauen Augen und ihrem glänzenden schwarzen Haar sogar atemberaubend schön. Außerdem erwies sie sich als die perfekte Gastgeberin.

Sie stellte ein Tablett auf einem Beistelltisch ab und reichte Gabby eine große Tasse mit heißer Schokolade. »Das wird dich aufwärmen«, sagte sie lächelnd. Auf dem Tablett stand außerdem eine reich verzierte silberne Teekanne, aus der sie eine dunkle, dampfende Flüssigkeit in einen hohen Kelch schenkte, den sie Arthur reichte. »Meine eigene Weihnachtskreation«, erklärte sie ihm. »Jakobs-Greiskraut-Tee. Aber keine Sorge. Er ist nicht wirklich aus Jakobs-Greiskraut, wir nennen ihn nur im Scherz so. Es ist Rotwein mit Apfel, Jasmin und Zimt. Am besten trinkt man ihn dampfend heiß.«

Arthur probierte, und auch wenn das Getränk in der Tat dampfend heiß war – so heiß, dass er beim ersten Schluck zusammenzuckte –, musste er zugeben, das es köstlich war.

»Soll ich Ihnen etwas zu essen bringen?«, fragte die Frau.

»Oh, das können wir wirklich nicht annehmen«, entgegnete Arthur.

»Es macht überhaupt keine Umstände. Wir bekommen hier oben nicht oft die Gelegenheit, Gäste zu bewirten.« Mit diesen Worten war sie wieder weg, vermutlich auf dem Weg zurück in die Küche.

»Dieser Weihnachtsschmuck ist wunderschön«, stellte Gabby fest. Ein schmaler Schokoladenbart zierte ihre Oberlippe. »Wann hängen wir denn unseren auf, Daddy?«

»Keine Ahnung. Ich weiß noch nicht, was wir machen.« Und wenn er ehrlich war, machte er sich darum im Moment auch keine Gedanken. Das Zimmer war heimelig und warm, er saß gemütlich am Kamin, und der Greiskraut-Tee – auch wenn es sich in Wahrheit um Glühwein mit Schuss handelte – ging ihm runter wie ein Göttertrank.

»Oh«, entfuhr es Gabby. »Es gibt gar keine *Sauberlichter*... ich meine *Zauber*lichter.«

»So klingt es besser.«

»Und auch kein Lametta. Warum nicht?«

»Keine Ahnung.« Er zuckte mit den Achseln und ließ seinen Blick über die zu prachtvollen Girlanden gebundenen und mit Beeren und Tannenzapfen verzierten Zweige schweifen. Sie glitzerten in jedem Winkel des Raums und verströmten einen intensiven, berauschenden Duft. »Es ist alles so grün und frisch. Vielleicht leben diese Leute deshalb hier oben in der Einsamkeit.«

»Meinst du, sie sind Naturschützer?«

Arthur sah seine Tochter an. »Woher kennst du dieses Wort?«

»Wir haben in der Schule darüber gesprochen. Mrs Higgins, die Lehrerin der dritten Klasse, hat gesagt, dass wir die Zukunft unseres Planeten sind und dass es unsere Aufgabe ist, ihn wieder mit der Natur in Einklang zu bringen.«

»Das klingt so, als ob die Lehrerin wüsste, wovon sie spricht«, sagte die Stimme der Frau, die in diesem Moment mit einem Tablett mit etwas zu essen zurückkam.

»Du meine Güte!«, brachte Arthur stammelnd hervor, als sie es vor ihnen abstellte.

»Hoffentlich mögen Sie es«, sagte die Frau. »Es gibt Lauch mit heißer Butter, gegrillte Würstchen mit Kirsch-Senf-Relish und Cheddar-Cranberry-Wedges mit Keksen. Ah, und das ist ein Blauschimmelkäse mit Zwiebel-Chutney, falls Sie nicht gerne Süßes essen.«

»Haben Sie das alles gerade zubereitet?«, fragte Arthur. »Für *uns*?«

»Es sind doch nur ein paar Kleinigkeiten.«

»Ein paar Kleinigkeiten?«

»Es hat mir wirklich keine Umstände bereitet. Nur zu, lassen Sie es sich schmecken.« Mit diesen Worten ging sie zurück in die Küche und nahm Gabbys leere Tasse mit.

Arthur sah ihr hinterher. »Sie erinnert mich an Nigella Lawson.«

»An wen?«, fragte Gabby.

»Kennst du sie nicht – die Fernsehköchin und Küchengöttin?«

»Nein.«

»Dann vergiss es.«

Sie fielen hungrig über die Speisen her und fanden alles köstlich. Als sie fertig waren, kam die Frau zurück, um abzuräumen, doch bevor sie damit anfing, schenkte sie Arthur noch einmal von dem Greiskraut-Tee nach. Von seinem Einwand, dass er genug getrunken habe, wollte sie nichts wissen.

Obwohl Arthur nicht sicher war, ob so ein Wesen je existiert hatte, sehnte er sich seit Langem danach, die Zeit zurückdrehen zu können in jene längst vergangene Ära, in der die perfekte Ehefrau eines Mannes nicht nur eine exzellente Köchin und Haushälterin gewesen war, sondern zugleich auch noch wunderschön und verführerisch. Ihre Gastgeberin erfüllte vor allem Letzteres in beeindruckender Weise. Sie trug immer noch diesen eng anliegenden grünen Hausmantel, unter dem sie ziemlich sicher nackt war. Während sie das Geschirr abräumte, gewährte sie ihm ständig tiefe Blicke in ihr Dekolleté und auf ihre Oberschenkel. Ihr Haar fiel in glänzenden schwarzen Locken über ihre Schultern, ihre Augen funkelten, ihre Lippen leuchteten. All das reichte aus, um ihn bedauern zu lassen, dass er Moira je begegnet war, ganz zu schweigen davon, dass er sie auch noch geheiratet hatte. Sie war ebenfalls durchaus eine attraktive Frau und legte immer Wert darauf, gut auszusehen. Aber bei ihr drehte sich alles einzig und allein um die Karriere, alles lief darauf hinaus, zu dominieren und andere zu unterwerfen. Sie war eine strenge Schönheit, aber auch eine kalte – sie waren schon seit Jahren nicht mehr intim miteinander. Seitdem Moira ihre Tochter hatte, war es fast so, als ob sie mit derartigen Frivolitäten abgeschlossen hatte. Und das Kochen hatte sie auch schon seit Langem aufgegeben. Heutzutage speisten sie eher in Restaurants, in denen sie das Essen mit aller Regelmäßigkeit zurückgehen ließ und die Kellner zusammenstauchte, da sie angeblich zu lange gebraucht hatten.

»Glaubst du, sie ist verheiratet?«, fragte Gabby, als die Frau ihr benutztes Geschirr wegbrachte.

»Woher soll ich das wissen?« Arthur nahm noch einen Schluck von dem Greiskraut-Tee. Er stieg ihm in den Kopf und war süß, sorgte jedoch dafür, dass er sich unheimlich entspannt fühlte.

»Sie hat ein paarmal ›wir‹ und ›unser‹ gesagt.«

»Ja, das stimmt.« Es fiel ihm schwer, sich von dieser Erkenntnis nicht herunterziehen zu lassen.

»Vielleicht ist ihr Mann noch nicht von der Arbeit zurück«, sagte Gabby. »Normalerweise wärt du und Mummy um diese Zeit ja auch noch bei der Arbeit.«

Arthur antwortete darauf nicht. Ihre Bemerkung erinnerte ihn in unangenehmer Weise daran, wie er gegen Mittag bei der Tagesmutter angerufen und Gabby ohne vorherige Absprache abgeholt hatte. Die Tagesmutter, eine dünne Frau mittleren Alters mit verkniffenen Gesichtszügen, war sehr misstrauisch gewesen. Sie hatte beinahe so gewirkt, als ob Moira sie bereits im Voraus dahingehend unterwiesen hatte, das Kind dem Vater besser nicht anzuvertrauen. Aber das spielte jetzt sowieso keine Rolle mehr. Er ließ seinen Blick zum Fenster wandern, wo der Schnee sich in den Ecken jeder einzelnen Stabwerkscheibe sammelte – eine Szenerie wie aus einem Dickens-Roman.

»Wenn er noch bei der Arbeit ist, wird er heute Abend nicht mehr nach Hause kommen«, stellte Arthur fest.

Und das war ein erfreulicher Gedanke – der ihn jedoch ziemlich erschreckte. Er starrte die dunkle Flüssigkeit an, die in seinem Kelch umherwirbelte. Offenbar machte ihn das Zeug betrunken.

Es vergingen einige Augenblicke, in denen Arthur weiter an

seinem Getränk nippte und Gabby im Zimmer umherging und sich die vielen erlesenen Möbel und Einrichtungsgegenstände ansah, bevor sie sich schließlich auf Knien vor dem Kamin niederließ. Wie die meisten Kinder, die von zu Hause kein Kaminfeuer kannten, war sie fasziniert von den tanzenden Flammen.

»Ich sollte mich vielleicht vorstellen«, ertönte die Stimme ihrer Gastgeberin. Vater und Tochter drehten sich um. Sie hatten nicht bemerkt, dass die Frau zurückgekommen war und jetzt in einem der Sessel saß. »Ich bin Phoebe.«

»Das ist... ein schöner Name«, entgegnete Arthur leicht lallend.

Sie lachte. »Ich hasse ihn. Mir fallen sofort drei oder vier andere Namen ein, die mir lieber wären. Und Sie heißen Arthur, sagten Sie?«

»Äh... ja.«

»Ich wusste gar nicht, dass es heutzutage noch Männer gibt, die Arthur heißen.«

»Meine Familie war immer ein bisschen altmodisch.«

»Na ja, gegen den Namen ist ja nichts einzuwenden. Arthur ist ein starker Name, der Name eines Helden.«

»Dann sollte ich wohl nicht so heißen, fürchte ich.«

»Nein?«

»Ich bin kein Kämpfer. Ich tauge nicht für Konfrontationen, ganz und gar nicht.«

»Immerhin waren Sie mutig genug, hier hochzufahren.«

»Das war nicht mutig, sondern dumm. Wer weiß, wo Gabby und ich jetzt wären, wenn wir nicht auf Sie gestoßen wären.«

Sie wandte ihren Blick dem Mädchen zu. »Gabby ist wirklich süß.«

Gabby, die immer noch am Kamin kniete, hörte erkennbar zu, sagte jedoch nichts.

»Wir sind nur deshalb hier gelandet, weil wir vor etwas weglaufen«, gestand Arthur. »Oder besser gesagt... weil *ich* vor etwas weglaufe.«

»Ich wollte nicht neugierig sein«, entgegnete Phoebe. »Sie brauchen mir nicht Ihr Herz auszuschütten.«

»Ist schon in Ordnung. Warum nicht?« Er nahm einen weiteren Schluck von seinem Greiskraut-Getränk, diesmal einen großen. »Sie finden Gabby süß? Das ist sie wirklich, aber früher war auch mal ihre Mutter süß.«

»Aha, verstehe.«

»Das glaube ich kaum.« Er schüttelte den Kopf, der inzwischen reichlich benebelt war. »Ich nehme an, Phoebe, dass Sie zu den Leuten gehören, die glauben, dass nur Frauen in einer Beziehung gefangen sein können, in der sie schlecht behandelt werden. Habe ich recht?«

»Nein. Ich glaube, dass sowohl Männer als auch Frauen Opfer sein können. Ich *weiß* sogar, dass es so sein kann.«

»Ich will Ihnen was sagen, Phoebe«, sagte er und gestikulierte dabei so heftig, dass er sich eine Ladung von seinem Getränk vorne über sein Hemd kippte. »Meine Frau – o mein Gott, ich klinge wie ein Komiker aus den 1970er-Jahren, oder? –, also, meine Frau wird von einem inneren Motor angetrieben. Sie ist total ehrgeizig. Verstehen Sie, was ich meine?«

»Ja.«

»Alles muss nach ihrem Plan laufen. Und wehe, nicht. Beziehungsweise wehe mir. Denn *ich* bin ja normalerweise derjenige, an dem sie ihren Zorn auslässt.«

»Und warum verlassen Sie sie nicht?«

»Das tue ich ja gerade. Meine Güte, ich weiß auch nicht, warum ich Ihnen das alles erzähle. Sie müssen mich ja für einen furchtbaren Langweiler halten. Ist der Schneepflug schon in Sicht?«

Er ließ seinen Blick zu dem nächsten Fenster schweifen, aber der Raum schwamm jetzt vor seinen Augen, er fühlte sich wie betäubt. Als er es schließlich schaffte, sich auf das Fenster zu konzentrieren, sah er nichts als Schnee, der sich auf die Scheiben legte. Und dahinter Millionen von Schneeflocken, die unaufhörlich durch den Wind stoben.

»Wie ich bereits sagte«, entgegnete Phoebe, »vielleicht kommt er gar nicht.«

Darauf entgegnete Arthur nichts. Stattdessen wollte er sich noch einen Schluck genehmigen, musste jedoch feststellen, dass sein Kelch leer war. Er hob die silberne Teekanne an, aber auch diese war leer.

»Sie sind erstaunlich nett zu uns gewesen«, stellte er fest. »Wenn meine Frau an Ihrer Stelle gewesen wäre und jemand wäre bei ihr aufgekreuzt wie wir heute Abend bei Ihnen – tja, dieser Jemand wäre vor der Tür stehen geblieben. Nicht, dass sie grundsätzlich unfreundlich ist. Sie *kann* auch nett sein, sie kann sogar sehr nett sein … aber wenn nicht alles nach ihrem Wunsch läuft, tja dann …« Er wedelte mit seiner Hand, als ob diese Geste alles Weitere besagte.

»Sie sitzen auf dem Trockenen«, stellte Phoebe fest. »Soll ich Ihnen noch etwas holen?«

»Besser nicht. Dann kann ich nicht mehr Auto fahren.«

Sie ignorierte den Einwand und nahm seinen Kelch. »Wenn Sie hier oben jemandem definitiv nicht begegnen werden, dann der Polizei.«

»Das glaube ich gern. Wenn man sie braucht, ist sie nie da.«

Sie schwebte davon. Arthur legte den Kopf zurück und wollte gerade die Augen schließen, doch in dem Moment spürte er, dass Gabby an seinem Ärmel zupfte.

»Daddy, gehen wir bald?«

»Wir sind doch gerade erst angekommen.«

»Nein, das stimmt nicht. Wir sind schon seit einer Ewigkeit hier.«

»Wir können jetzt nicht einfach gehen. Die Frau ist sehr nett zu uns.«

»Aber wir kennen sie doch gar nicht.« Das Kind wirkte besorgt. »Und du erzählst ihr jede Menge Dinge über Mummy und dich. Dinge, die du nicht sagen solltest.«

»Wir werden sie sehr wahrscheinlich nie wiedersehen. Was macht das also schon?«

»Können wir jetzt nicht einfach gehen?«

»Nein.«

»Mir gefällt es hier nicht.« Ein wimmernder Tonfall hatte sich in ihre Stimme geschlichen.

»Warum denn nicht? Es ist doch so gemütlich …«

»Es fühlt sich falsch an. Wir sollten da draußen sein und versuchen, den Weg zu Tante Lucy zu finden.«

Doch inzwischen war Phoebe zurückgekehrt. »Sieh mal, Gabby. Hier ist jemand, mit dem du vielleicht spielen magst.«

Sie hielt ein kleines Tier in den Armen. Im ersten Moment war Arthur verblüfft. Es sah aus wie ein pinkfarbenes Wollknäuel mit großen, langwimprigen Augen. Doch dann sah er, dass es ein Pudel war, und zwar ein sehr junger. Gabby jauchzte vor Freude. Phoebe setzte den kleinen Hund auf dem Boden ab. Er trottete, ohne zu zögern, durch den Raum und ließ sich von Gabby streicheln.

»Sie heißt Pupperkin«, sagte Phoebe. »Nimm sie mit rüber zum Kamin. Das ist ihr Lieblingsplatz.«

»Komm, Pupperkin«, flüsterte Gabby ihr liebevoll zu und ging zurück in die Richtung des knisternden Feuers.

Die kleine Hündin folgte ihr gehorsam. Arthur starrte sie an. Er hatte schon so einige grotesk aussehende Hunde in seinem Leben gesehen, aber dieser war die Krönung. Die Haare der Hündin waren gefärbt und absurd frisiert. Sie ähnelte einem großen pinkfarbenen Bovist auf Beinen – Beinen, die komplett rasiert waren, sodass sie aussahen wie gegliederte Spindeln. Aber sie schien bestens gelaunt zu sein. Ihr Schwanz, der bis auf die dicke Fellkugel an der Spitze ebenfalls rasiert war, wedelte vor Freude, als Gabby sich hinsetzte und sie knuddelte.

»Kinder lassen sich so herrlich leicht ablenken«, bemerkte Phoebe.

Arthur nickte weise. Dann redete er weiter über Moira.

Vielleicht lag es daran, dass er betrunken war, was in letzter Zeit nicht allzu häufig passierte, ohne dass er dafür beschimpft wurde.

Vielleicht wiegte er sich auch nur in der Sicherheit, sich endlich all den Schmerz und Groll von der Seele reden zu können, der sich über die Jahre angesammelt hatte, ohne befürchten zu müssen, dass alles, was er sagte, bei seinem tyrannischen Eheweib landete. Aber wie auch immer, er empfand es jedenfalls als eine enorme Erleichterung, alles mal loszuwerden: wie Moira ihn gnadenlos niedermachte; wie sie seine Meinung grundsätzlich kritisierte, egal, worum es ging; dass ihr nie irgendetwas gut genug war – ihr Sitzplatz im Zug oder im Flugzeug, der Tisch im Restaurant, das Urlaubsziel – und dass sie beinahe ausnahmslos ihm die Schuld daran gab, weil *er* die Buchung vorgenommen hatte. Natürlich war er nicht der Einzige, der das Ziel ihrer Tiraden war. Niemand war vor Moiras böser Zunge gefeit, jeder bekam sein Fett ab: Taxifahrer, Hoteliers, Verkäuferinnen, Rezeptionisten, Bankangestellte, Boten, Gärtner, Mechaniker und absolut jeder, der in der Hierarchie ihres Unternehmens unter ihr stand, egal, in welch angesehener Position sich der oder die Zurechtgewiesene auch befinden mochte. Natürlich war auch dies für ihn eine Leidensquelle, denn es war quälend peinlich für ihn, hilflos danebenstehen und zusehen zu müssen, wie sie ein Gezeter nach dem anderen veranstaltete, und nur mit den Schultern zucken zu können, wenn die zusammengestauchte Person ihren gedemütigten Blick schließlich hilfesuchend ihm zuwandte.

»Sie haben es eindeutig nicht verdient, so eine Frau ertragen zu müssen, Arthur«, stellte Phoebe fest und schenkte ihm einen weiteren Kelch von dem Greiskraut-Tee ein. »Aber ganz egal, was Sie auch sagen, für mich *sind* Sie ein Held. Schon allein deshalb, weil Sie so viel Boshaftigkeit von jemandem erdulden, den Sie lieben. Wenn Sie König Artus wären, wäre diese Frau für Sie ganz offenkundig Morgan le Fay und nicht Guinevere. Und das ist ganz und gar falsch.«

»Wenn ich etwas Besseres verdient hätte, Phoebe, dann hätte ich es inzwischen wohl. Aber ich habe überhaupt nichts. Ich bin ein Loser.«

»Sie sind unterdrückt worden, das ist alles. Sie sollten sich befreien.«

Er genehmigte sich noch einen Schluck, obwohl er wusste, dass er seine Sinne dadurch benebelte und nicht mehr klar denken konnte. »Selbst wenn ich das täte – was hält die Welt denn schon noch für mich bereit? Ich bin über vierzig, verdammt! Entschuldigen Sie bitte, normalerweise fluche ich nicht ...«

»Keine Sorge, so zimperlich bin ich nicht.«

Er wandte sich ihr zu und bemerkte jetzt erst, dass sie neben ihm saß. Sie hatte die Beine übereinandergeschlagen, ihr Hausmantel hatte sich geöffnet und offenbarte einen großen Teil ihrer makellosen, glatten, cremefarbenen Oberschenkel. Sie sah ihn intensiv an. Aus dieser Nähe waren ihre Augen wie schillernde blaue Gewässer, tief und mystisch.

»Und ich kann Ihnen auch nicht zustimmen, dass das Leben nichts mehr für Sie bereithält«, sagte sie mit sanfter Stimme. »Es gibt viele Möglichkeiten, wie ein Mann wie Sie sich nützlich machen kann. Aber Sie müssen es *wollen*. Sie müssen selber aus freien Stücken aktiv werden. Verstehen Sie, was ich meine?«

»Ich will es ja«, sagte er.

»Wirklich?« Sie schien überraschend erfreut.

»Na ja, also ...«, stammelte Arthur und war wieder einmal in der für ihn so typischen Weise unentschlossen, »... wenn ich ehrlich bin, weiß ich nicht wirklich, was ich eigentlich will.«

»Verstehe.«

Da er spürte, dass er sie irgendwie enttäuscht hatte, bemühte er sich um eine Erklärung. »Natürlich möchte ich ein anderes Leben leben. Das ist ganz klar. Das Problem ist nur ... ich sehe nicht, dass dies passieren wird.«

»Die Frage ist nicht, ob es passieren wird, sondern ob Sie *wollen*, dass es passiert.«

»Ich, äh ...« Er nahm noch einen Schluck von seinem Getränk, das auf einmal viel kälter zu sein schien. »Ich bin hin- und hergerissen.«

»Hin- und hergerissen?« Ihr Gesichtsausdruck verriet, dass ihr allein die Vorstellung, sich nicht entscheiden zu können, zuwider war.

»Ja.«

»Und dabei bleiben Sie?«

»Tja … ich fürchte ja.«

Plötzlich ertönte ein Schmerzensschrei, und Gabby sprang auf.

»Sie hat mich gebissen«, rief sie den Tränen nahe und umfasste einen Finger ihrer linken Hand. »Pupperkin hat mich einfach gebissen.«

»Oje«, sagte Phoebe. »Das ist aber ungewöhnlich.« Sie stand auf und hob den Hund hoch. »Ich bringe sie weg.«

»Was … was ist los?«, fragte Arthur. »Der Hund hat dich gebissen?«

»Ja, sieh nur.« Gabby durchquerte den Raum und kam mit schmerzverzerrtem Gesicht zu ihm.

Er beugte sich vor, und in dem Moment wurden ihm die Knie weich. Er krachte auf den Boden und war vorübergehend außer Gefecht gesetzt.

»Daddy, was hast du?« Gabby klang nicht mehr nur erschrocken, sondern ernsthaft verängstigt. »Daddy, was ist denn mit dir?«

»Keine Ahnung …« Und er wusste es wirklich nicht. Der Raum drehte sich. Er versuchte, auf allen vieren vorwärtszukrabbeln, aber der bloße Akt, eine Hand vor die andere zu setzen, verwirrte und überforderte ihn.

Plötzlich wurde der Raum in grelles Licht getaucht.

»Da ist jemand!«, rief Gabby.

»Was ist … wer denn?« Quälend langsam wandte er den Kopf zu ihr um. Gabby sprang aufgeregt umher. »Was … was ist denn?«

»Ich habe gesagt, dass da jemand ist!«

Benommen blickte er in die andere Richtung. Weder von ihrer Gastgeberin noch von ihrem verflixten Hund war etwas zu sehen. Aber es schien in dem Raum auch keine nach draußen führende Tür zu geben, durch die sie hätte hinausgehen können. Während er weiter durch den Raum spähte, verlor er das Gleichgewicht und fiel auf den Rücken. Er war definitiv betrunken.

Gabby entfernte sich aus seinem Sichtfeld; sie ging in Richtung Haustür. »Ich hole Hilfe«, rief sie.

»Nein … warte!«, stammelte er. »Rede mit Phoebe.«

»Ich will nicht mit Phoebe reden. Da draußen ist jemand, und ich werde um Hilfe bitten.«

»Gabby …«

Aber sie war schon weg. Wo war sie hin? Und zu wem?

So verrückt es auch klingen mochte – Arthur hatte die quälende, albtraumhafte Vision, dass es Moira sein könnte, die da draußen aufgetaucht war. Er rollte wieder auf den Bauch und versuchte, sich auf alle viere hochzurappeln. »Ph-Phoebe?«

Keine Antwort. Es war überhaupt kein Geräusch im Haus zu hören. Und dann hörte er draußen Stimmen. Die Haustür war geöffnet worden, und er konnte die Stimmen zwischen den Windböen hören.

»Sie müssen uns helfen«, bat Gabby.

»In welche Richtung ist er denn gegangen?«, fragte eine Männerstimme.

»Er ist da drinnen. Sie müssen ihm helfen.«

»Ich habe drinnen nachgesehen. Da ist niemand.«

»Ich meine nicht das Auto.«

»Gabby!«, rief Arthur. Der Gedanke, dass sie da draußen allein in Gesellschaft eines fremden Mannes auf dieser einsamen Straße war, trieb ihn zu noch größerer Anstrengung an. Der Raum verschwamm wieder vor seinen Augen, doch er streckte die Hand aus und bekam die Tischkante zu fassen. Er zog sich in seinem benebelten Zustand daran hoch und stand schließlich auf den Füßen. Der Wind ließ wieder nach.

»Aber ich will nicht ohne ihn gehen«, sagte Gabby.

»Ich kann dich nicht alleine hier zurücklassen.«

»Mummy hat gesagt, dass ich nie mit fremden Männern mitfahren darf.«

»Das verstehe ich ja, aber wenn du hierbleibst, wirst du sterben.«

»Was ist mit meinem Daddy?«

»Da kann ich nichts tun.«

»Gabby…«

Während Arthur lallend nach seiner Tochter rief, taumelte er durch das Wohnzimmer auf die Treppe zu. Die paar Stufen nach unten waren eine einzige Qual. Er schwankte heftig und verlor mehrmals beinahe das Gleichgewicht. Doch wie durch ein Wunder schaffte er es auf den Flur, und dann sah er vor sich die offen stehende Haustür. Während er sich der Tür näherte, peitschte ihm der Wind ins Gesicht. Nach der Wärme im Haus fühlte der Wind sich entsetzlich kalt an – es war, als ob ihm ein Eimer Eiswasser ins Gesicht geklatscht werden würde. Zumindest klärte die Kälte seine Sinne ein wenig.

»Gabby?« Er ging jetzt schneller und festeren Schrittes. Als er die Tür erreichte, konnte er ihre Stimme immer noch hören; sie war unten auf der Straße.

»Ich will nicht. Ich will nicht einsteigen.«

»Es gibt keine andere Möglichkeit, Kleine. Dein Daddy hätte dich unter keinen Umständen hier zurücklassen dürfen.«

Arthur tappte zum oberen Ende der Treppe. Unter ihm parkte ein großes Fahrzeug, auf dessen Dach ein sich drehendes gelbes Blinklicht durch die Dunkelheit zuckte, die mit Schnee bedeckte Karosserie ruckelte im Einklang mit den Vibrationen des starken Motors. Ein gewölbter Stahlschild an der Frontseite des Fahrzeugs ließ erkennen, dass es sich um den angekündigten Schneepflug handelte. Auf dem Dach der Fahrerkabine befand sich ein starker Scheinwerfer, der auf die Straße vor dem Schneepflug gerichtet war. Doch in dem schwächeren Licht in der Kabine konnte Arthur jetzt Gabby erkennen. Sie war auf den Beifahrersitz gesetzt worden, weinte und hantierte an ihrem Sicherheitsgurt herum. Auf dem Fahrersitz saß ein Mann in einer blauen Steppjacke und mit einer blauen Schirmmütze auf dem Kopf. Er schloss die Tür, zog seine Handschuhe aus und sagte etwas in ein Funkgerät.

Erleichtert, dass es nichts Unheilvolleres war, humpelte Arthur die Treppe hinunter. »Alles in Ordnung! Ich bin hier! Ich bin ihr Vater!«

Der Mann hörte ihn nicht, was kaum verwunderlich war. Der Wind heulte aus allen Richtungen. Schneeflocken schossen diagonal vorbei wie Pfeile. Arthur ging um sein eigenes Auto herum, das bis auf die Fahrertür, die offenbar jemand freigeschaufelt hatte, um hineinspähen zu können, nahezu vollständig im Schnee versunken war.

»Ich bin hier!«, rief er noch einmal.

Es ertönte ein dumpfes *Klonk* – der Fahrer des Schneepflugs hatte den Gang gewechselt. Der Motor heulte auf.

»He!« Arthur taumelte nach vorn. »Warten Sie!«

Wie als Reaktion auf seinen Ruf – oder, was wahrscheinlicher war, auf Gabby, die sich immer noch erkennbar widersetzte – machte der Fahrer noch keine Anstalten loszufahren, sondern fummelte an einigen Bedienelementen vor sich herum, woraufhin sich der Scheinwerfer auf dem Dach zu drehen begann. Der grelle Strahl reichte selbst in dieser Finsternis ziemlich weit, und Arthur war zutiefst erleichtert, als der Lichtkegel ihn voll erfasste.

Er ging auf den Schneepflug zu und winkte. Allerdings wurden weder die Türen abrupt aufgerissen, noch ertönten aufgeregte »Daddy-Daddy!«-Rufe. Er schirmte verwirrt die Augen ab. Soweit er es erkennen konnte, starrten sowohl Gabby als auch der Fahrer direkt in seine Richtung, aber keiner von beiden zeigte eine Reaktion. Gabby, die kurz aufgehört hatte zu weinen, sah einfach nur besorgt aus. Der Fahrer, ein grauhaariges, schon etwas älteres Semester, machte den Eindruck, als ob er der Meinung wäre, nur wertvolle Zeit zu verschwenden. Der Scheinwerfer drehte sich weiter und schweifte über die Straße und die düstere tundraartige Landschaft dahinter.

Arthur hastete hinter dem Strahl her, aber es war schwierig, ihn einzuholen. Mit großer Mühe schaffte er es, noch ein paar Male von dem Lichtkegel erfasst zu werden, aber sosehr er sich auch bemühte – weder der Fahrer noch Gabby schienen ihn aus der Fahrerkabine zur Kenntnis zu nehmen. Und dann sah er, wie der Fahrer die Hände schließlich abfahrbereit ans Steuer legte.

»He!« Arthur taumelte auf den Schneepflug zu, musste sich jedoch sofort wieder zurückziehen, weil das Gefährt auf seiner Achse seine Position verlagerte und es ihn um ein Haar erwischt hätte.

Der Schneepflug vollzog langsam und schwerfällig eine Wende in drei Zügen. Einmal erhaschte Arthur einen Blick auf Gabby, die traurig durch das Beifahrerfenster nach unten sah. Sie hatte den Blick genau auf ihn gerichtet, sah ihm direkt ins Gesicht. Doch obwohl er rief und ihr wie wild zuwinkte, zeigte sie keine Reaktion.

»Was für ein Spiel spielen Sie hier mit mir, verdammt noch mal?«, schrie er. Seine Qualen, seine Verwirrung und die eisige Kälte entfachten in ihm eine Wut, die völlig untypisch für ihn war. »Halten Sie dieses verdammte Monstrum an!«

Doch die Vorderseite des Schneepflugs zeigte inzwischen in die Richtung der kleinen Straße, die bergab führte. Er dröhnte laut, der Auspuff stieß stinkende Abgaswolken aus.

»Stopp!«, schrie Arthur. Aber es nützte nichts.

Von langsam in ihm aufsteigender Fassungslosigkeit ergriffen, sah er zu, wie der Schneepflug schwerfällig vorwärtsruckelte und in weniger als zehn Sekunden im Schneesturm verschwand. Das Dröhnen des Motors war noch ein wenig länger zu hören, doch bald war auch das verstummt.

Am liebsten wäre Arthur einfach stehen geblieben und hätte weiter in die Finsternis geschrien und geflucht und in seiner Verwirrung vermutlich irgendwann Tränen vergossen. Doch höchstwahrscheinlich wären ihm diese Tränen auf den Wangen gefroren, und nachdem er nun schon seit etlichen Minuten im Freien war, wurde ihm auf einmal so kalt wie noch nie zuvor in seinem Leben. Schneeflocken peitschten auf ihn ein, seine Finger waren bereits unerträglich taub. Alle Fragen würden sich zu gegebener

Zeit klären lassen. Doch jetzt musste er sich erst einmal aufwärmen. Er überquerte die Straße, sah nach oben zu dem Haus …

… und hatte plötzlich das Gefühl, mit einem Vorschlaghammer eins übergebraten bekommen zu haben.

Das Haus war nicht mehr da.

Über ihm – und noch wichtiger, oberhalb seines Wagens, der seit seiner Ankunft keinen Zentimeter bewegt worden war – war nichts außer einem vereisten Gebirgskamm, von dem der Sturm frische Schneewehen herunterblies. Arthur starrte stumm nach oben. Er blinzelte, schüttelte den Kopf und stapfte für den Fall, dass er bei der Verfolgung des Schneepflugs an einer anderen Stelle gelandet sein sollte, in beide Richtungen ein paar Meter die Straße entlang. Aber das Haus war nicht zu sehen.

Er war allein, wie ihm allmählich bewusst wurde. Nur er und der Berghang und der eisige winterliche Wind, der mitten durch ihn hindurchblies – buchstäblich *durch* ihn hindurch.

Die Mummenschanz-Spieler

Von den furchtbaren Ereignissen in Holker Hall ...
Hugh Holker vollendete die Arbeiten an seinem prachtvollen Landsitz Holker Hall im Jahr 1793. Es handelte sich um einen pompösen, eine wahrhaft malerische Kulisse abgebenden ländlichen Herrschaftssitz. Dabei war Holker ursprünglich gar kein Landadliger, sondern stammte aus einer Industriellenfamilie, die ihren Wohlstand den für diese Gegend prägenden und in ihrem Besitz befindlichen Kohlebergwerken und Baumwollspinnereien verdankte.

Trotz seiner Extravaganz galt Holker nicht als ein Tyrann, sondern im Gegenteil als ein Philantrop, denn er war davon überzeugt, dass es richtig war, seine Untergebenen gut zu behandeln. Deshalb ließ er seinen Arbeitern anständige, saubere Unterkünfte bauen und die spektakulären sogenannten Groves anlegen, ein mehr als hundertzwanzig Hektar großes grünes Waldgebiet, das sein Anwesen umgab und im Sommer 1801 der Öffentlichkeit als Naherholungsgebiet zugänglich gemacht wurde.

Holkers wichtigster Konkurrent im District Bradleigh war James Dangerfield, der ebenfalls mit Kohle und Baumwolle zu Reichtum gekommen war. Im Jahr 1801 beherrschten Dangerfields Spinnereien die Silhouetten der nahe gelegenen Städte Wigan, Bolton und Preston, und er versuchte wiederholt, Holkers Firmen aufzukaufen. Holker lehnte jedes Angebot ab, aber James Dangerfield war kein Mann, der sich abweisen ließ. Zu jener Zeit, in der viele Gemeinden heruntergekommen waren und Betrug und Korruption grassierten, war es normal, sich hinterhältiger Praktiken zu bedienen. Als immer klarer wurde, dass Holker nicht verkaufen würde, ließ Dangerfield Sabotageakte, gefolgt von Einschüchterungsmaßnahmen durchführen. Er engagierte Unruhestifter, die Holkers Arbeiter gegeneinander aufbrachten, und heuerte Straßenräuber an, die dafür sorgten, dass die Arbeiter am Zahltag keine Lohntüten erhielten. Doch Holker hielt eisern stand – bis zu seinem Todesstoß am Heiligen Abend des Jahres 1804.

Holker pflegte während der Weihnachtszeit Freunde und Verwandte auf sein Anwesen einzuladen, um gemeinsam mit ihnen alle möglichen weihnachtlichen Rituale zu begehen: Es wurden Weihnachtslieder gesungen und Gesellschaftsspiele gespielt, und es wurde ausgiebig dem guten Essen gefrönt. Und zur Tradition gehörte auch der weihnachtliche Mummenschanz. Dabei zogen die beliebten kostümierten Laienschauspieler in einer heiteren Prozession nach Holker Hall und trafen immer kurz vor Mitternacht ein. Sobald man ihnen Einlass gewährt hatte, unterhielten sie die Gäste mit einem dörflichen Volkstanz, der zwar heidnischen Ursprungs, jedoch passend für das Fest der Christen umgestaltet worden war. Am Heiligen Abend des Jahres 1804 aber wurden diese Mummenschanz-Spieler von James Dangerfields Schurken in den Groves überfallen. Sie wurden zusammengeschlagen, ihrer Kostüme beraubt und nackt an die Bäume gefesselt. Die Schurken schlüpften sodann selber in die weihnachtlichen Monturen und zogen inkognito nach Holker Hall. Kaum hatten sie Einlass gefunden, randalierten sie wie von Sinnen: Sie attackierten mit ihren zeremoniellen Schwertern das Mobiliar und die Wanddekorationen und terrorisierten und verjagten die Gäste. Als sie die fröhliche Gesellschaft vertrieben hatten, suchten die Schurken ebenfalls das Weite und landeten zweifelsohne in einer schäbigen Schänke, in der sie den Erfolg ihrer zerstörerischen Orgie feierten. Allerdings versäumten sie es, auch nur einen Gedanken an die echten Laienschauspieler zu verschwenden, die immer noch nackt in dem eisigen Wald gefesselt waren. Erst spät am Weihnachtstag wurden diese unglücklichen Seelen entdeckt, als Hugh Holkers oberster Wildhüter eher zufällig auf sie stieß. Alle waren tot, sie waren über viele Stunden hinweg qualvoll erfroren.

Das Unglück läutete sowohl für James Dangerfield als auch für

Hugh Holker die Totenglocke. Obwohl Dangerfield nie für seine
Rolle bei dieser Angelegenheit vor Gericht gestellt wurde, verdäch-
tigte man ihn dringend, in das skandalöse Verbrechen verwickelt
gewesen zu sein, sodass sein Name ruiniert war. Holker lebte weiter-
hin in Holker Hall, nach dem Unglück jedoch sehr zurückgezogen,
aber zwölf Monate später starb er, nachdem er auf seiner Keller-
treppe ausgerutscht war. Wenig später waren in seinem Haushalt
weitere, kurz aufeinanderfolgende Todesfälle zu beklagen: Ein ge-
liebter Neffe erlag einer Lungenentzündung, einer der Hilfsbutler
starb an einem Schlaganfall. Es kamen Gerüchte in Umlauf, dass
Holker Hall ein verfluchter Ort sei. Es hieß, beim Festessen am Hei-
ligen Abend des Jahres 1805 habe sich im Speisesaal eine grausige
Erscheinung manifestiert, Gespenster, die einen rituellen Todestanz
vollführten ... die Geister der Mummenschanz-Spieler, die genau
ein Jahr nach ihrer grausamen Ermordung zurückgekehrt waren,
um Rache zu üben.

Noch heute hält sich der Glaube, dass die Geister der Mummen-
schanz-Spieler an jedem Heiligen Abend um Punkt Mitternacht
nach Holker Hall zurückkehren, um ihr heidnisches Ritual zu voll-
ziehen, und dass jeder, der das Pech hat, Zeuge dieses Rituals zu
werden, in naher Zukunft sterben wird.

Geschichten und Überlieferungen aus dem historischen Lancashire, Vol. III

———

Es war ein herrlicher Dezembernachmittag: der Himmel klar und
kieselgraublau, der Wald ein silbernes Geflecht aus frostüberzogenen Zweigen. Der Waldboden reglos und still unter einer dünnen,
frischen Pulverschneeschicht.

Normalerweise wäre Phil hin und weg gewesen. Sogar mit dreißig erlebte er das Weihnachtsfest noch mit kindlicher Begeisterung – allerdings war die Aussicht in diesem Jahr ein wenig düsterer. Selbst wenn es noch mehr schneien würde, dachte er, selbst
wenn die Schlittenglöckchen klingeln und die Kerzen die Schau-
fenster mit rötlichen Wachsspritzern verschmieren würden, und

selbst wenn die ganze Familie käme – ausnahmsweise einmal in echter festlicher Stimmung –, es würde jetzt auch nicht mehr viel bringen. Zum ersten Mal in seinem Arbeitsleben schienen sich die Hoffnungen und Ängste, die Phil Stewart in all den Jahren begleitet hatten, gegeneinander aufzuwiegen und in einer Sackgasse zu enden. Natürlich war es nicht so, als ob ihm sein Schicksal vollkommen aus den Händen genommen worden wäre. Es gab immer noch Dinge, die er tun konnte. Na schön, es gab *eine* Sache, die er tun konnte. Und deshalb war er hier, in Holker Hall … am Nachmittag des Heiligen Abends.

Er wandte sich von dem großen Kamin ab, in dem Stechpalmen-Holzscheite knisterten und loderten, und nippte ein weiteres Mal an seinem Whisky. Es war feinster Malt-Whisky, der ihm rauchig über die Zunge ging. Nicht, dass er gerade in der passenden Stimmung war, etwas so Exquisites wirklich zu genießen. Phil blickte auf, als Eric Hazelwood, sein ehemaliger Chefredakteur, bibbernd den Raum betrat. Seine runzeligen Wangen glühten rot. Selbst in seinem Dufflecoat, den er über seinem Pullover trug, sah er aus, als wäre er bis auf die Knochen durchgefroren. Er eilte schnurstracks zum Kamin und wärmte sich die Hände.

»Der Transporter steht in der zweiten Garage auf der anderen Seite des Hofes«, sagte Eric.

Phil nickte.

Eric sah ihn an und gab ihm den Autoschlüssel.

Phil starrte den Schlüssel an, als hafteten ansteckende Bakterien an ihm. Ein simples Stück Metall – doch jetzt hing so viel davon ab. »Wir … äh … wir fahren eine Viertelstunde vor Mitternacht, richtig?«

Eric nickte, steuerte die Festtafel an und schenkte sich etwas Whisky ein.

»Sollen wir nicht lieber früher aufbrechen?«, fragte Phil.

»Na ja … wir wollen ja nicht, dass jemand Lunte riecht.«

Es trat ein kurzes Schweigen ein. Phil hatte seinen ehemaligen Chef seit dem Tod von dessen Frau vor zehn Jahren nicht mehr so deprimiert gesehen wie dieser Tage. Eric hatte sich in einen Griesgram verwandelt und war nur noch ein blasser Schatten des einst herzlichen Mannes, der die lokale Wochenzeitung mit so viel Leidenschaft und guter Laune viele glückliche und produktive Jahre lang geleitet hatte.

»Wir tun doch das Richtige, oder?«, fragte Phil.

Eric zuckte mit den Achseln. »Keine Ahnung.«

»Wir können es immer noch abblasen.«

»Nichts da«, entgegnete Eric düster. »Kommt gar nicht infrage.« Mit diesen Worten schritt er von dannen, um zu prüfen, ob auch alles so war, wie es sein sollte.

Phil stellte sein Whiskyglas ab und ließ seinen Blick durch den riesigen Raum schweifen. Alles war perfekt vorbereitet. Die Festtafel war von herrschaftlicher Größe und mit Köstlichkeiten gedeckt, die dem Festmahl eines Königs würdig gewesen wären. Es gab nicht nur das übliche Roastbeef, Eiersandwiches und gefüllte Pasteten, sondern auch besonders erlesene Weihnachtsdelikatessen: einen mit Salbei und Zwiebeln gefüllten Truthahn nach Norfolk-Art, Hirschmedaillons mit Apfelscheiben, geräucherten Lachs mit Trüffeln, Hähnchen in Portweinsoße, Wachteleier, Austern, verschiedenes Konfekt, Torten, Plumpudding und Mince Pies mit Cognac-Sahne-Sauce. Das alles hatte sie eine Stange Geld gekostet, aber der Anlass war es wert. Eine ähnliche Summe hatten sie für die Dekoration ausgegeben: Mistelzweige zierten die Fenster- und Türstürze, große Girlanden aus immergrünen Zweigen säumten den Kamin. An der nördlichen Wand stand eine Rottanne, die mit glitzernden Girlanden und Lichterketten geschmückt war. Natürlich gab es auch eine Bar, an der man sich frei bedienen konnte. Dahinter stapelten sich Bierkästen, auf den Regalbrettern stand eine Auswahl an Flaschen mit diversen härteren Getränken bereit. Phil bezweifelte, dass die Bar in Holker Hall in den zurückliegenden Jahren jemals so gut bestückt gewesen war, obwohl sie durchaus für größere Feiern als für die bevorstehende genutzt worden war.

Dieser Tage war das alte Anwesen ein typischer ehemaliger Herrensitz in öffentlichem Besitz. Ursprünglich im georgianischen Stil errichtet, war es ein grandioses Backsteingebäude von weitläufiger Größe und nett anzusehen, doch das Äußere vermochte darüber hinwegzutäuschen, dass im Inneren vieles vernachlässigt war. Die meisten Räume waren leer und unmöbliert, ein kompletter Flügel war derart verfallen, dass er für die Öffentlichkeit nicht zugänglich war. Der für die Verwaltung öffentlicher Einrichtungen und die Organisation von Freizeitaktivitäten zuständige Gemeindeausschuss hatte Holker Hall immer nur als ein Anwesen betrachtet, das man für Hochzeiten und Taufen vermieten konnte. Die Gemeinde war seit dem Ende der 1960er-Jahre für das Anwesen zuständig und hatte während der seitdem verflossenen Zeit nie in Erwägung gezogen, den historischen Herrensitz zu restaurieren und wieder in seiner alten Pracht erstrahlen zu lassen. So tickten die kleinstädtischen Verwaltungsbeamten in Nordengland nun mal. Hätte sich Holker Hall in den Cotswolds oder im West Country befunden, wären die Räume nicht nur mit Antiquitäten eingerichtet und mit wertvollen und durch Absperrseile geschützten Gemälden alter Meister dekoriert, an den Türen stünden zudem im Stil der Cromwell-Ära ausstaffierte Wachsfiguren als Wächter, es gäbe jede Menge Flaggen und Rüstungen, an Feiertagen würden Feste gefeiert und im Hochsommer Gartenpartys und Turniere veranstaltet werden. Doch wie die Dinge lagen, befand sich Holker Hall nun mal in einem von Stellenabbau betroffenen Kohlerevier und galt als nutzloser Prachtbau, als Kuriosität. Wäre nicht der weitläufige Wald gewesen, der von der ansässigen Bevölkerung immer noch gerne als Naherholungsgebiet genutzt wurde, wäre das Gebäude bestimmt längst vernagelt und dem Verfall überlassen worden, da war sich Phil sicher.

Er ging zu dem Stabwerkfenster und sah nach draußen. Winterliche Dämmerung senkte sich herab, eisiger Nebel waberte zwischen den dunklen, wie Pfeiler aufragenden Baumstämmen. Die Kieszufahrt, die sich gut drei Kilometer weit durch den Wald schlängelte und schließlich durch ein riesiges viktorianisches schmiedeeisernes Tor führte und in die Bradleigh Lane mündete, war vereist und schimmerte im Zwielicht. Zum ersten Mal an diesem Tag hatte der Ort etwas Unheimliches. Phil fragte sich auf einmal, ob ihr Vorhaben durchführbar oder überhaupt vernünftig war. Einerseits hoffte er es, und er hoffte zudem, dass das Resultat dramatisch sein würde – selbst wenn die Konsequenzen fürchterlich wären. Andererseits vermutete er, dass er überreagierte und sich vielleicht sogar einfältig benahm.

Eric erschien wieder an seiner Schulter. »Du brauchst hier nicht Wache zu stehen. Sie werden schon kommen.«

»Was wir vorhaben, ist gleichbedeutend mit Mord«, sagte Phil leise.

»Nur wenn du die Geschichten glaubst.«

»Ich habe über Prozesse berichtet, bei denen es um Schläger ging, die sich in Nachtclubs gegenseitig die Nasen und Ohren abgebissen haben«, entgegnete Phil. »Über den Prozess gegen einen Vater, der seine beiden Kleinkinder vorsätzlich im Kanal ertränkt hat. Ich war auf Krebsstationen und in Hospizen ... habe mit Obdachlosen geredet und mit Drogensüchtigen. Was ich sagen will, ist: Ich habe schon einiges erlebt und bin ziemlich nüchtern und realitätsbewusst. Und trotzdem bin ich hier in so eine Geschichte involviert.«

»Ich verstehe dich ja.« Eric zuckte mit den Schultern. »Aber wie heißt es so schön? ›Es gibt mehr Ding im Himmel und auf Erden, als Eure Schulweisheit sich träumt ...‹«

Phil schürzte die Lippen. »Ich war immer allem gegenüber aufgeschlossen, Eric. Aber im Moment wünschte ich, ich wäre es in diesem Fall nicht gewesen.«

Eric kicherte. »Katholische Schuldgefühle, was? Dabei ist es ja nicht so, als würdest du einen Abzug betätigen, oder?«

»Warum tun wir es dann?«

»Nennen wir es ein Experiment.«

»Ein Experiment?«

»Ja.« Eric grinste; ein kühles, hartes Grinsen. »Und was mich angeht – ich kann es gar nicht erwarten, das Ergebnis zu sehen. Also dann ... Hast du mit dem Forstbeamten gesprochen?«

Phil nickte. Joe Morley, der für den Bezirk zuständige Woodlands Project Officer, hatte sich in all den Jahren, in denen Phil nun schon bei der lokalen Zeitung arbeitete, als guter Kontakt erwiesen. Ihre Beziehung zueinander hatte ein Stadium erreicht, in dem keine Fragen mehr gestellt wurden, wenn einer den anderen um einen Gefallen bat. Und somit hatte Joe Phil versichert, dass das Tor zum Anwesen Holker Hall an diesem Abend rechtzeitig geöffnet sein würde und dass vonseiten des Grünflächenamts keine Streifen unterwegs sein und irgendjemanden stören würden, wenn die Dinge erst einmal ihren Lauf nahmen. Phil war sich nicht sicher, ob er sich darüber freuen oder beunruhigt sein sollte.

———

Etliche Stunden später trafen zwei Taxis ein und kamen auf dem rutschigen Kies vor dem Haus zum Stehen.

Phil ging wieder ans Fenster. Inzwischen hatte er sich umgezogen und in Schale geworfen und zur Beruhigung seiner Nerven vielleicht ein wenig mehr getrunken, als er es hätte tun sollen. Aber seine Nervosität nahm sogar noch zu, als die Autos diverse aufgedonnerte Gestalten ausspuckten. Sie sprachen bereits sehr laut miteinander und lachten und gackerten in ihrer üblichen abstoßenden Art. Auf dem Weg hatten sie zweifellos schon im Pub Station gemacht und sich ein paar Drinks genehmigt – auf Als Kosten. Al, oder genauer gesagt, Al Green war der neue Chefredakteur des *Chronicle & Mercury*. An seinem höhnischen Lachen war der Kerl leicht zu erkennen. Phil konnte es ein weiteres Mal kaum glauben, dass dieser junge Rüpel den intellektuellen Eric Hazelwood auf dem Chefsessel der Zeitung ersetzt hatte.

»Ich lass sie dann wohl mal rein«, stellte Eric fest und erhob sich aus einem der Sessel. Er hatte sich ebenfalls umgezogen und trug jetzt Anzug und Krawatte, wirkte jedoch dank seiner schroffen nordischen Art, seines dichten grauen Haars und seiner schlaksigen Statur etwas hölzern und ungepflegt. »Sie sind zu früh, aber was kann man schon erwarten, wenn es gratis Alkohol und Essen gibt?«

Phil blickte erneut aus dem Fenster. Seine Lippen kräuselten sich.

Al Green: achtunddreißig Jahre alt und ein Großkotz, wie er im Buche steht. Breitschultrig und bullig, mit kurz geschnittenen Haaren und einem eingemeißelten spöttischen Grinsen, war er nicht nur ein Angeber, sondern sah auch wie einer aus. Jahrelanges Herumgeschubse und -geschiebe, um immer die Karriereleiter hochzuklettern, die hochzuklettern er sich gerade vorgenommen hatte, hatten weder seinen gutturalen Salford-Akzent noch seine aggressiv-dominante Haltung auch nur einen Deut gemildert. Sein Glaube an seinen persönlichen Erfolg war derart ausgeprägt, dass die Position als Chef die einzige war, die für ihn jemals infrage kam. Mangelnde Qualifikation oder Befähigung hatte ihn nie geschert. Aufgrund seines starken Selbstbewusstseins hätte man eher vermutet, dass er seine Schulbildung auf einer elitären Privatschule genossen hatte als auf einer Gesamtschule in Manchester, so wie es tatsächlich der Fall war, doch diesem Irrtum unterlag man nicht lange – jedenfalls nicht, wenn er sich mit einem anlegte, was er tat, wenn er das Gefühl hatte, dass man für ihn auch nur ein winziges Problem darstellte, und er einen mit einem Blick ins Visier nahm, der wirkte wie eine Androhung von realer Gewalt.

Phil glaubte nicht, dass er jemals jemanden auch nur halb so intensiv gehasst hatte wie Al.

Selbst als Green jetzt hereinstolziert kam, erreichte sein Lächeln nicht seine stählernen Augen, nicht einmal am Heiligen Abend. Wie immer war sein aufgesetztes Geschleime nach alter Schule hauchdünn. Vielleicht witterte er bereits die Falle.

»Alles klar, Stewpot?«, fragte er und knöpfte seinen Schafpelzmantel auf. Er wusste, dass Phil den Spitznamen »Stewpot« – Schmortopf – nicht mochte, weshalb er darauf bedacht war, ihn bei jeder nur erdenklichen Gelegenheit zu benutzen, eine plumpe, jedoch wirksame Strategie, die für das neue Regime, das beim *Chronicle & Mercury* herrschte, typisch war.

Phil lächelte und sagte nichts. Drei Monate unter Al Greens Führung hatten ihn bereits gelehrt, dass Widerstand zwecklos war.

Die Dinge hatten bereits vier Jahre zuvor angefangen, falsch zu laufen, als die Position des *Bradleigh Mercury* als führende Zeitung der Stadt plötzlich durch die Herausgabe eines neuen Gratisblättchens, des *Bradleigh Chronicle,* herausgefordert worden war. Obwohl der *Mercury* eine altehrwürdige Zeitung mit langer Tradition war, war das Blatt nicht auf eine harte Schlacht vorbereitet gewesen. In den fünfzehn Jahren, in denen Eric Hazelwood die Zeitung gut, jedoch gentlemanlike geleitet hatte, war es seinem früheren Chef gelungen, ein kultiviertes Team zusammenzustellen und für eine angenehme familiäre Atmosphäre zu sorgen. Kurz gesagt: Sie hatten keine ernst zu nehmende Konkurrenz zu fürchten gehabt und hatten sich entspannt. Und auch wenn der *Chronicle*, bei dem schäbige Spottgehälter bezahlt und eher auf unerfahrene Schulabgänger als auf professionelle Journalisten zurückgegriffen wurde, dem *Mercury* im Nachrichtengeschäft nicht das Wasser reichen konnte, erfreute sich das Blatt eines gewaltigen Vorteils: Die Mitarbeiter der Anzeigenabteilung konnten bei potenziellen Kunden damit werben, dass der *Chronicle* jede Woche an zweihunderttausend Haustüren verteilt werde. Selbst wenn viele dieser gratis verteilten Zeitungen umgehend im Mülleimer landeten oder in verlassenen Eingangsfluren liegen blieben, um dort Staub anzusetzen, war dies im Vergleich zu den sechzigtausend verkauften Exemplaren des *Mercury* immer noch eine beeindruckende, von den Anzeigenverkäufern gut anzuführende Zahl. Daher war es vielleicht unvermeidlich, dass der Löwenanteil der Anzeigenkunden des *Mercury* zum *Chronicle* wechselte und die Auflage des *Mercury* beinahe über Nacht katastrophal zu schrumpfen begann. Nach nur einem Jahr wurden von der altehrwürdigen Zeitung nicht einmal mehr dreißigtausend Exemplare verkauft.

So ein massiver Rückgang der Auflage konnte nicht lange geduldet werden, und nach dreieinhalb Jahren ergriff Anderson's – der landesweit operierende Zeitungsverlag, dem der *Mercury* gehörte – drastische Maßnahmen. Der Verlag kaufte den *Chronicle* und fusionierte die beiden Titel zum *Bradleigh Mercury & Chronicle*. Möglicherweise hätte man die Maßnahme als vernünftige Entscheidung in schwierigen Zeiten begreifen können, doch die Belegschaft des *Mercury* konnte dies keineswegs so sehen: Es war klar, dass es zu Entlassungen kommen würde, und da die Mehrzahl der für den *Mercury* arbeitenden Beschäftigten erfahrener und somit teurer war, sah es so aus, dass es vor allem sie treffen würde.

Und so kam es dann auch.

Genau genommen war es ein Massaker. Phil war einer der wenigen, der die Entlassungswelle überstand. Selbst Eric Hazelwood, das Aushängeschild des *Mercury*, wurde seines Postens enthoben, damit Al Green den Platz einnehmen konnte, wobei der ältere Chefredakteur – um zu vermeiden, dass dieser vor Gericht zieht – aufs Abstellgleis geschoben wurde, anstatt direkt entsorgt zu werden. Man schuf für ihn eine neue Stelle als »stellvertretender Chefredakteur in der Schlussredaktion«. Das klang gut, doch der Posten war mit einem sehr viel niedrigeren Gehalt verbunden und verbannte ihn aus seiner geliebten Nachrichtenredaktion. Es schien so, als wäre die Welt, die den *Mercury* ausgemacht hatte, über Nacht untergegangen. Die Schreibtische waren auf einmal auf triumphale, machthaberische Weise von Fremden eingenommen worden. Der auf gegenseitigem Vertrauen beruhende Umgang miteinander wurde auf einmal hinfällig und durch neue Umgangsformen ersetzt: Sarkasmus, Mobbing und heimliches Belauschen.

»*Frohe Weihnachten, Kollege!*«

Phil wurde aus seinen Gedanken gerissen. Stimmengewirr füllte die Eingangshalle, und jemand redete mit ihm.

»Alles Gute!«, grölte der große Nick Curtis und schüttelte Phil heftig die Hand. »Also, ich muss schon sagen … Heiligabend in Holker Hall! Was für eine Superidee!«

»Äh … ja. Frohe Weihnachten, Nick.« Phil tat sein Bestes, um beim Aussprechen dieser Worte nicht würgen zu müssen.

Nick Curtis, bis vor Kurzem Nachwuchsreporter beim *Chronicle*, war jetzt Sportchef der fusionierten Zeitung. Er nahm sich gerne Green zum Vorbild, doch obwohl er einen ganzen Kopf größer war als dieser, mangelte es ihm an Greens Präsenz und erst recht an dessen Scharfsinn. Er war kaum jemand, der ihm das Wasser reichen oder ihn gar ersetzen konnte, doch er gab für jemanden wie Green, der seinen Leuten eher Loyalität als Befähigung abverlangte, einen perfekten Gefolgsmann ab.

Im nächsten Moment folgte Curtis seinen Urinstinkten, ließ Phil einfach stehen und steuerte die Theke an. Seine Kolleginnen und Kollegen, die aus dem gleichen Holz geschnitzt waren wie er, folgten ihm, so auch Steve Benedict: dreiundzwanzig Jahre alt und bereits Nachrichtenchef, der stets in eleganten Anzügen auftrat, in denen er jedoch immer aussah wie ein Schulabbrecher bei seinem ersten Interview; die stellvertretende Chefredakteurin Barbara Banks, eine viereckige, brutal aussehende Frau, die ihre Untergebenen tyrannisierte, jedoch in Gegenwart anderer Kollegen der mittleren Führungsebene in die Pose eines ruppigen, durchsetzungsfähigen Hitzkopfs schlüpfte, ohne Unterlass fluchte, kettenrauchte und sich ein Pint nach dem anderen reinschüttete; die Feature-Autorin Elaine Blythe, die absolut untalentiert war, jedoch irgendwie auf elfenhafte Weise sexy wirkte und gerade eine Affäre mit dem verheirateten Al Green hatte. Und dann waren da noch ein paar andere, deren Namen schon ausreichten, um Phil auf die Palme zu bringen: der Fußballguru Mike Scanty, Polizeireporter Jim Church und die für Frauenthemen zuständige

Redakteurin Yvonne Chantelle – allesamt nutzlose Nichtskönner, die sich jedoch bereits für Legenden hielten.

»He, Stewpot, ich dachte immer, Holker Hall könnte man am vierundzwanzigsten und fünfundzwanzigsten Dezember nicht mieten.«

Phil sah sich um. Es war Green. Wieder mit diesem durchdringenden Blick, als ob er sehr viel mehr wüsste, als er zu erkennen gab. Phils Kehle wurde trocken. Einen Augenblick lang war er sprachlos. Dann schaltete sich dankenswerterweise Eric ein. »Wir haben angefragt und grünes Licht gekriegt«, sagte er einfach nur.

Green dachte darüber nach. Dann zuckte er mit den Schultern. »Na schön ... großartig!« Aber wie vorherzusehen, war er mit der Antwort nicht ganz zufrieden. »Nur interessehalber: Wer bezahlt denn den Spaß?«

Er hatte es als freundliche Frage formuliert, aber Phil wusste, dass er sich in Wahrheit dessen vergewissern wollte, dass auch bloß nichts aus seinem Bewirtungsbudget stammte.

»Das geht alles auf uns«, versicherte Eric ihm. »Von der alten *Mercury*-Belegschaft für unsere neuen Freunde vom *Chronicle*. Sie haben uns den Weg gewiesen. Die Gewinnspannen, die Sie erzielen, sprechen für sich.«

»Das ist sehr großzügig von Ihnen«, erwiderte Green langsam, als ob er das nicht ganz glauben könnte. »Tja ... dann schlagen wir wohl besser mal zu. Na los, Leute, *es ist Weihnachten*!«

Er gab sich auf einmal wieder jovial, sogar geradezu großmütig, als ob *er* die Veranstaltung organisiert hätte. Beinahe simultan strömten seine Leute an die Festtafel. Phil war immer noch der Meinung, dass acht von ihnen zu wenig waren, aber Eric hatte davon abgesehen, die ganze Mannschaft des *Chronicle* einzuladen, da die Reporter und die niederen Redakteure seiner Meinung nach bloß Knechte mit Minigehältern waren, die sich nur für richtige Journalisten hielten, weil Al Green ihnen einredete, dass sie welche wären. Es war bei seinem Nein geblieben. Die Verantwortlichen zu beseitigen würde ausreichen.

»Haben wir Musik, Stewpot?«, rief Green.

»Äh, ja … natürlich«, erwiderte Phil. »Einen Mo–«

»Al!«, rief Barbara Banks vom anderen Ende des Tischs. »Probier mal diese Austern, die schmecken fantastisch!«

»Oh, Al«, meldete sich Elaine Blythe in beinahe orgastischem Tonfall. »Diese Trüffel sind einfach göttlich.«

Außerstande, diese Schleimerei auch nur einen Augenblick länger zu ertragen, war Phil dankbar, sich in die im Nebenzimmer befindliche Garderobe zurückziehen zu können, in der neben weiteren Vorräten an alkoholischen Getränken an einer der Wände das erforderliche DJ-Equipment bereitstand, unter anderem eine große, wenn auch etwas altmodische Stereoanlage. Er legte eine CD mit Weihnachtshits ein und drückte die »Play«-Taste. Es ertönte die Schnulze *God Rest Ye Merry Gentlemen* von Perry Como.

Es hieß immer nur »Al dies, Al das«, dachte Phil. Diese Leute waren ja solche Speichellecker. Und dieses Verhalten wurde nicht nur geduldet, es wurde sogar belohnt. Wie flachgeistig konnte man sein? Es ging zu wie am Hof eines mittelalterlichen Königs.

Apropos …

Phil sah sich um und betrachtete ein in einen vergoldeten Rahmen eingefasstes Porträt, das in einer Ecke des Raums an der Wand lehnte. Es war mit dunklen Ölfarben gemalt und zu seinem Schutz mit einer Firnisschicht versehen worden. Ein Großteil der Firnisschicht war inzwischen verschmutzt und vergilbt, doch das von tiefen Sorgen gezeichnete Gesicht Hugh Holkers war durch die Schutzschicht hindurch noch deutlich zu erkennen. Es war das Gesicht eines älteren Mannes mit Hängebacken, tief zerfurchter Stirn und dichten, buschigen, grauen Koteletten. Phil war schon einige Male in dem Raum gewesen, um sich das Bild anzusehen, und fand es immer noch faszinierend. Der Künstler hatte Holker nach vorne gebeugt auf eine Faust gestützt gemalt, in einer Pose abgeklärten Nachsinnens, doch das Bild drückte auch Verzweiflung und sogar Angst aus. Die Augen des alten Industriellen wirkten sehr intensiv, als ob sich soeben eine grausige Erscheinung vor ihnen materialisiert hätte. Im Hintergrund zeichneten sich undeutliche Dunstschwaden ab, Wirbel und Schleier aus Rauch oder Nebel, die vielleicht eher auf das Alter des Bildes zurückzuführen waren als auf die Intention des Künstlers, jedoch ungeachtet dessen unheilvoll düster wirkten.

»... to save us all from Satan's power when we were gone astray«, sang Perry.

Phil wurde mit einem Anflug von Unbehagen daran erinnert, warum er an diesem Ort war. Er sah auf seine Uhr – es war halb acht. Die Zeit verging schnell. Beinahe zu schnell. Er schauderte und wurde von einer Mischung aus Beklommenheit, Sorge und Angst erfasst, doch dann hörte er das dröhnende, hemmungslose Gejohle in dem Raum hinter sich, und seine Nerven beruhigten sich wieder.

Was hatte Eric gesagt? Dass dies ein Experiment war?

Genau, und Phil konnte es ebenfalls kaum erwarten, das Ergebnis dieses Experiments zu sehen.

Er ging zurück in den Festsaal, der sich bereits mit Zigarettenqualm füllte und in dem es stark nach Bier roch. Er sah sich um: Nick Curtis hatte Eric in Beschlag genommen und langweilte ihn mit Fußballgeschwätz zu Tode. Nicht weit rechts von den beiden schmierte Steve Benedict seinem Chef Al Green Honig ums Maul. »Ich habe ihm gesagt«, prahlte Benedict, »dass niemand so gut feiern kann wie Journalisten ... und dass der Durchschnittsjournalist sich zum Frühstück ein Pint reinzieht und eine Zigarette dazu raucht ...« So war Steve Benedict, dreiundzwanzig Jahre alt.

Phil ging zur Festtafel, an der sich die Frauen festgesetzt hatten. Barbara Banks, die mit bemerkenswerter Geschicklichkeit gleichzeitig rauchte und aß, stellte Fragen zu bestimmten Speisen. »Ich habe mich schon immer gefragt, was Confiserie eigentlich ist«, stellte sie an Elaine gewandt fest. Sie reckte ihren bulligen Hals. »Eric ... was ist Confiserie?«

Eric, der für die Ablenkung dankbar war, riss sich von Curtis los. »Feingebäck und Petits Fours und so. Man isst sie normalerweise zu einem pikanten Gericht.«

Phil hätte am liebsten laut gelacht, als er Elaine leise fragen hörte: »Was ist denn ein pikantes Gericht?«

Eric gesellte sich zu ihm. »Wie Kinder in einem Süßwarenladen«, murmelte er.

Phil schnaubte leise. »Sie benehmen sich jetzt schon drei Monate lang wie Kinder in einem Süßwarenladen. Gehe ich recht in der Annahme, dass keiner von ihnen Verdacht schöpft?«

Eric kicherte. »Also ehrlich, würdest du erwarten, dass dieser Haufen die Geschichte irgendeines bedeutenden Gebäudes von Bradleigh kennt?«

Phil dachte darüber nach. Ausnahmsweise arbeitete die absolute Unkenntnis über die Stadt, deren Stimme sie angeblich sein wollten, einmal gegen sie. Das war nett.

»Wie es aussieht, haben sie ihre Taxis für die Rückfahrt für halb eins bestellt«, fügte Eric hinzu. »Das könnte die längste halbe Stunde ihres Lebens werden.«

»Das hoffe ich«, entgegnete Phil. »O mein Gott ... und wie ich das hoffe.«

————

Es war Eric Hazelwood gewesen, der Phil zum ersten Mal von den Mummenschanz-Spielern von Holker Hall erzählt hatte.

Es war schon einige Jahre her, in den glücklichen Tagen, als der *Mercury* noch der gute alte *Mercury* gewesen war. Zu jener Zeit hatten sie einen möglichen Themenschwerpunkt über lokale Gespenster in Erwägung gezogen. Eric hatte sich schon länger mit übernatürlichen Dingen befasst, aber er war nicht besonders angetan davon gewesen, das Mysterium von Hoker Hall zum Thema zu machen. Immerhin ging es dabei nicht um irgendeine geisterhafte, niedlich schnurrende Katze oder um ein durstiges Pubgespenst, das sich nach der Sperrstunde große Mengen Bier zapfte und durch sein gespenstisches Treiben dazu beitrug, Gäste anzulocken. Bei dieser Geschichte gab es wenig zu schmunzeln, und die Bewohner von Bradleigh, die die Geschichte kannten, verhielten sich entsprechend. Das Mysterium war nicht so weit verbreitet, dass das Anwesen als solches komplett gemieden worden wäre. Der Wald war vor allem im Sommer ein beliebtes Ziel für abenteuerlustige Kinder und Picknick machende Familien, während das prunkvolle alte Gebäude von architektonischem Interesse war – aber das war es auch schon. Nur wenige suchten das Anwesen bei Nacht auf und niemand am Heiligen Abend. Diese Gespenster jagten dir nicht nur einen Schrecken ein, sie unterzeichneten auch dein Todesurteil. Es war natürlich nur eine Geschichte, aber warum sollte man es darauf ankommen lassen?

Phil war sich immer noch nicht sicher, ob er das Ganze glauben sollte, doch als es acht schlug und dann neun und dann zehn, zog er sich immer wieder von dem betrunkenen Pulk im Festsaal zurück und starrte aus dem Fenster in die schwarze Winterfinsternis. Er konnte sich den kilometerweiten eisigen dunklen Wald, der zwischen ihm und der Zivilisation lag, nur allzu gut vorstellen. Einmal oder zweimal hatte er den Eindruck, dass da draußen nebelhafte Umrisse herumtollten, doch dass da wirklich jemand war, schloss er aus. Es war noch viel zu früh. Wie es hieß, tauchten die Geister der Mummenschanz-Spieler erst um Mitternacht aus dem Wald auf. Mit Gewissheit konnte das natürlich keiner sagen, da angeblich niemand, der ihnen je begegnet war, überlebt hatte, um darüber berichten zu können.

Hinter ihm war Eric, der im Verlauf der Party zusehends lockerer geworden war, im Begriff, sich einen kleinen Schabernack zu erlauben. Phil lauschte mit halbem Ohr einer Unterhaltung über merkwürdige und wunderbare Weihnachtsbräuche, als ihm auf einmal bewusst wurde, dass sein alter Freund das Gespräch bewusst auf düstere, eher heidnische Bräuche lenkte.

»Mummenschanz-Aufführungen waren natürlich etwas anderes.«

»Mummenschanz?«, fragten einige unisono.

»Ja. Haben Sie noch nie davon gehört?«

Von allen Seiten blickten ihm ausdruckslose Mienen entgegen. Phil nippte an seinem Bier und sah interessiert zu.

»Mummenschanz-Spieler waren Laienschauspieler, die am Heiligen Abend die großen Landhäuser aufsuchten und dort die Gäste unterhielten«, erklärte Eric. »Es waren Pantomimetänzer, die eine beliebte Weihnachtsgeschichte aufführten.«

»Pantomimesaison eben«, meldete sich Barbara Banks zu Wort und gab sich zutiefst sachkundig. Dann rülpste sie.

»Ja, so in der Art«, entgegnete Eric. »Im vergangenen Jahrhundert wurde der Mummenschanz immer mehr zu einer clownesken Angelegenheit. Statt der Darbietungen, in denen es um Wunder ging, wurden eher Stücke in der Art von ›Dick Whittington und seine Katze‹ gespielt. Aber der Brauch geht auf vorchristliche Zeiten zurück. Das trifft übrigens auf viele unserer weihnachtlichen Traditionen zu. Dabei geht es immer um Erneuerung, also Tod und Wiedergeburt des natürlichen Jahres. Die Mummenschanz-Spieler waren in grüne Tannenzweige gehüllt und trugen merkwürdige Masken … normalerweise Tiermasken. Manchmal hatten sie sogar Schwerter dabei und beendeten ihren Auftritt mit einem Schwerttanz, der in einer gespielten Enthauptung gipfelte.«

»Tatsächlich?«, fragte Elaine Blythe mit weit aufgerissenen Augen, als ihr bewusst wurde, dass sie ein Thema entdeckt hatte, das sie im kommenden Jahr zur Weihnachtszeit für eines ihrer Features verwenden konnte. Wenn es doch bloß irgendeine kleine Lokalgeschichte zu dem Thema gäbe, dachte sie.

Eric nickte. »Dieser Akt der Enthauptung veranschaulichte, dass sie das alte Jahr auslöschten. In gewisser Weise opferten sie es, damit es durch etwas Besseres ersetzt werden konnte.«

Phil betrachtete Al Green. Der Mistkerl zeigte nie Interesse an etwas, das von Eric kam. Die bloße Tatsache, dass der erfahrene alte Mann noch auf der Gehaltsliste der Zeitung stand, missfiel ihm. Im Moment starrte er ausdruckslos in den Raum, seine Körpersprache drückte Gleichgültigkeit aus und legte nahe, dass

Mummenschanz-Spieler und Mummenschanz ihn einen Dreck interessierten. Phil fragte sich, was Greens Körpersprache wohl eine Minute nach Mitternacht nahelegen würde.

»Dick Whittington und seine Katze kann ich mir immer ansehen«, stellte Barbara Banks klar und öffnete eine weitere Dose Bier. »He ... ihr hättet mal die Beine des Burschen sehen sollen, der ihn letztes Jahr am St Hugh's College gespielt hat.«

Es ertönte tosendes obszönes Gelächter.

»Das war doch ein Mädel, oder?«, fragte Steve Benedict.

Barbara schlürfte an ihrem Bier. »Wenn es eins war, muss es sich aber eine ganz schön dicke Lunchbox in die Strumpfhose gepackt haben.«

Es folgte eine weitere Lachsalve. Dann floss wieder reichlich Alkohol.

Eric gesellte sich zu Phil. »Und alle hatten ihren Spaß.«

»Beinahe schade um sie.«

»Du wirst mir doch nicht noch weich werden?«

»So kommen sie einem fast menschlich vor«, entgegnete Phil leise.

»So erleben wir sie einmal im Jahr. Vergiss nicht, wie sie sich den Rest des Jahres aufführen.«

Phil sah auf die Uhr. »Es ist schon fast elf. Wir haben noch eine halbe Stunde.«

Eric nickte. »Wenn du losfährst, denk dran, mit dem Transporter die Schotterstraße zu nehmen, die zur nördlichen Ausfahrt führt.«

Phil sah ihn verwundert an. »Was meinst du damit ... wenn *ich* losfahre?«

Eric wandte den Blick ab.

»Eric ... Du hast doch wohl nicht die Absicht, eine Dummheit zu begehen, oder? Zum Beispiel hierzubleiben.«

Eric sah ihm in die Augen. »Um die Wahrheit zu sagen, ich hatte nie etwas anderes vor.«

»Scheiße, Eric!« Phil fiel es schwer, die Stimme gesenkt zu halten. Er führte seinen alten Freund von den anderen weg.»Was soll das?«

Eric blieb ruhig.»Phil, es ist nur eine Legende. Wir wissen doch gar nicht mit Sicherheit, ob *wirklich* irgendetwas passiert.« Er hielt inne.»Das Beste, was wir wirklich hoffen können, ist, dass ihnen der Schreck ihres Lebens eingejagt wird. Und ... na ja, ich will dabei sein, um es mit eigenen Augen zu sehen.«

»Also, ich bitte dich, das ist doch Schwachsinn! Du willst hierbleiben, weil du die Schnauze voll hast ... weil du mit ihnen den Löffel abgeben willst.«

Eric antwortete nicht.

»Glaub bloß nicht, dass du mich damit beeindruckst!«, zischte Phil.»Ich kann ja verstehen, dass du angepisst bist, aber du wurdest geschasst, weil sich in unserem Verlag flachgeistige Arschlöcher tummeln, die nicht den blassesten Schimmer vom Zeitungmachen haben. Es hat nichts mit deinem Können zu tun.«

»Ich bin achtundfünfzig, Phil ... Welche Zukunft sollte ich noch haben – wo auch immer?«

»Die gleiche wie vorher, wenn es uns gelingt, Green aus dem Weg zu räumen! Hör mir zu, Eric ... Wenn er erst einmal weg ist, werden sie jemanden brauchen, der was von der Sache versteht, und zwar schon allein aus dem Grund, um die Lücke zu füllen.«

»Das wäre wohl kaum ein rühmliches Ende meiner Karriere.«

»O Mann, verschon mich mit so was! Pass auf ...«, Phil langte in seine Hosentasche und holte den Schlüssel des Transporters heraus.»Ich möchte, dass *du* den nimmst.«

Eric sah den Schlüssel an, machte jedoch keine Anstalten, ihn entgegenzunehmen.

»Weil ich ohne dich nicht fahren werde«, stellte Phil klar.

Jetzt sah Eric auf die Uhr. Es war fünf nach elf.»Die Zeit läuft, Phil.«

Das war Phil sehr wohl bewusst. Die Minuten tickten gnadenlos dahin, seine Nerven waren zum Zerreißen gespannt. Er knallte den Schlüssel trotzig auf den Tisch. Beinahe wie aufs Stichwort verstummte im gleichen Augenblick die Musik. Es folgten ein kollektives Aufstöhnen sowie ein paar Missfallensbekundungen vonseiten der *Chronicle*-Truppe. Einige von ihnen hatten angefangen, betrunken zu tanzen. Nick Curtis legte gerade eine Einlage mit der guten alten Luftgitarre hin.

»Ich lege eine neue Platte auf«, sagte Eric laut, ging weg und ließ den Schlüssel liegen.

Phil blickte zur Seite – und sah Al Green, der ihn interessiert beobachtete, als ob er alles, was soeben vorgefallen war, mit angesehen hätte. Phil war versucht, ihm ein Victory-Zeichen entgegenzurecken, entschied sich dann aber dafür, ihn anzugrinsen und sich ein wenig imaginären Schweiß von der Stirn zu wischen. Dann folgte er Eric, der vor der Stereoanlage kniete, als Phil die Garderobe betrat.

»Das hast du schon seit einer Ewigkeit geplant, stimmt's?«, fragte Phil. »Ich habe mich gleich gewundert, warum du sofort so Feuer und Flamme warst. Ich meine … als ich das Ganze zum ersten Mal vorgeschlagen habe, habe ich es nur im Scherz dahingesagt.«

Eric blies Staub von einer Vinyl-LP und legte sie auf den Plattenteller. »Du musst zugeben, dass es eine ungewöhnliche Form des Selbstmords ist.«

»Es gibt keine Garantie dafür, dass es schmerzlos ist.«

Eric zuckte mit den Schultern und stand auf. Im Hintergrund ertönten die sauberen ersten Akustikgitarrenakkorde von Greg Lakes *I Believe in Father Christmas*. Phil sah erneut auf die Uhr. Die Zeit schien mit rasender Geschwindigkeit zu verstreichen. Der Zeiger war bereits von fünf nach elf auf zwanzig nach elf vorgerückt.

»Das ist etwas, was ihr jungen Leute nie verstehen werdet, Phil«, stellte Eric fest. »Dass es darum geht, seine Spuren zu hinterlassen, das letzte Wort zu haben. Du kennst mich, ich habe nie viel Aufhebens um meine Arbeit gemacht. Aber das hier geht tiefer. Viel tiefer. Ich will wirklich … *unbedingt* hier sein, wenn Al

Green und seinen Hochstaplern das widerfährt, was ihnen bevorsteht. Ich will es sehen. Und noch wichtiger ist: Ich will ihnen sagen können, dass *ich* derjenige bin, der dafür verantwortlich ist.«

»Und wenn gar nichts passiert?«

»Dann ist auch nichts verloren.«

Hinter ihnen kam Elaine Blythe in den Raum geplatzt. Sie kicherte, ihr Haar hatte sich gelöst und hing wirr herunter. Nick Curtis torkelte hinter ihr her, einen Mistelzweig in der Hand. »'tschuldigung, Leute!«, grölte er, taumelte wild herum und beförderte CDs und Schallplatten auf den Boden.

In dem Moment, in dem sie den Raum wieder verlassen hatten, machte Eric Anstalten, ihnen zu folgen. »Am besten legst du jetzt einen Zahn zu, Phil. Du bist spät dran.«

»Eric …«

Doch Eric war bereits wieder in den Festsaal entschwunden. Als er ihn betrat, verkündete er laut: »Alle mal herhören! Phil Stewart muss uns leider verlassen. Ist zwar ein bisschen schade, aber offenbar ist er mit einer jungen Dame verabredet.«

Phil kam einen Augenblick zu spät, um Eric davon abzuhalten. Er stand einfach nur da, unfähig, etwas zu erwidern. Green und seine Leute wandten sich einer nach dem anderen zu ihm um, auf ihren roten, verschwitzten Gesichtern zeichneten sich vollkommen veränderte Gesichtsausdrücke ab. Eric brachte wie von Zauberhand Phils Mantel zum Vorschein.

»Lassen Sie sich von uns nicht aufhalten, Stewpot«, sagte Green grinsend.

»Äh … okay«, stammelte Phil.

»Kennen wir die Dame?«, fragte Yvonne.

»Äh, nein …«

Er fand sich dabei wieder, dass ihm in seinen Mantel geholfen wurde, und verspürte auf einmal den Drang, noch etwas zu sagen, ihnen mitzuteilen, dass er seine Meinung geändert hatte, doch Eric stellte sich zwischen ihn und die anderen. »Bis demnächst.«

Phil wollte Einwände erheben, darauf bestehen, dass sein Freund ihn begleitete – doch was sollte er sagen? Er wurde gezielt zur Tür geleitet, Hände klopften ihm auf die Schulter, »Frohe-Weihnachten«-Rufe hallten in seinen Ohren.

»Machen Sie Ihre Sache gut, wenn Sie sie treffen, Phil«, grölte Barbara Banks und drückte ihm einen nach Zigarettenqualm und Austern riechenden Kuss auf die Wange. »Oder besser noch – seien Sie eine Granate!«

Es folgten weiteres obszönes Gelächter und noch mehr gute Wünsche. Hinter der Meute sah Phil Eric am Tisch stehen – er war wie erstarrt und wirkte wie eine Wachsfigur. Und dann war Phil auch schon im Vestibül, durch das er noch schneller geschoben wurde, begleitet von auf ihn einredenden Leuten, die ihn darauf hinwiesen, dass er rechtzeitig da sein müsse, um der Dame, mit der er sich traf, den ersten Weihnachtskuss zu geben … der hoffentlich der erste von vielen weiteren sein würde. Das Vestibül war mindestens zwanzig Meter lang, doch bevor er sich versah, hatte Phil es auch schon durchquert und stand neben dem Eingangsportal, das Steve Benedict für ihn geöffnet hatte. Sie sprachen ihm immer noch Mut zu und gaben ihm gute Wünsche mit auf den Weg. Und dann strömte die Luft von draußen ins Haus, sie war eisig kalt. Jemand sagte »Brrr« und tat so, als würde er heftig bibbern.

»Bis dann, Stewpot«, rief einer. »Frohe Weihnachten … ta-ra!«

Phil nickte, schüttelte Hände und trat hinaus auf die marmorne Veranda. Und dann wurde mit einem Rums die Tür hinter ihm geschlossen.

Es herrschte Stille.

In einem schwermütigen Drama wäre Phil vielleicht eine Ewigkeit dort stehen geblieben, grübelnd und verpasste Gelegenheiten bedauernd. Doch dies war die Realität, und in der Realität war es unter null Grad. Er umfasste sich mit den Armen und stieß beim Atmen dicke blaue Wolken aus. Der Himmel war kristallklar, die winterlichen Sterne funkelten. Phil blickte zum Wald. Die Bäume waren schwarz wie Anthrazit, dicht und ineinander verwachsen, doch im eisigen Sternenlicht waren verschneite Pfade zu erkennen, die sich zwischen den Bäumen in die Tiefen des Waldes schlängelten. Würde er da vorne im nächsten Moment eine Bewegung sehen? Merkwürdige, missgebildete Gestalten, die unbeholfen zwischen den Bäumen umhertollten und unaufhörlich näher kamen, vielleicht zu einem rhythmischen Trommelschlag?

Bei dem bloßen Gedanken erschaudernd, wandte er sich von dem Wald ab und ging den Querweg entlang, der um das Haus herum zu den auf der Rückseite des Gebäudes befindlichen Garagen führte. Es war kein kurzer Weg. Nach jeder Ecke kam eine weitere, jedem Gebäudeflügel folgte ein weiterer. Er passierte mit Schnee bedeckte Rasenflächen und winterlich trostlose, überfrorene Blumenbeete – und dann fiel ihm ein, dass er den Schlüssel des Transporters nicht dabeihatte. Er blieb abrupt stehen und klopfte an seine Hosentasche, um sich noch einmal zu vergewissern. Aber der Schlüssel war nicht da. Natürlich nicht. Vor seinem geistigen Auge konnte er das verdammte Ding noch sehen – auf der Tischdecke im Speisesaal.

Phil verharrte, wo er war.

Er sah zurück den Weg entlang und fluchte leise.

Einfach wieder ins Haus zu gehen, war gar nicht so leicht. Er würde Erklärungen abgeben müssen, und die Leute würden auf ihn einreden, nicht mehr Auto zu fahren, nachdem er Alkohol getrunken hatte, und er würde herumdiskutieren müssen. Und zudem würde ihn das natürlich wieder zu Eric bringen. Er würde ein weiteres Mal versucht sein, seinen alten Freund dazu zu bewegen, mit ihm zu kommen, und sich irgendetwas einfallen lassen, womit er ihn dazu bringen konnte, nach draußen zu kommen, wo er ihn, falls erforderlich, nötigen konnte, in das Auto zu steigen. Vielleicht war das die Lösung.

Er setzte sich in Bewegung und ging zurück, wobei ihm jetzt noch bewusster war, dass die Zeit ablief. Er fing an zu rennen und rutschte einige Male um ein Haar aus. Es kam darauf an, nicht zum Wald zu sehen, redete er sich ein, als er die Vorderseite des Hauses wieder erreichte – unter keinen Umständen. Der Legende zufolge durfte man nicht mal einen Blick riskieren. Die Augen starr auf den Weg vor sich gerichtet, stieg er zur Veranda hoch und hob den schweren Türklopfer aus Messing. Hinter sich spürte er die Leere der Nacht. Tatsächlich ging er davon aus, dass da niemand war. Denn jetzt ergab es keinen Sinn mehr, es abzustreiten – wenn sie tatsächlich auf dem Weg wären, wären sie so gut wie da.

Phils Faust umklammerte den Türklopfer. In seiner nackten Hand war der Klopfer eisig, aber er fühlte ihn kaum. Panik erfasste ihn mit rasender Geschwindigkeit. Er konnte es sich nicht leisten, auch nur eine einzige Sekunde zu verlieren.

Hinter ihm ertönte ein Kreischen.

Phil wirbelte herum. Dabei ließ er den Türklopfer unbewusst los. Er knallte gegen das Holz, woraufhin die Tür sich einen Spalt weit öffnete. Offenbar war sie nicht richtig zugemacht worden. Nicht, dass dies irgendeine Rolle spielte, denn auf einmal waren verblüffenderweise alle draußen auf der Zufahrt.

Es sah zumindest so aus, als wären es alle.

Das Kreischen war von Autoreifen verursacht worden. Und die Reifen gehörten zwangsläufig zu dem einzigen Fahrzeug auf dem Anwesen: dem Transporter, den Phil und Eric aus dem Fuhrpark des Verlags mitgebracht hatten. Genau dieser Transporter stand tuckernd in der Zufahrt, im hinteren Teil des Wagens drängte sich ein Haufen Gestalten zusammen, schallendes Gelächter drang durch die schmalen, dreckverschmierten Fenster. Eine Abgaswolke umwaberte den Wagen in der eisigen Luft.

Phil brauchte einige Augenblicke, bis er sich so weit gefasst hatte, dass er zu dem Transporter gehen konnte. Ob Eric es sich anders überlegt hatte? Doch noch während er sich dies fragte, glitt quietschend das Fahrerfenster herunter, und dahinter kam nicht Eric Hazelwood zum Vorschein, sondern Al Green. Eric saß nicht auf dem Beifahrersitz. Stattdessen saß dort Elaine Blythe, die sich gerade eine Dose Lagerbier an die Lippen hob. Phils Verwunderung ging allmählich in furchtbare Angst über. Aus dem hinteren Teil des Wagens dröhnte erneut trunkenes Gelächter. In der eisigen Dunkelheit vor dem Haus klang es wie ein Klagelied. Phil konnte sich nicht vorstellen, dass Eric dahinten saß.

Green schaltete den Motor aus und beugte sich aus dem Fenster. »Vielen Dank auch für den hier, Stewpot.« Er hielt den Schlüssel hoch. »Nett von Ihnen, dass Sie ihn so deponiert haben, dass ich ihn finden konnte.«

Phil war sprachlos.

»Gucken Sie nicht so perplex«, fuhr Green fort. »Wir sind hinten rausgegangen. Da geht's viel schneller zu den Garagen als vorne herum.«

»Was ... was geht hier vor sich, Al?«

Greens Lächeln verwandelte sich in ein hämisches, schadenfrohes Grinsen. »Ich denke, das wissen Sie bereits, Kollege. Aber für den Fall, dass Sie sich fragen sollten, woher ich Bescheid wusste ... Tja, bedanken Sie sich bei Ihrem Kumpel Dave Plumpton.«

»Dave Plu...«, brachte Phil hervor, dann blieben ihm die Worte im Hals stecken.

Plumpton war einer der Fotografen bei der Zeitung. Neben Phil und Eric war er der einzige andere ehemalige Mitarbeiter des *Mercury*, der die Fusion überstanden hatte.

»Keine Sorge, er hat Sie nicht verpfiffen«, stellte Green klar. »Ich habe mich nur ein bisschen mit ihm unterhalten und ihn gefragt, warum er nicht auch mitkomme auf die Weihnachtsfeier. Da ist ihm rausgerutscht, dass man ihm geraten habe, nicht zu kommen ... und dass Sie ihm diesen Rat gegeben haben.«

Phil spürte, wie ihm flau wurde.

Greens Grinsen verhärtete sich. »Sie mögen mich vielleicht für einen Vollidioten aus Manchester halten, Stewpot, und verglichen mit euch Arschlöchern mit euren Abschlüssen, Diplomen und was weiß ich noch alles bin ich das auch ... aber dafür habe ich es *hier*.« Er tippte sich an die Schläfe. »Ich war euch Trotteln immer einen Schritt voraus, und diesmal wollte ich mich nicht aufs Glatteis führen lassen. Als ich erst mal Wind davon gekriegt habe, dass Sie etwas im Schilde führen, war es nicht allzu schwer herauszufinden, was das war.«

»Wo ist Eric, Al?« Phil versuchte, mit fester Stimme zu sprechen, doch es fiel ihm schwer.

Green kicherte. »Eine hübsche Idee, das muss ich Ihnen lassen ... ein bisschen durchgeknallt, aber amüsant. Wird interessant sein zu sehen, wie es für Sie beide ausgehen wird.« Er drehte den Schlüssel im Zündschloss, und der Motor erwachte wieder zum Leben. »Tja ... aber Sie werden natürlich nicht in der Redaktion sein, um es uns erzählen zu können. Ihre Kündigung liegt drinnen auf dem Kaminsims.«

»Wo ist Eric?« Phils Stimme schwoll zu einem Schreien an.

Green kicherte erneut. »Wie Sie sehen werden, habe ich die Kündigungen als Geschenke verpackt.«

Aus dem hinteren Teil des Wagens schallte erneut bellendes Gelächter. Phil taumelte einen Schritt vor und schlug mit der Hand auf das Wagendach. »Ich habe gefragt, wo Eric ist!«

»Kein Grund, sich aufzuregen.« Green löste die Handbremse. »Er ist im Haus. Er war nicht gerade begeistert, als ich ihm eröffnet habe, was ich Ihnen gerade erzählt habe. Hat mir eine runtergehauen. Da musste ich ihm auch eine verpassen.«

Phil schnappte nach Luft.

»Aber keine Sorge«, fuhr Green fort. »Ich habe sieben Zeugen ... für den Fall, dass das Ganze je vor Gericht landen sollte.«

»Wollen Sie mal versuchen, *mir* eine zu verpassen?«, schrie Phil und trat gegen die Fahrertür.

Green sah auf seine Uhr. »Ich glaube, das ist nicht erforderlich, Stewpot ... Es ist fast Mitternacht.«

Er winkte ihm abfällig zu und trat aufs Gas. Der Transporter brauste davon und wühlte Eis und Kies hinter sich auf. Im nächsten Moment verschwand er auch schon auf der Straße, die durch den Wald führte, und der fröhliche, aber gedämpfte Chor der

Jingle Bells singenden Insassen verebbte allmählich und verstummte dann ganz.

Vor Wut bebend, wandte Phil sich um, stürmte ins Haus, schoss durch das Vestibül und platzte in den Speisesaal. Das Erste, was er sah, war Eric Hazelwood, der inmitten glitzernder Girlanden und Zigarettenkippen bäuchlings auf dem Boden lag. Phil taumelte entsetzt zu ihm. Der Verletzte war um den Mund herum und an der linken Schläfe blutverschmiert und ganz offensichtlich bewusstlos. Mit der einen Hand umklammerte er ein zerknülltes Blatt, an dem noch Reste von Geschenkpapier hafteten. Ähnliches Geschenkpapier war auf dem Kaminsims zu sehen. Es handelte sich um einen verschlossenen Briefumschlag, der an einem Kerzenständer lehnte. Auf ihm stand:

»*Stewpot. Exangestellter*«

»Ihr Arsch… Arschlöcher!«, stammelte Phil und sank auf die Knie.

Er tastete an Erics Handgelenk nach dem Puls. Das Handgelenk war kalt wie ein Fisch, ein Pulsschlag war nicht zu spüren. Mit zunehmender Panik legte Phil die Finger auf Erics Hals und tastete nach der Halsschlagader.

Er spürte immer noch nichts und sah sich panisch nach allen Seiten um. Gab es irgendwo ein Telefon? Doch bevor er sich aufrichten konnte, um nach einem zu suchen, war es, als ob ein eisiger Finger sein Herz berührt hätte.

Denn er hatte etwas gehört.

Eine Trommel. Eine einzelne Trommel… auf der ein beständiger rhythmischer Takt geschlagen wurde.

Phil erstarrte da, wo er kniete, und spitzte die Ohren. Es war definitiv eine Trommel. Und sie klang, als ob sie sich draußen von irgendwo dem Haus näherte.

… bumm … bumm … bumm … bumm …

Und da war noch etwas. Schritte, die von diversen Fußpaaren herrührten, von großen, schweren Füßen, die wahrscheinlich in Holzschuhen oder genagelten Stiefeln steckten, jedoch schwer über den Kies der Zufahrt stapften und dabei einen komplizierten Takt erzeugten. Ungläubig bildete Phil sich ein, die Melodie eines beliebten Londoner Kinderreims zu erkennen.

»*Orangen und Zitronen*«, *sagen die Glocken von* …

Er brauchte nicht auf die Uhr zu sehen, um zu wissen, dass es Schlag Mitternacht war. Genau in dem Moment, in dem ihm dies bewusst wurde, änderte sich auch der Klang des sich nähernden rhythmischen Takts. Das Stapfen ging in Getrampel über. Sie hatten eindeutig die Veranda erreicht.

… »*fünf Viertelpennys*«, *sagen die Glocken von St Martin* …

Phils Nackenhärchen richteten sich auf. Ein arktischer Wind strömte ins Haus, überall schwangen und knallten Türen. Die Prismen des Kronleuchters begannen aneinanderzuschlagen, die Kerzen fingen an zu flackern – und dann verblasste das elektrische Licht und ging aus.

… »*wann wirst du mich bezahlen?*«, *fragen die Glocken von Old* …

Mit einem donnernden Knall flog das Eingangsportal auf, und die stapfenden Füße waren im Vestibül, trampelten wie von Sinnen über die Holzdielen. Es klang, als wären es tausend Fußpaare.

… *sagen die Glocken von Shoreditch* …

Die Trommel wummerte ohrenbetäubend. Und erst in diesem Moment erwachte Phil aus seiner Lähmung. Erst jetzt wurde er von dem animalischen Urinstinkt erfasst, der ihm sagte, dass er um sein Leben laufen musste.

Aber wohin sollte er fliehen? Und was war mit Eric?

Er sah sich nach allen Seiten um, vor Entsetzen wie betäubt, und dann starrte er nur noch ungläubig. Im ganzen Raum hingen auf einmal vereiste Spinnenweben: Alles – die Wände, die Decke, sogar der Weihnachtsschmuck – war mit frostüberzogenen Fäden verhüllt, die jedoch eher feuerrot waren als weiß, da die elektrischen Lichter zwar ausgegangen waren, die Holzscheite im Kamin aber nach wie vor loderten und sich windende, rote Trugbilder an die Wände warfen.

... »Wann wird das sein?«, fragen die Glocken von Stepney ...

Diese Verwandlung des Raums war so verblüffend, dass Phil beinahe vergaß, in welcher prekären Lage er sich befand. Aber nicht lange. Im nächsten Augenblick schwang die Tür zum Speisesaal auf, und ohne auch nur eine Sekunde nachzudenken, warf er sich auf Eric, kniff die Augen zu und umfasste mit beiden Händen schützend seinen Hinterkopf.

... »Das weiß ich nicht« ...

Er erinnerte sich, dass er nicht hinsehen durfte. Das – so wurde ihm bewusst – war das Einzige, was er tun konnte: nicht hinzusehen.

... sagt die große Glocke ...

Die Fußpaare waren überall um ihn herum, umringten ihn wie von Sinnen, stampften donnernd auf den Boden wie eine Dauersalve von Schüssen.

... »von St Mary-le-Bow« ...

»Nein!«, schrie Phil. »Nein!«

Über ihm zischten Schläge durch die Luft. Und er musste nicht lange raten, um zu wissen, was das war.

... schnipp ... schnapp ...

»Nein!« Die Tränen in seinen Augen gefroren zu Eiskristallen.

... schnipp ... schnapp ...

Phil blieb die Luft weg.

... hier kommt der Henker ...

War's das gewesen? War es aus und vorbei?

... um dir den Kopf abzuschla ...

———

»Wie es aussieht, können Sie froh sein, dass Sie leben«, sagte der Polizist.

»Ja?«, krächzte Phil.

Er war sich seiner Umgebung immer noch nur vage bewusst. Sie hatten ihn früher am Tag von der Intensivstation hochgebracht. Nach dem zu urteilen, was er sah, befand er sich jetzt auf einer normalen Krankenhausstation. Vor den Fenstern hingen Vorhänge, alles war weiß gefliest, Krankenschwestern eilten hin und her.

»Na ja, Sie waren beinahe zwei Tage bewusstlos«, fuhr der Polizist fort. Er war korpulent, hatte einen dicken Hals, ein rotes Gesicht, und die Uniform wölbte sich leicht. Aber er schien ganz nett zu sein, auch wenn er gerade mit gezücktem Stift und Notizblock neben Phil saß. »Und in einem katastrophalen Zustand. Wie es scheint, hat die Heizung in Holker Hall aus irgendeinem Grund den Geist aufgegeben. Sie können froh sein, dass Mr Morley Sie rechtzeitig gefunden hat.«

»Der gute, alte Joe«, brachte Phil ächzend hervor. »Er ist immer da, wenn ich ihn brauche.« Und dann war schlagartig auch die Erinnerung an das, was passiert war, wieder da, und er wurde von einem Gefühl des Entsetzens erfasst. »Eric!«, brachte er hervor und wollte sich aufsetzen, war jedoch zu schwach. »Eric Hazelwood ... wo ist er?«

Der Polizist räusperte sich. »Na ja, genau über den möchte ich mit Ihnen reden.«

»O nein ... Sagen Sie nicht, dass er ...«

»Nein, er lebt. Aber er ist in sehr schlechter Verfassung.«

»Wie schlecht?« Phil war erleichtert, aber zugleich auch verwirrt. Was genau ging hier vor?

»Er liegt im Koma. Wie es aussieht, ist er mit dem Kopf gegen die Ecke des Esstischs geschlagen. Der Tisch ist aus Mahagoni. Hart wie Beton.«

»Wird er wieder auf die Beine kommen?«

»Ich fürchte, das wissen wir nicht. Er hat einen Schädelbruch erlitten.«

»Aber er lebt?«

»Er lebt, aber ...« Der Polizist hielt inne, als ob er etwas auf dem Herzen hätte. »Mr Stewart, genau *deshalb* muss ich mit Ihnen reden. Wie ist es passiert? Hatten Sie Streit miteinander, gab es einen Kampf oder etwas in der Art?«

»*Wir beide?* Nein! Niemals ... es war Green! Es war dieses Arschloch Green, das ihn geschlagen hat!«

»Al Green?«

»Klingt ja so, als würden Sie ihn kennen.«

Der Polizist runzelte die Stirn. »Ich fürchte, so ist es.«

»Warum sagen Sie ›ich fürchte‹?«

»Tut mir leid, dass ich derjenige bin, von dem Sie es erfahren, aber ... er ist tot.«

»Tot?« Das Wort kam geflüstert aus seinem Mund. In den vergangenen Monaten hatte Phil sich oft danach gesehnt, genau diese Information übermittelt zu bekommen, doch jetzt ließ sie ihn sprachlos zurück.

Der Polizist schien sich unwohl zu fühlen, doch zugleich wirkte er auch verwirrt. »Hat Ihnen das noch niemand erzählt?«

Phil schüttelte den Kopf.

»Verstehe. Tja ...« Das rote Gesicht des Polizisten wurde noch röter. »Er ist Heiligabend gestorben, auf dem Rückweg von der Weihnachtsfeier. Ein übler Unfall. Er ist mit seinem Wagen frontal in das schmiedeeiserne Tor gekracht, das auf die Bradleigh Lane führt. Dem Obduktionsbericht zufolge war er betrunken. Außerdem herrschten eisige Wetterbedingungen ...«

»Und er wusste nicht, dass das Tor geschlossen sein würde«, fügte Phil, beinahe zu sich selbst, hinzu.

»Wie bitte?«

Phil versuchte, es ihm zu erklären. »Er muss gedacht haben, dass das Tor offen sein würde ... aber Joe Morley hatte uns gesagt, dass er es schließen würde und wir das Anwesen über die Schotterpiste verlassen müssten, die nach hinten rausführt.«

»Und das wusste Mr Green vermutlich nicht?«

»Al ... Es war nicht vorgesehen, dass er das Auto fährt.«

»Na schön ... Ich denke, das bringt ein wenig Licht in die Sache.«

»Und was ist mit den anderen?«

Der Polizist wurde noch viel röter. »Wie ich bereits sagte, es war ein übler Unfall. Der Wagen war nicht dafür vorgesehen, darin Personen zu befördern. Hinten gab es keine Sitze, geschweige denn Sicherheitsgurte. Und er war ziemlich überfüllt … Na ja, und bei so einem Aufprall … Sie hatten keine Chance.«

»O … o mein Gott«, stammelte Phil.

»Tut mir leid.«

Aber Phil hörte gar nicht mehr zu. In seinem Kopf war alles in Aufruhr – es waren nicht nur Schuldgefühle, sondern auch Bestürzung und Fassungslosigkeit. Ob Green und seine Leute die Mummenschanz-Spieler gesehen hatten? Waren die Gespenster genau in dem Moment zwischen den Bäumen hervorgekommen, in dem der Transporter vorbeigerast war? Oder war es einfach nur ein Unfall gewesen? Ein ganz gewöhnlicher Unfall? Phil hatte noch eine vage Erinnerung an die merkwürdigen Dinge, die passiert waren, bevor er das Bewusstsein verloren hatte, aber es war nichts Klares – vielleicht war das alles auch nur ein Albtraum gewesen, gespeist von der Legende, die über diesen Ort erzählt wurde. Bestimmt war es ein Unfall gewesen. Sonst nichts.

»Zumindest hat es die anderen nicht so übel erwischt wie Ihren Mr Green«, fügte der Polizist mit gedämpfter Stimme hinzu.

Phil sah ihn verwirrt an.

»Tut mir leid, er wurde glatt durch die Windschutzscheibe geschleudert.« Der Polizist senkte den Blick und ließ ihn über den Boden streifen. »Er wurde … enthauptet.«

Phil hatte das Gefühl, den Verstand zu verlieren.

»Vollständig enthauptet.«

Das Gespenst von Killingly Hall

Jacob bewegte sich wie ein Schatten durch den dunklen Wald.

Obwohl er ein beleibter, schwerfällig gehender Ochse von einem Mann war und seine besten Jahre längst hinter sich hatte, war es bewundernswert, wie unauffällig er durch die Dunkelheit strich. Er kannte hier jeden Baumstamm, jeden heraushängenden Dornenzweig, jeden Streifen Gebüsch. Er war passend für die Nacht ausstaffiert, alles, was er anhatte, war schwarz, sein Hut war tief heruntergezogen, der untere Bereich seines Gesichts mit einem Tuch umwickelt. Seine Stiefel waren aus dickem Leder und mit Eisen beschlagen, trotzdem verursachten sie kaum ein Geräusch, als er langsam voranschritt. An seinem Gürtel hing ein großes Jagdmesser in einer Rehlederscheide, in den Händen hielt er eine doppelläufige Schrotflinte, die Hähne beider Läufe waren gespannt. Sein Atem stieg in dampfenden Wölkchen vor ihm auf und waberte geisterhaft in der feuchten, eiskalten Luft. Dies war die einzige Bewegung um ihn herum. Doch Jacob ging kein Risiko ein: Sein geschulter Blick eines Mannes vom Land schoss hin und her.

Er wusste, dass die Falle zugeschnappt war. Er hatte es soeben in seinem Versteck gehört, in dem er einige Dutzende Meter entfernt gehockt hatte. Sie musste irgendwo unmittelbar vor ihm sein.

»Du hast meinen Jungen geholt«, flüsterte er und richtete die Schrotflinte auf Brusthöhe vor sich aus. »Die Kleine wirst du nicht kriegen.«

Vorsichtiger als je zuvor in seinem Leben trat er auf die nächste Lichtung hinaus. Der leuchtende Wintermond beschien sie durch nackte, ineinander verflochtene Zweige. Ein schneller Blick reichte ihm, um festzustellen, dass die erste Falle – die er am Ende des Pfades in Richtung der Ställe aufgestellt hatte – nicht zugeschnappt war, es blieb also nur noch die andere. Er drehte sich um und blickte zum anderen Ende der Lichtung. Dort herrschte Finsternis, sodass er die zweite Falle von seinem Standpunkt aus nicht sehen konnte. Er hatte sie unter den überhängenden Ästen einer Stechpalme aufgestellt, an der Stelle, von der aus sich ein schmaler Fußweg zum Bach hinunterschlängelte. Jacob wagte kaum zu atmen. Ganz langsam und mit prickelnder Kopfhaut hob er die Schrotflinte an seine Schulter und rückte vorsichtig vor wie ein Soldat, der sich dem Feind nähert. Genauso fühlte er sich auch.

Doch es war immer noch keinerlei Bewegung auszumachen. Dabei konnte das doch gar nicht sein, oder?

Es waren noch drei Meter, dann zwei …

Jacob verspürte ein deutliches Unbehagen.

Aus der Finsternis tauchten andere Umrisse auf, bleistiftdünne Strahlen des Mondlichts fielen wie Speere durch die Nadelbäume und beschienen das Stück Erde, auf dem die Falle sich eigentlich befinden sollte.

Sein Unbehagen steigerte sich zu höchster Alarmbereitschaft.

Sein Finger spannte sich um den Abzug.

Wo war sie? Wo war das verdammte Ding?

Er hatte sie mit Gras und Laub und Gestrüpp aus dem Wald bedeckt, aber sie war verschwunden. Sie war entfernt worden. Aber wie war das möglich? Mit der Falle hätte man einen ausgewachsenen Bären fangen können. Und wo war die Kette? Er hatte einen Meter tief gegraben, um sie unter dem Flechtwerk aus Wurzeln zu verankern. *Wie, um alles in der Welt, hatte die verdammte Kette verschwinden können?*

Er ließ den Abzug los und sah sich nach allen Seiten um.

Erst in diesem Moment spürte er, dass über ihm jemand war.

Er blickte nach oben.

Ein zerlumptes Etwas blickte aus dem dichten Geäst der Stechpalme stumm auf ihn hinab. Obwohl der verhüllte Kopf der Gestalt sich im Mondlicht als Silhouette abzeichnete, war ihr Gesicht, das direkt auf ihn hinabblickte, nicht mehr als ein Klecks Finsternis. Jacob wich schnell zurück und fummelte an seiner Schrotflinte herum, wobei seine Handschuhe sich nicht als besonders hilfreich erwiesen, sondern eher als hinderlich.

Er hatte die Anwesenheit dieser Gestalt nicht einmal gerochen. Er hätte sie doch riechen müssen!

Er zog sich noch weiter zurück, fummelte weiter an der Flinte herum, und auf einmal löste sich aus einem der beiden Läufe ein Schuss. Die Ladung surrte über die Lichtung.

Jacob fluchte und entspannte den Hahn des anderen Laufs. Er musste sich noch weiter zurückziehen, bis er eine Position erreichte, aus der er zielen konnte. Aber jetzt hatte er nur noch eine Patrone im Verschluss. Ob er nachladen sollte? Er riss sich das Tuch von seinem schweißgebadeten Gesicht und blickte wieder nach oben.

Die Gestalt war verschwunden.

Einfach so.

Einen Moment lang war sie weit oben in der Stechpalme deutlich zu sehen gewesen, verdreht, unförmig, grotesk wie der Körper eines Verbrechers, der dorthin geworfen worden war, nachdem er am Galgen gebaumelt hatte.

Und jetzt war dieses Etwas verschwunden.

Jacob drehte sich einmal um sich selbst, die Schrotflinte wieder an die Schulter gelegt, doch das auf dem nassen Laub und dem Adlerfarn funkelnde Mondlicht blendete ihn.

»Soll dich doch der Teufel holen!«, sagte er heiser. »Und dein verdammtes Versteck im Geäst gleich dazu.«

Es ertönte ein stählernes *Klack* wie von zwei aneinanderschlagenden Hackmessern.

Ein blitzartiger Schmerz durchzuckte Jacobs Fußknöchel. Im ersten Moment war der Schmerz betäubend wie ein Hammerschlag oder ein Schlag mit einer Axt. Doch im nächsten Moment tat es höllisch weh, und es war der unerträglichste Schmerz, den Jacob je in seinem Leben verspürt hatte. Er blickte langsam nach unten, ungläubig.

Die Falle, die er selber am Beginn des Pfades aufgestellt hatte, war um seinen Fußknöchel zugeschnappt. Er wusste sofort, dass sein Knöchel gebrochen war. Die stählernen Zähne hatten sich durch das Hosenbein und die Socke in den Knochen gebohrt.

»O mein Gott«, brachte er keuchend hervor. Auf einmal spürte er oberhalb der Verletzung nichts mehr, und dieses Gefühl der Taubheit schoss das ganze Bein hoch. Ob ein Nerv durchtrennt worden war? »O mein Gott!«

Das Bein sackte weg, sodass er auf die Seite fiel und die Schrotflinte fallen ließ.

Und in dem Moment kam etwas sehr schnell über die Lichtung auf ihn zu.

Jacob blickte verzweifelt auf. Es war dunkel und formlos und glitt irgendwie herbei. Im Schein des Mondes erhaschte er verschwommene Blicke auf verschmutzte, verrottete Kleidung. Und jetzt konnte er es auch riechen. Es war nicht so widerlich, wie er erwartet hatte, aber widerlich genug: wie der Mief eines feuchten, leeren Raumes und der Schimmelgeruch pilzbefallener alter Essensverpackungen. Selbst als das Etwas unmittelbar vor ihm stand, konnte er kein Gesicht erkennen, und dafür, vermutete er, sollte er wohl dankbar sein.

Ganz langsam, beinahe zärtlich legte es ihm etwas über den Kopf.

»Nein«, brachte er hervor. »Bitte nicht …«

Er versuchte, den Kopf wegzuziehen, doch es ertönte das surrende Geräusch eines schnappenden Drahtes, gefolgt von einem weiteren stählernen *Klack*, und diesmal erfasste der blitzartige Schmerz Jacobs Hals, an jeder Seite ein Schlag. Die Stahlzähne bohrten sich wieder tief ins Fleisch.

Warmes Blut strömte pulsierend aus ihm heraus, während er, aller motorischer Funktionen beraubt, verdreht auf dem Waldboden zusammenbrach. Vom Hals abwärts fühlte er sich wie ein Eisklotz. Sein Sehvermögen ließ schnell nach.

Sein letzter zusammenhängender Gedanke war, dass sie ihn nach all den Jahren treuer Dienste wahrscheinlich als tatterigen alten Idioten abschreiben würden.

I

An einem normalen Tag wären Ruth und Alec Whitchurch nicht durch das Eingangsportal ins Claridge's gelassen worden. Niemals hätten sie sich träumen lassen, einmal persönlich nach oben in die Penthousesuite geleitet und dort aufgefordert zu werden, es sich bequem zu machen, um gleich darauf eine Champagnerflöte Dom Perignon 1998 in der Hand zu halten.

Sie ließen sich in den Sesseln nieder, die zu beiden Seiten des riesigen, im Art-déco-Stil gehaltenen Kamins standen, und nippten zufrieden an ihrem Champagner. Da es sich um die Penthousesuite handelte, befanden sie sich nicht in einem Schlafzimmer, von denen es drei gab, sondern im Wohnzimmer. Und in *was* für einem Wohnzimmer! Es rühmte sich nicht nur einer Ausstattung mit Möbeln aus dem achtzehnten Jahrhundert, sondern verfügte auch über marmorne Einrichtungsgegenstände, einen polierten Parkettboden und eine tonnengewölbte Decke, von der ein riesiger Kronleuchter herabhing. Die kanariengelben Wände waren mit ansehnlichen Ölgemälden dekoriert, und für den Fall, dass man mit dem altmodischen Kram nichts anfangen konnte, stand in einer Ecke des Zimmers ein Plasmafernseher in der Größe einer Kinoleinwand mit dem dazugehörigen Satellitenreceiver mit allem Drum und Dran und einem HD-DVD-Player. Außerdem gab es eine mit Vorhängen verhängte Schiebetür, durch die man auf die Dachterrasse hinaustreten konnte, doch da es Anfang Dezember war, war die Tür verschlossen.

Es war ein wenig überraschend, als der derzeitige Bewohner

der Suite hereingeschlendert kam, da er nicht ganz passend wirkte – weder zu der Opulenz dieser Umgebung noch zu seinem eigenen Namen. Trotzdem erkannten Alec und Ruth ihn. Wer hätte ihn nicht erkannt? Er war zurzeit einer der angesagtesten Filmstars der Welt, aber er war kleiner, als sie gedacht hatten, und trug eine Hornbrille, was seine Aura etwas schmälerte. Trotzdem sprangen sie beide auf.

»Wegen mir brauchen Sie doch nicht aufzustehen«, stellte er klar. »Noch etwas Champagner gefällig?« Er nickte dem kräftig gebauten Bodyguard zu, der sie hinaufgeführt hatte, und bedeutete ihm, den Gästen nachzuschenken. In einem Eiskübel stand eine Magnumflasche bereit.

Sie nickten beide und lächelten.

»Mike Duvalier«, stellte sich ihr Gastgeber vor. »Als ob Sie das nicht wüssten.« Jetzt, da er nicht wie im Film sprach, sondern ganz normal, war aus seiner typisch US-amerikanischen Redeweise ein deutlicher kalifornischer Akzent herauszuhören.

Zur Hälfte in seinem Abendanzug steckend, trug er eine gebügelte Hose und glänzende schwarze Lackschuhe. Doch der Kragen und die Manschetten seines Smokinghemdes waren geöffnet, und er schien Probleme mit seiner Fliege zu haben, deren Band sich zu einem Knoten verheddert hatte.

»Darf ich Ihnen dabei vielleicht behilflich sein?«, fragte Ruth und präsentierte ihre wohlgepflegten Fingernägel.

»Wie bitte? Ja, gerne. Wenn es Ihnen nichts ausmacht.« Er reichte ihr die Fliege. »Ich hatte vorhin eine teure Maniküre, und meine Fingernägel sind bis zum Nagelbett gestutzt. Eigentlich sollte es in dieser Suite einen Butler geben, aber ich stehe nicht darauf, wenn in meiner Nähe Leute herumhängen, die ich nicht kenne.« Duvalier erhaschte in der Bronzeverkleidung über dem Kamin einen Blick auf sich. »Oje, wie sehe ich denn aus?«

Sein Haar, das kurz und sehr schwarz war – vermutlich schwarz gefärbt, dachte Alec jetzt, da er ihn real vor sich sah –, war zerzaust und unbändig. Der Filmstar fuhr kritisch mit dem Finger über die Seite seines Kinns, wie um seine jüngste Rasur zu prüfen, die ihn zweifellos ein kleines Vermögen gekostet haben dürfte. Er schien mit dem Ergebnis nicht zufrieden zu sein.

»Bitte«, sagte Ruth. Sie hatte den Knoten der widerspenstigen Fliege entwirrt und reichte sie ihm zurück.

Duvalier nahm sie entgegen und bedachte Ruth mit einem beinahe jungenhaften Lächeln.

Alec fragte sich, wie es möglich war, dass dieser Mann überzeugend eine Elitetruppe von Weltraum-Marines angeführt hatte, um eine Mondbasis zurückzuerobern, die von glibberigen, fleischfressenden Aliens überrannt worden war; oder wie er es geschafft hatte, den besten Sioux-Kriegern zu entkommen, die ihn erbarmungslos durch die Wildnis Montanas des neunzehnten Jahrhunderts jagten, nachdem sie seine Wagenburg erobert und alle außer ihm massakriert hatten; und mehr noch, es war ihm auch gelungen, die größte Bande des organisierten Verbrechens an der Ostküste der USA auszuheben, obwohl er der versoffenste Polizist der New Yorker Polizei war.

»Ich nehme an, ich bin nicht ganz der, den Sie erwartet haben«, sagte Duvalier.

Alec blinzelte. Er hatte sich nicht dabei erwischen lassen wollen, dass er den Filmstar anstarrte.

»Ich will offen sein«, fuhr er fort. »Sie beide sind auch nicht ganz die, die ich erwartet habe. Als man mir gesagt hat, dass es sich bei den besten Privatdetektiven Londons um ein Ehepaar handelt, dachte ich, man will mich verarschen. Aber nachdem ich mich mit der Idee angefreundet habe, es zu versuchen, bin ich nun doch mehr als erstaunt, es plötzlich mit Ken und Barbie zu tun zu bekommen.«

Sie reagierten nicht sofort auf diese Bemerkung.

»Was ich damit sagen will: Sie sind beide viel jünger, als ich dachte.«

Ruth lächelte süß. Mit ihrem seidenen blonden Haar und ihrer schlanken, athletischen Figur – die in ihrem Jaeger-Hosenanzug und ihren Jimmy-Choo-Schuhen nicht nur elegant, sondern auch sexy aussah – wirkte sie deutlich jünger als fünfunddreißig, was ihr tatsächliches Alter war. Dass Alecs Alter von vierzig Jahren infrage gestellt wurde, kam nicht oft vor. Doch er trieb gerne Sport, bevorzugt draußen, und war infolgedessen sonnengebräunt und schlank, und da Ruth vor Kurzem mit einigem Aufwand seine Garderobe auf den Stand des einundzwanzigsten Jahrhunderts gebracht hatte und er momentan seine beste Freizeitkleidung aus der Savile Row trug, machte er vermutlich deutlich mehr her, als der Filmstar erwartet hatte, der bestimmt mit einem übergewichtigen, hängebackigen Scotland-Yard-Brummbären gerechnet hatte.

»Sie sehen ja mehr wie Schauspieler aus als ich«, stellte Duvalier fest. »Sind Sie wirklich ehemalige Polizisten?«

Alec nickte. »Ich war sieben Jahre lang operativ tätiger DCI beim Major Incident Command. Das ist die Abteilung der Metropolitan Police für schwere Verbrechen.«

»DCI?«

»Detective Chief Inspector, das entspricht in etwa einem Precinct Captain bei Ihnen in den USA. Ruth war eine meiner Sergeants.«

»Warum haben Sie aufgehört?«, fragte Duvalier und legte seine Manschettenknöpfe an. »Entschuldigen Sie, dass ich so unverblümt frage, aber ich muss es wissen.«

»Weil wir geheiratet haben«, antwortete Ruth.

»Na und?«

»Wir wollten eine Familie gründen.«

»Und?«

»Wir haben beide nicht geglaubt, dass Polizisten gute Eltern abgeben.«

»Aha, und Privatdetektive schon?«

»Wir sind erst danach Privatdetektive geworden«, erwiderte sie kühl.

»Nach was?«

»Nachdem wir erfahren haben, dass wir keine Kinder bekommen können.«

»Ach so, verstehe.«

»Aber es hatte auch ein bisschen was mit den allgemeinen Umständen bei der Polizei zu tun«, fügte Alec hinzu. »Dieser Tage hat man es bei der britischen Polizei mit Leuten zu tun – Akademikertypen, die direkt von der Uni die Karriereleiter hochfallen –, die eher daran denken, was gerade angesagt ist, anstatt daran, was richtig ist.«

»Und Kriminelle sind heutzutage auch keine Kriminellen mehr«, erklärte Ruth, »sondern ›benachteiligte Personen‹.«

»Gewohnheitsverbrecher sind nicht mehr üble kleine Arschlöcher«, fügte Alec hinzu. »Heutzutage gelten sie als Menschen, die sich schlecht anpassen können.«

»Ich verstehe, worauf Sie hinauswollen«, sagte Duvalier und band sich ziemlich gekonnt seine Fliege um, wenn man bedachte, wie ungeschickt er sich angestellt hatte, sie loszubekommen. »Dann sind wir zumindest schon mal in einem Punkt einer Meinung, was ein gutes Zeichen ist. Nicht, dass das erforderlich wäre. Mein Anwalt erfreut sich hier in England bester Kontakte, und Sie beide wurden ihm wärmstens empfohlen.«

Alec bedankte sich für das Kompliment. »Wir haben natürlich unsere Spezialgebiete. Worum genau geht es denn bei diesem Auftrag?«

»Es ist eine ziemlich ungewöhnliche Sache.« Duvalier fuhr sich mit einer Bürste durchs Haar. »Nicht gerade eine Geschichte, für die ich normalerweise die Dienste von Privatdetektiven in Anspruch nehmen würde. Deshalb muss ich auch darauf bestehen, dass Sie eine schriftliche Erklärung unterschreiben, in der Sie einwilligen, das Ganze für sich zu behalten. Aber jetzt bin ich ein bisschen spät dran. Könnten Sie mich nach Greenwich begleiten?« Er sprach es »Green Witch« aus. »Ob Sie es glauben oder nicht, ich habe mich bereit erklärt, dort am Royal Naval College an einem Wohltätigkeitsdinner teilzunehmen. In meinem neuen

Film spiele ich einen Kapitän in Admiral Nelsons Flotte – ziemlich viel Action auf hoher See. Aber als Erstes muss ich natürlich meinen englischen Akzent verbessern. Deshalb werde ich die nächsten beiden Monate hier in England verbringen.«

Alec und Ruth tauschten einen Blick aus, der ihr Missfallen zum Ausdruck brachte. Da ihre Wohnung, in der sich auch ihr Büro befand, in Bayswater war, wäre es nicht gerade ideal für sie, an einem turbulenten Freitagabend in Greenwich festzusitzen.

»Keine Sorge«, sagte Duvalier. »Sie können in meinem Wagen mitfahren. Mein Fahrer bringt Sie dann zurück. Es geht nur darum, dass wir in Ruhe alles besprechen können. Wie gesagt: Der Auftrag ist ziemlich ungewöhnlich.«

2

»Ich muss absolut sicher sein, dass Sie niemandem etwas über diese Sache erzählen. Natürlich haben Sie noch nichts unterschrieben, also habe ich rechtlich nichts in der Hand, um Sie festnageln zu können. Aber vielleicht können Sie mir Ihr Wort geben. Sie können sich wirklich nicht vorstellen, was für Wellen es schlägt, wenn über jemanden wie mich auch nur das kleinste bisschen Klatsch in Umlauf kommt.«

Ruth und Alec saßen auf der Rückbank eines rauchgrauen Bentleys neben Duvalier, während der Wagen durch das Zentrum von London glitt. Der Größe und dem Gewicht des Wagens nach zu urteilen war er gepanzert. Vorne saßen zwei US-amerikanische Bodyguards, einer fuhr, der andere – der breitschultrige, dickhalsige, der sie in die Penthousesuite des Filmstars hinaufgeführt hatte – saß auf dem Beifahrersitz.

»Kein Problem«, erwiderte Alec.

Duvalier nickte. »Okay, dann will ich mal loslegen. Ich weiß nicht, ob Sie wissen, dass ich mir vor neun Monaten hier in England ein Haus gekauft habe. Ein Landhaus namens Killingly Hall.«

Ruth überlegte. »Kommt mir bekannt vor.«

»Es ist ziemlich ansehnlich«, stellte Duvalier fest, »auch wenn das Lob aus meinem eigenen Mund kommt. Es befindet sich in Herefordshire, an der Grenze zu Wales. Es war einmal ein herrschaftlicher Sitz. Ich habe keine Ahnung, ob das heutzutage noch jemanden beeindruckt.«

»Und wie«, entgegnete Alec und dachte an ihre eigene Wohnung, die zwar eine halbe Million Pfund gekostet hatte, jedoch trotzdem nur über zwei Schlafzimmer verfügte und über eine so kleine Küche, dass man darin kaum die Arme ausbreiten konnte.

»Aber wie auch immer«, fuhr Duvalier fort, »Rosa und ich haben uns schon ziemlich lange nach einer Bleibe in England umgesehen. Wie Sie wahrscheinlich wissen, spiele ich hier in vielen Filmen mit. Rosa zwar nicht, aber im Moment arbeitet sie auch nicht so viel wie sonst.«

Rosanna Duvalier – oder Rosanna Perdita, wie ihr Künstlername lautete – war früher einmal eine hübsche, jedoch kaum bekannte Sängerin und Schauspielerin aus Mexiko gewesen, deren Bekanntheit und Marktwert nach ihrer glanzvollen Hollywood-Hochzeit mit Duvalier einen gewaltigen Sprung gemacht hatte. Allerdings wies nichts darauf hin, dass sie ausschließlich von Karriereaussichten geleitet worden war, als sie ihm das Jawort gegeben hatte. Mittlerweile waren sie seit acht Jahren verheiratet, und ihnen wurde nachgesagt, eine glückliche Beziehung zu führen.

»Rosa hat jede Menge Projekte in der Pipeline, aber sie kümmert sich auch um unsere Tochter«, fuhr Duvalier fort. »Sie möchte eine ›gute Mum‹ sein, zumindest soweit ihr das möglich ist. Jedenfalls dachten wir, es wäre cool – zumal ich sowieso bis zum Frühling hierbleiben werde –, ein traditionelles englisches Weihnachtsfest zu feiern. Sie wissen schon, so richtig Charles-Dickens-mäßig. Mit all unseren besten Freunden auf unserem Anwesen Killingly Hall.«

»Klingt nett«, stellte Ruth fest.

»Das dachten wir auch.« Duvalier hatte seine Brille abgenommen, bevor sie das Hotel verlassen hatten, und trug jetzt Kontaktlinsen, die seinen kristallblauen Augen einen eher glasigen Ausdruck verliehen. »Vor etwa drei Monaten war Rosa mit mir hier in England. Wir haben uns alles angesehen – Killingly, meine ich –, und da ist ihr etwas zu Ohren gekommen, das ihr ein bisschen Angst gemacht hat.«

Er machte eine lange Pause.

»Und was war das?«, fragte Alec schließlich.

Der Schauspieler schien unsicher zu sein, wie er fortfahren sollte.

»Wir mögen zwar aussehen wie Ken und Barbie, Mr Duvalier«, sagte Ruth, »aber nichts, was Sie uns sagen werden, kann uns schockieren, das versichere ich Ihnen.«

Duvalier biss sich auf die Lippe. »Tja ... dann machen Sie sich mal auf was gefasst. Rosa ist katholisch. Und damit will ich sagen: Sie ist eine wirklich gläubige Katholikin. Ich musste sogar konvertieren, damit sie mich überhaupt geheiratet hat.«

Ruth erinnerte sich daran, dies schon mal gehört und für etwas eigenartig gehalten zu haben, denn in dem letzten Film, in dem Rosanna Perdita aufgetreten war – einem in Los Angeles spielenden Gangsterfilm –, hatte sie eine Straßenhure gespielt und sich zweimal für heiße Sexszenen ausgezogen. Dies, so vermutete sie, war wohl eines der wirklich unerfreulichen Dinge daran, ein Filmstar zu sein: Ob es einem gefiel oder nicht, als Schauspieler zerfiel dein Leben in zwei unterschiedliche Welten – die reale und die Scheinwelt.

Duvalier redete immer noch. »Abgesehen davon, dass sie eine fromme Katholikin ist, weshalb ihr sowieso schon eine spirituelle Ader innewohnt, kommt sie auch noch vom Land. Und im ländlichen Mexiko geht es selbst heutzutage noch ... na ja, ziemlich abergläubisch zu.«

Er ließ die Worte in der Luft hängen, weshalb Alec ihn ermunterte: »Fahren Sie fort.«

»Im Wesentlichen läuft es darauf hinaus, dass wir das Haus gekauft haben, ohne etwas über dessen Hintergrund zu wissen. Es ist offensichtlich sehr alt. Aber das hat uns nichts ausgemacht. Es war ja gerade Teil seines Charmes. Doch dann haben wir erfahren, dass es eine gruselige Gespenstergeschichte über das Haus gibt.«

Weder Alec noch Ruth zeigten sich überrascht, sondern warteten geduldig auf die nächste Enthüllung. Duvalier betrachtete sie aufmerksam und fragte sich, ob sie ihn bereits für einen Spinner hielten.

Schließlich sagte Ruth: »Mr Duvalier, Gespenstergeschichten über englische Landsitze gibt es bei uns wie Sand am Meer.«

Er schüttelte entschieden den Kopf. »Aber nicht solche wie diese. Dieses Gespenst oder dieses Monster oder was auch immer es ist ... dieser *böse Geist* ... frisst angeblich Kinder.«

Es entstand ein Schweigen, während der Wagen sich über die mit Autos verstopfte Tower Bridge schob. So großartig Duvaliers schauspielerische Fähigkeiten auch sein mochten, im Moment fiel es ihm sichtlich schwer zu verbergen, wie peinlich ihm das Ganze war. Er konnte nicht verhindern, rot zu werden.

»Das ist alles, was ich darüber weiß«, stellte er klar. »Ich hatte keine Zeit, mich selber in die Geschichte zu vertiefen, dafür habe ich viel zu viel zu tun. Aber es ist offenbar ziemlich schwierig, Personal für das Haus zu bekommen, wenn die Arbeit für die Angestellten damit verbunden ist, auch dort zu wohnen. Offenbar gibt es die wildesten Geschichten darüber, dass etwas Grauenerregendes Killingly Hall heimsucht und dass es Kinder fängt und diese verspeist.«

»Wer hat Ihnen das erzählt?«, fragte Alec ruhig.

»Ein alter Mann, mit dem wir uns im Dorfpub unterhalten haben.«

»Verstehe.« Obwohl er sich nach Kräften bemühte, es sich nicht ansehen zu lassen, verriet Alecs Ausdruck, dass er für solcherart Gerüchte, die sich in Kneipen verbreiteten, allenfalls höhnische Verachtung übrighatte.

»Unser Wildhüter hat uns eine ähnliche Geschichte erzählt«, fügte Duvalier eilig hinzu.

Alec schüttelte immer noch den Kopf. »Ich will Ihnen ja nicht zu nahe treten, Mr Duvalier, aber diese Leute erzählen höchstwahrscheinlich einen Haufen Stuss. Und damit meine ich einen *Riesenhaufen* Stuss. Da erscheint ein großer Filmstar auf der Bildfläche, und sie spielen sich sofort auf, um in seinen Augen mehr zu sein als nur ein paar hinterwäldlerische Bauerntölpel. Aber verglichen mit anderen Schauergeschichten ist diese nicht mal besonders originell.«

»Das denke ich auch, aber ich bin nicht derjenige, den Sie überzeugen müssen.«

»Sondern Rosa«, stellte Ruth fest.

Er nickte. »Claudette, unsere Tochter, ist sechs und das Ein und Alles ihrer Mutter. All unsere Versuche, ein Kind zu bekommen, sind gescheitert, bis Rosa sich schließlich einer intensiven Fruchtbarkeitsbehandlung unterzogen hat. Seitdem ist sie – sozusagen als Ausgleich – etwas überbehütend. Zudem hat sie, wie ich bereits sagte, auch noch diese abergläubische Ader, und zusammen mit ihrem ausgeprägten Mutterinstinkt ist das keine besonders gute Kombination, das können Sie mir glauben. Ich meine, stellen Sie sich das Ganze nur mal vor: Claudette hatte eine schwierige Geburt, sie war winzig und musste viel Zeit im Krankenhaus verbringen. Doch schließlich durfte sie nach Hause. Dann hatte sie alle möglichen Kinderkrankheiten, die uns jedes Mal eine Menge Sorgen bereitet haben. Schließlich war auch das geschafft. Alle entspannen sich wieder, und dann passiert so was.«

»Aber es ist doch noch gar nichts passiert«, wandte Alec ein.

Duvalier machte eine hoffnungsvolle Geste. »Wenn wir Glück haben, wird auch nie etwas passieren, aber das ist der Punkt, an dem Sie ins Spiel kommen. Sehen Sie sich die Aufzeichnungen und die Geschichte des Hauses an, reden Sie mit jedem, den Sie auftreiben können. Bringen Sie mir einfach Beweise dafür, dass das alles nichts weiter ist als ein Haufen Unsinn, damit ich ihr beweisen kann, dass an der ganzen Geschichte nichts dran ist.«

»Mr Duvalier«, sagte Ruth. »Es wird sich alles als eine faustdicke Lüge erweisen, als ausgekochter Unsinn, der im Schankraum eines Pubs ausgeheckt wurde.«

»Wenn es so sein sollte, schön und gut. Glauben Sie mir, das wäre Musik in meinen Ohren.«

»Sie wollen uns wirklich unser übliches Honorar bezahlen, damit wir Ihnen letztendlich ein solches Ergebnis präsentieren?«, fragte Alec.

»Geld spielt keine Rolle«, sagte er.

»Warum verkaufen Sie das Anwesen dann nicht einfach?«, fragte Ruth ihn. »Ich meine, entschuldigen Sie, wenn ich das so sage, aber Ihre Frau ist bei dem Ganzen sichtlich verspannt. Ganz egal, was wir herausfinden – würde es je dazu beitragen, dass Killingly Hall für Ihre Frau ein Ort wird, mit dem sie sich anfreunden kann? Würde ein Aufenthalt dort sie nicht immer mit Sorge erfüllen, zumindest solange Claudette ein Kind ist? Verkaufen Sie das Anwesen doch, und kaufen Sie sich irgendwo ein anderes. Damit wäre das Problem gelöst.«

»Damit dann beim nächsten Haus ein ähnliches Problem auftaucht?«, fragte Duvalier. »Und bei dem, das danach kommt, auch? Ich mag Killingly Hall.« Seine Stimme wurde leidenschaftlich. »Es gehört mir noch nicht mal ein Jahr, und trotzdem habe ich mich bereits in dieses Anwesen verliebt. Und ich bin fest entschlossen, dieses Weihnachtsfest im Charles-Dickens-Stil dort zu feiern. Die Einladungen sind schon verschickt, die Pläne stehen.«

»Und Rosa ist bereit, herzufliegen und an der Feier teilzunehmen?«, fragte Alec.

»Sie und Claudette kommen nächste Woche. Es war ein ziemlicher Kampf, aber ich habe sie dazu gebracht einzuwilligen, wenn irgendwelche Experten – jemand wie Sie beide – in der Lage sind, uns eindeutig zu versichern, dass es sich bei diesem Etwas, diesem Kinderfresser, um ein Produkt der Fantasie handelt.«

Ruth und Alec tauschten einen verwirrten Blick aus. Schließlich sagte Ruth: »Wir sind nur Privatdetektive. Sollten Sie nicht besser ein Medium engagieren oder einen Hellseher?«

»Um Himmels willen, bloß das nicht! Das würde alles nur noch schlimmer machen. Das würde Rosa nur noch darin bestärken, diesen Unsinn zu glauben. Und wie ich bereits sagte, bin ich nicht sicher, ob wir es hier tatsächlich mit einem klassischen Gespenst zu tun haben.«

»Nein«, sagte Alec spitz. »Wir haben es mit etwas zu tun, das Kinder verspeist.«

Duvalier sah ihn an. »Das finden Sie lächerlich, stimmt's?«

So verhielt es sich in der Tat, aber wahrscheinlich war es auch nicht viel lächerlicher als die Tatsache, dass dieser kleine, ziemlich besorgt aussehende Mann die Welt davon überzeugen konnte, als schneidiger Kapitän an der Schlacht von Nelsons heroischer Flotte teilzunehmen. Und genau das würde Duvalier in Kürze auf der Leinwand tun.

3

Wenn die British Library, die sich rühmte, mehr als 150 Millionen Bücher und Dokumente zu beherbergen, von denen einige angeblich aus dem dritten Jahrhundert vor Christus stammten, kein Licht in diesen Fall bringen konnte, wusste Alec nicht, an welche Institution er sich noch wenden konnte.

Bevor er aus dem Haus gegangen war, hatte er sich bereits im Internet bruchstückhaft über Killingly Hall informiert. Auf einer Webseite über historische Anwesen war er fündig geworden:

Killingly Hall

Tyberton, Herefordshire

Trotz seines modernen Erscheinungsbildes (das gegenwärtige Gebäude datiert aus dem frühen zwanzigsten Jahrhundert) erfreut Killingly Hall sich einer neunhundertjährigen Geschichte. Ursprünglich im späten elften Jahrhundert errichtet, um einen schwer zu kontrollierenden Abschnitt der Grenze zwischen Wales und England zu sichern, ging es schließlich von königlicher Kontrolle in den Besitz der Familie De Souza über, normannische Kriegsherren, die den hölzernen Schutzwall durch Steinmauern ersetzten und das Anwesen erfolgreich in ihrem Besitz behielten, bis es im Jahr 1138 von König Stephan erobert wurde, der es seinem loyalen Gefolgsmann Gilbert de Villehardoin, Earl of Worcester, übergab. Im Jahr 1285 wurden intensive Umbauten abgeschlossen, in deren Verlauf auf Befehl von Edward I. zum Schutz vor den Walisern ein neuer Bergfried, eine mit Wachtürmen versehene Verteidigungsanlage und eine Umfassungsmauer hinzugefügt wurden. Nachdem das Anwesen die Rosenkriege unbeschädigt überstanden hatte, verfiel es im späten Mittelalter allmählich und wechselte häufig die Besitzer, von denen sich in der kalten, militärischen Umgebung keiner so recht wohlfühlte. Im Jahr 1586 beschrieb der Historiker William Cornell das Anwesen mit den Worten: »Ein trauriges Überbleibsel früherer Zeiten. Eine düstere, nahezu unbewohnbare Ruine.« *Die Überreste des mittelalterlichen Gebäudes wurden während des Englischen Bürgerkriegs von den Truppen Cromwells vollständig zerstört, und der Wiederaufbau begann erst im Jahr 1683, als ein Freund Charles II., Percival Hart, es zum Sitz seiner Familie ausbaute. Er und seine Nachkommen bewohnten den neu errichteten Herrensitz, der nun eher ein traditionelles Landhaus war als eine Burg, mehrere Gene-*

rationen lang und nahmen fortwährend Verschönerungen vor, bis es im achtzehnten Jahrhundert von einem Antiquar mit folgenden Worten beschrieben wurde: »Ein äußerst ansehnliches Gebäude im Stil der Architektur Sir Christopher Wrens.« Bedauerlicherweise liegt aus dieser Zeit nur das Zeugnis des Antiquars vor, da das Anwesen im Jahr 1798 in Brand geriet und zwei Jahre später komplett abgerissen werden musste. Es wurde wieder neu aufgebaut, jedoch im Jahr 1837 von einem noch schlimmeren Feuer heimgesucht und daraufhin aufgegeben und verlassen. Der Landsitz stand ein Dreivierteljahrhundert leer und verfiel zusehends, bis er von dem Industriellen George Jolley erworben wurde, der wie Percival Hart auf der Suche nach einem Familiensitz war. Das gegenwärtige Anwesen, ein massives graues Steingebäude im Stil einer Burg mit Zinnenmauern und hohen, schmalen Fenstern wurde im Jahr 1914 fertiggestellt und anschließend mit wertvollen Gemälden und antiken Möbeln ausgestattet. Nach Jolleys Tod im Jahr 1936 beherbergte es für kurze Zeit einen Country Club, doch in der zweiten Hälfte des zwanzigsten Jahrhunderts restaurierten anspruchsvollere Anwohner das Anwesen und verliehen ihm die erhabene Würde eines Herrensitzes, die es auch heute noch auszeichnet.

Das war alles recht interessant, wenn auch eher trocken und belanglos. Killingly Hall schien im Zusammenhang mit bedeutenden historischen Ereignissen keine Rolle gespielt zu haben, und Alec beschlich das Gefühl, dass sie ziemliches Glück haben müssten, um mehr über das Anwesen herauszufinden. Doch er irrte sich. Als er in die Bibliothek kam, erwiesen sich die Informationen, die er bereits zusammengetragen hatte, durchaus als nützlich. Sie führten ihn schnell zu weiteren Quellen, deren Auswertung, als er alles zusammenfügte, ein düsteres, aber informatives Gesamtbild ergab.

Ein Assistent brachte ihm ein Lehrbuch über die Geschichte Herefordshires. Auf dem Einband des Buches prangte ein Foto von etwas, das aussah wie ein in die Rückseite einer Kirchenbank geschnitzter menschlicher Kopf mit gequältem Gesichtsausdruck. Das Buch datierte aus dem Jahr 1951 und sah aus, als ob es einmal in das Klassenzimmer einer Schule gehört hatte. Er warf einen Blick ins Verzeichnis und entdeckte sofort einen Hinweis auf die Familie De Souza. Als er die entsprechende Seite aufschlug, landete er in einem Kapitel über die sogenannte »Englische Anarchie«, eine Phase des Bürgerkriegs, die das Königtum in den Jahren zwischen 1135 und 1154 innerlich zerriss.

Er wusste nichts über diese Epoche und begann zu lesen.

Die Auseinandersetzung, die als ein dynastischer Krieg zwischen König Stephan, dem Enkel Williams des Eroberers, und seiner Ränke schmiedenden Cousine Matilda Plantagenet begann, schien rasch in einen kleinen Holocaust ausgeartet zu sein. Der Krieg begann wie üblich damit, dass die Hauptbeteiligten Burgen belagerten und große Armeen mobilisierten. Doch diese »organisierten« Mächte hatten einander auf dem Schlachtfeld rasch vernichtet, woraufhin Gesetz und Ordnung überall zusammenbrachen. Das Königreich zerfiel und wurde von Söldnern und Banden von Deserteuren heimgesucht, die plündernd und marodierend durch die Lande zogen. Raub und Vergewaltigung waren an der Tagesordnung. Selbst die Barone, die nicht in den Konflikt involviert waren, nutzten die Gelegenheit, um Städte auszuplündern und Fehden miteinander auszutragen. Brücken wurden niedergebrannt, Ernten zertrampelt und zerstört. Die Folge waren erst Hungersnöte, dann Seuchen. »Neunzehn ausgedehnte Winter lang schliefen der Herr und seine Engel«, schrieb ein Chronist. »Jeder Mann bestahl jeden, wenn er Gelegenheit dazu hatte.« Unzählige Menschen starben, ganze Familien wurden ausgelöscht, darunter auch viele adlige. Dem Buch zufolge war die Familie De Souza keine Ausnahme.

Alec las weiter. Er war nicht sicher, ob die Geschichte für ihn relevant war, doch sie faszinierte ihn so sehr, dass er mehr erfahren wollte.

Gleich zu Beginn der Anarchie schlug Bertram de Souza, Lord

of Tyberton, sich auf die Seite von Matilda, die er als eine direktere Nachfahrin des normannischen Königshauses erachtete. Doch das Schicksal wandte sich schnell gegen ihn. Als er im Jahr 1139 mit seinem Gefolge weit weg von zu Hause war, um für die Möchtegern-Königin in die Schlacht zu ziehen, entsandte König Stephan eine Streitmacht unter dem Earl of Worcester, der die Burg der De Souzas belagerte. Später sollte diese einmal Killingly Hall heißen, zu dieser Zeit jedoch war sie unter dem Namen bekannt, den die Waliser ihr gegeben hatten – Brac Cannor.

Bertrams Frau Morgana hatte nur hundert Ritter und bewaffnete Männer zur Verfügung, trotzdem weigerte sie sich, sich zu ergeben. Die königliche Armee versuchte mehrfach, die Burg einzunehmen, wurde jedoch immer wieder zurückgeschlagen. Schließlich übernahm König Stephan persönlich das Kommando über die Belagerer. Er befahl, auf der Wiese hinter der westlichen Mauer der Burg hundert Galgen zu errichten, und übersandte Lady Morgana die Botschaft, dass alle Insassen der Burg, einschließlich sie selber und ihr Sohn Piers, gehängt werden würden, sobald die Burg schließlich erobert werde – es sei denn, sie ergebe sich friedlich. In dem Fall würden alle verschont. Er fügte seiner Botschaft als Fußnote hinzu, dass Morganas Ehemann Bertram im Kampf gefallen und tot sei.

Da sie das Schlimmste fürchtete und die Vorräte zur Neige gingen, nahm Lady Morgana das Angebot des Königs an. Die Garnison verließ die Burg, woraufhin die Männer sofort von den Soldaten des Königs ergriffen wurden. Voller Freude über das Gelingen ihrer Hinterlist hängten die Soldaten jeden einzelnen Mann. Einzig und allein Lady Morgana und ihr Kind wurden verschont. König Stephan übergab die beiden in die Gewalt von Gilbert de Villehardoin, dem zuvor bereits erwähnten Earl of Worcester, der zur Belohnung für seine Gefolgschaft Brac Connor erhielt.

Da er in ihnen eine Bedrohung für seinen frisch erworbenen Besitz hätte sehen können, hätte Villehardoin sich seiner Geiseln umgehend entledigen können, doch die Geschichte über Bertram de Souzas Tod war eine Finte gewesen. In Wahrheit kämpfte Morganas Ehemann nach wie vor im Namen Matildas. Deshalb tötete Villehardoin seine Gefangenen nicht, sondern sperrte sie in ihrer eigenen Burg in einem Verlies ein, im tiefsten Kerker, den er finden konnte. Dort wurden sie in absoluter Dunkelheit gefangen gehalten und nur äußerst sparsam mit Nahrung und Wasser versorgt. Als Villehardoin im Jahr 1141 erfuhr, dass Bertram de Souza in der Schlacht von Winchester gefallen war, ließ er die Versorgung mit Nahrung und Wasser komplett einstellen und das Verlies zumauern, womit die unglückselige Mutter und ihr Kind dem Tode geweiht waren. Villehardoin lebte noch zwei weitere Jahre auf Brac Cannor, bis er seinen eigenen kleinen Sohn verlor, woraufhin er wieder auf seinen Sitz in Worcester zurückzog.

Ab da widmete sich das Kapitel anderen Dingen, und Alec legte das Buch zur Seite. Killingly Hall hatte eine blutige Geschichte, daran bestand kein Zweifel, doch für seinen Fall gaben all diese Informationen nicht viel her. Kurz darauf wurde ihm allerdings ein zweiter Band ausgehändigt, ein deutlich dickerer und älterer Wälzer. Er stammte aus den 1860er-Jahren, war in einen muffigen gelben Leineneinband gebunden und trug den Titel *Traditionen des Cotswold Country*. Angeblich handelte es sich um »eine Abhandlung über die Mythen und Brauchtümer der westlichen Gebiete«.

Alec blätterte das Buch durch. Es als schwer verdauliche Prosa zu bezeichnen, wäre eine Untertreibung gewesen. Es war in einem manierierten, einfallslosen Stil geschrieben, und nichts wurde in einem Satz gesagt, wenn man es auch in drei Absätzen ausschmücken konnte. Doch der Assistent hatte eine Seite markiert, und als Alec sie aufschlug, war sofort sein Interesse erweckt.

Die Überschrift lautete:

Über die Verheerungen der Baronin Morgana

Im ersten Abschnitt wurde beschrieben, was er bereits über das furchtbare Schicksal Morgana de Souzas und ihres Sohnes wusste. Doch dann ging es weiter, und es wurden Dinge hinzugefügt, die zwar eher aus dem Reich der Legende stammten, als dass es sich um historische Fakten handelte, die jedoch schaurig und beunruhigend waren:

Die herzlose Bande, die Brac Connor in Besitz nahm, musste einen hohen Preis bezahlen wie auch andere, die ihr folgten. Denn ihre brutalen Taten setzten einen furchtbaren Fluch frei.

Als sie und ihr Kind sterbend in ihrem unterirdischen Gefängnis lagen, schloss Baronin Morgana einen Pakt mit dem Teufel: Für alle Zeiten sollte niemand außer ihr in diesem alten Familienbesitz herrschen. Des Teufels Preis hierfür war hoch, denn die Baronin, so verlangte er, müsse ihre Treue ihm gegenüber beweisen, indem sie ihr eigenes Kind verspeiste. Da der kleine Piers bereits das Zeitliche gesegnet hatte, war es vielleicht kein so grausames Ansinnen, wie es klingen mag, doch die Frau – inzwischen wahnsinnig und nur noch ein lebender Schrecken der Finsternis – fiel über ihr totes Kind her und beging ihr kannibalisches Festmahl mit einer unnatürlichen Lust.

Kurz darauf, so wurde berichtet, begannen die Kinder der Bauern, die auf dem Landsitz Brac Connor lebten, auf einmal zu verschwinden, und wenn nach ihnen gesucht wurde, wurden nur noch ihre Knochen gefunden. Fremde wurden verhört, und die ganze Gegend wurde abgesucht, doch es wurde keine Antwort für das rätselhafte Verschwinden der Kinder gefunden. Earl Villehardoin bekam es mit der Angst zu tun. Ihm kamen Geschichten zu Ohren, nach denen in der Dunkelheit ein Monster umherstreifte, etwas Verdrehtes und Missgebildetes; etwas, das nach dem Fleisch der Kleinen lechzte und den Berichten derjenigen zufolge, die einen Blick auf die Kreatur erhascht hatten, die Konturen einer Frau hatte. Als sein eigener kleiner Sohn von dem gleichen Schicksal ereilt wurde, verlor Earl Villehardoin den Verstand. Er ging dazu über, Hemden aus Rosshaar zu tragen und sich zu geißeln, und einen Monat nach dem Zwischenfall verließen er und seine Gefolgschaft allesamt Brac Connor. Doch der Albtraum ging weiter. Bei Nacht, so tuschelten die Leute, streife die Wiedergängerin der Baronin Morgana durch die Burg und über das zur Burg gehörende Gelände und mache wie eine ausgehungerte Wölfin Jagd auf jedes Kind, das sie finden könne.

Jahrhundertelang lag dieser grausige Fluch über Brac Connor, selbst noch nachdem die Burg abgerissen und an der gleichen Stelle ein anderes Gebäude errichtet worden war. Natürlich wurde nie auch nur ein einziger Beweis für das schaurige Geschehen erbracht, und viele begegnen der Geschichte heute mit Spott. Doch im Früh-jahr 1683 wurde bei tiefen Ausgrabungen an der Stelle, an der die Fundamente der ursprünglichen steinernen Anlage vermutet wur-den, eine luftdichte Gruft entdeckt – eine kleine Kammer, die irgend-wann zugemauert worden war. In der Kammer befand sich ein kleines Skelett, dessen Knochen Nagespuren aufwiesen. Bei dem Versuch, das Skelett nach oben zu befördern, zerfiel es zu Staub. Die Arbeiter, die es gefunden hatten, weigerten sich, noch einmal zu der Gruft hinabzusteigen, doch sie beharrten darauf, dass es in der Kammer keine Spur eines weiteren Skeletts gegeben hatte.

Die Überreste der Fundamente wurden zu Schutt zerkleinert und untergepflügt, sodass von der Gruft des Hades nichts übrig blieb.

Alec war nicht sicher, ob er zu viel Zeit investiert hatte, aber die Informationen waren für ihren Fall nicht völlig bedeutungslos. Er machte von den interessanten Seiten Fotokopien und faxte sie Ruth, die zu Hause war und das »System« anzapfte. Hoffentlich hatte sie mehr herausgefunden als er.

Das »System«, wie sie es nannten, bestand aus einem inoffiziel-len Netzwerk aus Privatschnüfflern, Informanten und – einige würden sagen »korrupten«, andere würden sagen »wohlmeinen-den« – Polizeibeamten. Ruth tätigte gerade eine paar Anrufe. Die Informanten ließen sich ihre Dienste nicht selten etwas kosten, aber Mike Duvalier hatte nicht nur eingewilligt, den Whitchur-ches ihr volles Honorar zu zahlen, sondern ihnen auch großzügige Spesen gewährt, sodass Geld bei dieser Angelegenheit keine große Rolle spielte.

Ruth erwiderte Alecs Anruf kurz vor Mittag, als er gerade auf die Euston Road hinaustrat und im Schatten der gotischen Fassade des Bahnhofs St Pancras stand. »Hallo«, sagte er. »Hast du was?«

»Ja, dies und das. Diese Kopie, die du mir gefaxt hast – diese Geschichte über die Baronin. Morgana und ihre Verheerungen. Das ist ja ziemlich interessant. Glaubst du, da ist was dran?«

»So würde ich es nicht gerade ausdrücken. Ist doch ein ziemlicher Hokuspokus, oder? Aber es könnte natürlich ein bisschen weiterhelfen. Es erklärt zumindest, wo diese Bauerntölpel aus der Gegend die Geschichte herhaben.«

»Aber wird es reichen?«, fragte sie. »Wird es Mrs Duvalier überzeugen, dass alles in bester Ordnung ist, oder wird es eher den gegenteiligen Effekt haben?«

Alec hielt ein vorbeifahrendes Taxi an und stieg ein. »Bayswater Road, bitte.« Dann redete er weiter in sein Handy. »Na ja, wenn sie Märchen wie dieses glaubt, hat sie ein Problem, bei dem wir ihr nicht helfen können.«

Aus irgendeinem Grund klang Ruth weniger überzeugt. »Es könnte mehr sein als ein Märchen.«

»Was redest du da?«

»Ich habe auch ein paar Treffer gelandet. Hör dir zum Beispiel mal das hier an: Killingly Hall liegt im Zuständigkeitsbereich der West Merica Police, richtig?«

»Ja.«

»Die digitalisierten Aufzeichnungen im Computer, über die sie dort verfügen, reichen zurück bis in die Mitte der 1970er-Jahre, so weit können wir also momentan zurückgehen. Und in diesem Zeitraum – seit 1976, um genau zu sein – haben sich in den westlichsten Revieren der West Merica Police vierzehn Fälle vermisster Kinder angesammelt, die nie aufgeklärt wurden.«

Alec war baff. »Vierzehn!«

»Die Kinder waren zwischen drei und elf Jahre alt. Bei zwei von ihnen, den ältesten beiden, ging man davon aus, dass sie von zu Hause abgehauen waren. Offenbar handelte es sich um Kinder mit einem schwierigen familiären Hintergrund.«

»Dann bleiben immer noch zwölf übrig.«

»Richtig. Und von den zwölf Fällen sind sieben noch nicht abgeschlossen.«

»Warum sind nicht alle Fälle noch offen?«

»Zunächst einmal wegen des Zeitfaktors. Wer hat schon die Ressourcen, in Fällen zu ermitteln, die zwanzig Jahre zurückliegen? Aber es scheint auch noch andere Gründe dafür zu geben, dass sie abgeschlossen wurden. In einem Fall war ein Angehöriger der Hauptverdächtige. Er wurde nie überführt, ist jedoch mittlerweile tot. In zwei anderen Fällen wurde vermutet, dass die Kinder aufgrund von Unfällen ums Leben kamen. Beide Kinder waren das letzte Mal am Ufer eines Flusses gesehen worden: eins am River Wye, das andere am Dore.«

»Wann hat sich der jüngste Fall zugetragen?«, fragte er.

»Vor drei Jahren. Klingt nicht so, als ob die Kollegen mit den Ermittlungen groß vorankämen. Selbst dieser Fall soll jetzt auf eine niedrigere Dringlichkeitsstufe herabgesetzt werden.«

»Ich fasse es nicht. Zwölf vermisste Kinder in einem Polizeibezirk.«

»Vergiss nicht, dass es ein ziemlich großes Gebiet ist. Es ist eine ländliche Gegend, in der es etliche untergeordnete Polizeireviere gibt.«

»Wurde zwischen irgendwelchen dieser Fälle ein Zusammenhang vermutet?«

»Zunächst ja. Einige Fälle wurden Ende der 90er-Jahre im Rahmen der Operation Enigma[1] ins Visier genommen, doch dabei ist nichts herausgekommen. Es gibt einfach keine Beweise.«

---

[1] Eine große Operation von Scotland Yard, die darauf angelegt war, eine Reihe ungeklärter Mordfälle noch einmal neu aufzurollen, die sich in ganz England und Wales zugetragen hatten und bei der der Einsatz moderner Ermittlungstechniken die Vermutung nahegelegt hatte, dass ein Serientäter sein Unwesen trieb.

»Erstaunlich, dass keine größere allgemeine Panik herrscht.«

»Die gäbe es wahrscheinlich, aber du weißt ja, wie es ist.«

Und das stimmte. Alec wusste in der Tat, wie es war. Als er selber noch ein kleiner Junge gewesen war, war jedes vermisste Kind ein Ereignis gewesen und hatte hohe Wellen geschlagen, insbesondere nach den Moormorden. Doch heutzutage lagen die Dinge anders. Die Eingangsbereiche der meisten Polizeiwachen waren mit Fotos von Gesichtern von Kindern, Teenagern und allen möglichen schutzlosen Personen zugekleistert, die einfach so verschwunden waren. Im ganzen Land gab es spezielle Vermisstenabteilungen, doch angesichts der Flut verschwundener Menschen war deren Arbeit allenfalls ein Tropfen auf den heißen Stein.

»Hast du auch irgendwelche Polizeibezirke außerhalb von West Merica überprüft?«, fragte er.

»Dyfed Powys liegt gleich daneben«, entgegnete sie. »Unmittelbar hinter der Grenze zu Wales. Von dort warte ich noch auf Resultate.«

»Gab es auch Berichte über Kinder, die von dem Anwesen Killingly Hall selbst verschwunden sind?«

»Nicht wirklich. Aber …« Ruth hielt einen Augenblick inne. »Es wäre interessant, sich einmal anzusehen, wie weit die Grenzen des gutsherrschaftlichen Bereichs von Killingly Hall im Mittelalter reichten, meinst du nicht auch?«

»Ja«, entgegnete Alec, der kaum glauben konnte, dass er derartige Überlegungen tatsächlich in Betracht zog. »Ja, das meine ich auch.«

4

Als sie in Richtung Westen auf die Cotswolds zufuhren, wurde das Wetter zunehmend so, wie es der Jahreszeit entsprach. Der herbstliche Wind und der Mitte-Dezember-Regen machten einer eisigen Winterkälte Platz. Im West County hatte es sogar geschneit, sodass eine dünne Schneeschicht die niedrigen Hügel und die sanften Täler bedeckte. Die blattlosen Hecken waren dick vereist, über allem wölbte sich ein kühler, taubenblauer Himmel. Zum Glück waren die Straßen – sogar die Nebenstrecken – in dieser überwiegend ländlichen Gegend gestreut worden.

»Nehmen wir als Gedankenspiel einfach mal an, dass in Herefordshire *tatsächlich* ein Serienmörder oder ein Serienentführer sein Unwesen treibt«, sagte Ruth, während sie in Alecs MG durch die Landschaft fuhren, »dann wird von diesen neunzehn Kindern« – die Zahl war inzwischen auf neunzehn gestiegen, da der Liste aufgrund ihrer Nachforschungen bei der Dyfed-Powys Police fünf weitere Namen hinzugefügt worden waren – »aller Wahrscheinlichkeit nach mindestens die Hälfte unter nicht verdächtigen Umständen verschwunden sein. Die beiden, die man als Ausreißer abgehakt hat, *waren* wahrscheinlich Ausreißer. Und höchstwahrscheinlich handelt es sich auch bei einigen anderen um Ausreißer. Am Ende wird die Liste also nicht annähernd so erschreckend ausfallen, wie sie auf den ersten Blick erscheint.«

Alec fuhr weiter. »Ist diese Ansprache für mich bestimmt, oder übst du sie für Mike Duvalier ein?«

»Das Ganze wird ihm bestimmt nicht gefallen.«

»So schlimm ist es doch gar nicht.«

In der Hinsicht hatte Alec recht. Bevor sie ihren Bericht fertiggestellt hatten, hatten Nachfragen bei ihren Kontakten bei Scotland Yard und bei der National Crime Group ergeben, dass es in dem District, in den sie gerade hineinfuhren, aktuell keine Ermittlungen in irgendeinem Fall von Kindesentführung gab. Und nicht nur das. In ihren Berichten hatten Detectives, die an der Operation Enigma beteiligt gewesen waren, zwar die hohe Anzahl von Kindern hervorgehoben, die in den zurückliegenden Jahrzehnten verschwunden waren, hatten jedoch auch »auf das Zusammentreffen unglücklicher Umstände« hingewiesen, wobei sie die vielfältigen sozialen Probleme genannt hatten, die den größeren Städten der Gegend zu schaffen machten – Drogensucht, Kindesmissbrauch durch die Eltern, Kinderkriminalität und dergleichen –, sowie die Tatsache, dass häufig Menschen in den Flüssen Dore und Wye verschwanden, zwei großen Strömen, die beide schnell in Richtung Meer flossen und aus denen diejenigen, die in ihnen zu Tode kamen, nur selten wieder auftauchten. Und um das Bild zu vervollständigen, hatten Alec und Ruth ihr System auch noch genutzt, um in anderen Polizeibezirken des Landes Informationen einzuholen, und dabei in Erfahrung gebracht, dass man es dort mit ähnlich vielen »mispers« zu tun hatte, wie vermisste schutzlose Personen im Polizeislang hießen, womit dieses Phänomen also nicht ausschließlich auf die Gegend um Killingly Hall beschränkt war.

Doch trotz alledem und ungeachtet der Tatsache, dass sie zwei Wochen Arbeit in diesen Fall investiert hatten, nagte noch etwas an Ruth. »Irgendwie werde ich das Gefühl nicht los, dass wir unseren Job nicht wirklich erledigt haben.«

»Warum denn?«, fragte Alec. »Duvalier bezahlt uns einzig und alleine für Informationen. Und genau die liefern wir ihm.«

»Warum hat er darauf bestanden, dass wir sie ihm persönlich überbringen?«

»Vermutlich, damit er uns Fragen stellen kann. Und seine Frau vielleicht auch. Außerdem ist es ja nicht gerade so, als ob wir ihm Informationen wie diese mal eben per E-Mail schicken könnten, oder?«

Die Unterlagen, die sie zusammengestellt hatten und die sich inzwischen in zwei prall gefüllten Ordnern befanden, lagen auf dem Rücksitz. Der erste und dickere Ordner enthielt sämtliche polizeibezogenen Unterlagen, unter anderem Kriminalberichte, Zeugenaussagen, Dossiers über vermisste Kinder und dergleichen aus den vergangenen Jahrzehnten. Es erübrigte sich festzustellen, dass all dies der Geheimhaltung unterlag und der Besitz dieser Papiere in hohem Maße illegal war. Der zweite Ordner war nicht ganz so prall gefüllt, dafür jedoch mit eher rechtmäßig

zugänglichen Informationen. Er enthielt Artikel über die mittelalterlichen Legenden über die Gegend, und zwar nicht nur Kopien
von Büchern und Ausdrucke von Informationen aus dem Internet, sondern auch Karten, Zeitungsausschnitte und Abschriften
mündlicher Berichte von Leuten aus der Gegend, die sie ihrem
System verdankten. Doch all das fügte dem, was Alec gleich am
ersten Tag herausgefunden hatte, nicht besonders viel hinzu.

Sie fuhren weiter und genossen den wolkenlosen Himmel und
die verschneite Landschaft. Im Radio sang Luther Vandross *Have
Yourself A Merry Little Christmas*. Sie aßen in einem Pub mit Reet-
dach zu Mittag, dessen Inneres mit Tannenzweigen und Weihnachtsbeleuchtung dekoriert war, und hielten anschließend ein
paar Kilometer weiter an einer Tankstelle. Während Alec tankte,
stöberte Ruth in dem Laden herum und kaufte ein dünnes Taschenbuch mit dem Titel *Geheimnisvolle Ortsnamen im West
Country*. Als sie weiterfuhren, las sie einen Abschnitt laut vor.

»Killingly: das private Landgut Killingly Hall, ein herrschaftlicher Sitz in den westlichen Harden von Herefordshire, in der
Nähe der Grenze zu Wales gelegen. Einstmals eine wilde, ent-
legene Region, erfreut sich die Gegend heute einer malerischen
Landschaft, die von Obstgärten, Hopfenfeldern und sanft anstei-
genden grünen Hügeln geprägt ist und in der man hier und da auf
romantische altertümliche Dörfer stößt. Nicht ohne Grund wird
die Gegend ›der Garten des Westens‹ genannt. Doch der ungewöhnliche Ortsname ›Killingly‹ ist vermutlich auf grauenvolle
Ereignisse aus der Vergangenheit zurückzuführen. Dies zeigt sich
in der Zusammensetzung der beiden in dem Namen wiederzufinden Worte: dem anglo-dänischen ›killing‹, Partizip des heute
immer noch verwendeten Verbs ›to kill‹; und dem mittelengli-
schen Substantiv ›ley‹ oder ›lea‹, das Wald bedeutet. Deshalb wird
angenommen, dass der Name ›Killingly‹ auf den Begriff ›Mord-
wald‹ oder ›Mordgegend‹ zurückgeht, also auf einen Ort, an dem
Exekutionen durchgeführt wurden oder sich Morde zugetragen
haben.«

»Wahrscheinlich bezieht sich das auf die Massenerhängung im zwölften Jahrhundert«, meinte Alec. »Von der in dem Geschichtsbuch berichtet wird.«

»Könnte sein, doch wer auch immer den letzten Absatz in diesem Abschnitt geschrieben hat, scheint da anderer Meinung zu sein: ›Der ursprüngliche Name der normannischen Burg, die sich einst auf der Stelle erhob, lautete ›Brac Connor‹. Der Name ›Killingly‹ scheint erst in der Mitte des siebzehnten Jahrhunderts gebräuchlich geworden zu sein, zu einer Zeit, in der das längst verfallene Anwesen sich einen düsteren Ruf erworben hatte.‹«

»Tja, so wie es jetzt aussieht, hat es jedenfalls ganz und gar nichts Düsteres«, stellte Alec fest.

Je weiter westlich sie kamen, desto wilder und malerischer wurde die Landschaft. Die ordentlich von Hecken gesäumten Felder machten sanft geschwungenen unebenen Hochlandweiden Platz, die hier bevorzugt von Trockensteinmauern umgrenzt waren. Die Marktstädtchen der Cotswolds, deren Häuser alle aus dem gleichen honigfarbenen Kalkstein errichtet worden waren, waren immer rarer gesät, verschwanden schließlich ganz und wurden durch schwarz-weiße Fachwerkhäuser einzelner Gehöfte ersetzt, die in die Täler der immer hügeliger werdenden Landschaft gequetscht worden waren. Der Baumbewuchs ließ nach, weshalb der Himmel sich auszudehnen schien. Inzwischen begann es zu dämmern, und am Himmel waren lilafarbene Schneewolken aufgezogen, doch weit im Westen war es klar und eiskalt, verstreute Sterne funkelten wie Kerne aus Eis auf die verschneiten Berge von Wales hinab und tauchten die fernen Gipfel in ein leuchtendes Weiß. Vor diesem Hintergrund erreichten sie schließlich die Zufahrtstore des Anwesens Killingly Hall.

Sie wurden von einer Meute Journalisten und Fotografen empfangen, die in Mänteln und mit Schals zwischen Autos und Transportern herumstanden, ihre in Handschuhen steckenden Hände aneinanderschlugen und Dampfwolken ausatmeten. Doch als die Torflügel aufschwangen, damit Alec und Ruth auf das Anwesen fahren konnten, blieb den frustrierten Reportern nichts anderes übrig, als zuzusehen. Nur ein oder zwei Fotografen wagten sich vor und machten ein paar Schnappschüsse durch die Fenster des MGs. Auf der anderen Seite des Tors erschienen zwei Sicherheitsmänner aus einem kleinen Torhaus. Sie trugen schwarze Mäntel, schwarze Schals und schwarze Wollhandschuhe. Der erste war breit wie ein Schrank und hatte einen Hals so dick wie ein Baumstamm. Ruth und Alec erkannten ihn aus dem Claridge's wieder. Alec ließ sein Fenster herunter.

»Hallo«, sagte der Bodyguard, ohne das Gesicht zu einem Lächeln zu verziehen. Jetzt, da sie ihn genauer in Augenschein nahmen, registrierten sie, dass er gut aussehend und sonnengebräunt war, doch auf einer Wange zog sich eine einzelne hässliche Narbe von oben nach unten. Seine kurzgeschnittenen Haare verliehen ihm ein militärisches Aussehen. Er reichte ihnen die Hand. »Lane Karswell. Wir sind uns bereits in London begegnet.«

»Hallo«, sagte Alec.

»Der Chef ist hinten im Haus. Er erwartet Sie bereits. Tut mir leid, aber ich muss einen Blick in den Kofferraum werfen. Wir haben Anweisung, absolut kein Risiko einzugehen.«

»Kein Problem.« Alec drückte den Knopf zum Öffnen des Kofferraums.

Kurz darauf fuhren sie weiter und folgten einer Schlackeauffahrt, die an einem zugefrorenen Bach entlangführte und sich dann zwischen diversen Baumgruppen hindurchschlängelte. Es waren vor allem Buchen, und ihre hohen Stämme erschienen im Kontrast zu der Schneedecke wie schwarz aufragende Pfosten. Schließlich landeten sie in einer gepflegten Parklandschaft, in der sich das Haupthaus erhob. Inzwischen war es richtig dunkel geworden, weshalb das Haus hell erleuchtet war und beeindruckend aussah. Obwohl Baustil und Bauweise komplett aus dem frühen zwanzigsten Jahrhundert stammten, hatte es immer noch die Aura einer Bastion am Rande der Wildnis. Es war ein massives, quadratisches Herrenhaus und komplett aus Granit gebaut. In einer dem Stil des Mittelalters nachgeahmten Weise war es burgartig mit Türmchen versehen, doch abgesehen davon gab es keine extravagante Dekoration, wobei große Abschnitte der Außenmauern dicht mit Efeu überzogen waren. Und es war riesig. Sie schätzten, dass es über dreißig oder noch mehr Zimmer verfügte. Die längs unterteilten Stabwerkfenster, die sich an der Ostfassade entlangzogen, waren hoch und schmal und vom Schein eines Kaminfeuers rötlich erleuchtet.

»Genau so habe ich mir Baskerville Hall vorgestellt«, sagte Ruth, während sie auf das Haus zufuhren.

»Wir sind meilenweit von Dartmoor entfernt.«

»Mag ja sein. Aber wie weit sind wir von einem Hund entfernt?«

Das Innere des Hauses war mindestens so erhaben wie das Äußere, doch auch dort bewahrte es jene Aura eines robusten Grenzbollwerks.

Durch die große Eingangstür gelangte man direkt in den Hauptsalon, einen riesigen Raum mit einem steingepflasterten Boden und einer im Fachwerkstil gehaltenen Decke. Alle üblichen Ausstattungsgegenstände waren vorhanden: Ritterrüstungen in den Ecken, Gemälde alter Meister an den eichengetäfelten Wänden, aufgereihte Jagdgeweihe, antike Waffen und Wappenflaggen.

Mike Duvalier saß in Laufkleidung und mit Joggingschuhen und seiner Brille auf der Nase auf einem Ledersofa vor einem prachtvollen Steinkamin, in dem ein winterliches Feuer knisterte. Er nippte an einem Getränk, das aussah wie ein Vitamin-Drink, und arbeitete sich dabei durch einen riesigen Stapel DVDs. Bei genauerem Hinsehen erwiesen sich die DVDs als brandneue Exemplare seines letzten Films, in dem er einen James-Bond-mäßigen Geheimagenten verkörpert hatte, der vor seinen eigenen Leuten auf der Flucht war, nachdem falsches Spiel mit ihm gespielt worden war. Er hatte einen schwarzen Marker in der Hand und versah jede einzelne DVD sorgfältig mit einem Autogramm.

»Herzlich willkommen«, sagte er, ohne aufzublicken. »Entschuldigen Sie bitte, aber ich bin gleich fertig. Das sind Weihnachtsgeschenke für meine Gäste. Ich nehme an, das wirkt irgendwie selbstverliebt, aber sehen wir den Tatsachen ins Auge. Mit meinem Autogramm darauf dürfte jede dieser DVDs bei Ebay locker 2000 Dollar einbringen. Drinks gefällig?«

Sie lehnten ab, woraufhin sich der Sicherheitsmann, der sie ins Haus gelassen und sich im Hintergrund herumgedrückt hatte, zurückzog. Nachdem ein weiterer Augenblick verstrichen war, bat Duvalier sie, Platz zu nehmen, und fragte sie, was sie für ihn hatten. Ruth ließ sich in dem am nächsten stehenden Sessel nieder, während Alec stehen blieb und ihrem Auftraggeber die beiden Ordner übergab. Duvalier blätterte die Unterlagen durch, die sie enthielten.

Alec umriss ihm, was sie herausgefunden hatten, bis der Schauspieler ihn ziemlich abrupt unterbrach. »Und? Was sagt Ihnen Ihr Bauchgefühl?«

»Wie bitte?«, fragte Alec.

»Sie sind die leitenden Ermittler in diesem Fall. Also, was sagt Ihnen Ihr Bauchgefühl?«

»Na ja, es gab in der heutigen Zeit in dieser Gegend nur einen einzigen bewiesenen Fall von Kindesmord: 1964, eine Vergewaltigung mit anschließender Strangulierung. Dafür hat ein Landarbeiter lebenslänglich gekriegt.«

Duvalier schien nicht überzeugt. Er wirkte auf einmal ungehalten, regelrecht aufgebracht. »Und was ist mit all den auf unerklärliche Weise verschwundenen Kindern?«

»Wir können Ihnen nur die Fakten mitteilen, Mr Duvalier«, stellte Ruth klar. »Einige der Kinder gelten als vermisst und vermutlich tot, andere gelten einfach nur als vermisst. In keinem Fall wurde wegen Mordes ermittelt.«

Duvalier entnahm dem Aktenordner ein spezielles Blatt, entfaltete es und stellte fest, dass es sich um eine große Karte handelte. »Was ist das genau?«

»Das gutsherrschaftliche Anwesen Killingly Hall«, entgegnete Alec, »im späten siebzehnten Jahrhundert.«

Duvalier schob die DVDs zur Seite und breitete die Karte auf dem Tisch aus. Er blickte auf sie hinab, hatte jedoch im ersten Moment Schwierigkeiten, sich auf der Karte zurechtzufinden. In Wahrheit dürfte die Karte für niemanden viel Sinn ergeben haben, der nicht genau wusste, wonach er suchte. Es war eine exakte Reproduktion eines Originals, sodass jegliche Schrift, sowohl unten an den Rändern als auch auf der Karte selbst, winzig und altertümlich war. Die Karte war koloriert, und für das moderne Auge gab es, abgesehen von zwei Zuflüssen und einem Bereich, der wie ein Flickenteppich aussah und vielleicht landwirtschaftlich genutztes Land anzeigte, wenig Identifizierbares zu sehen. Am auffälligsten waren die roten Kugelschreibermarkierungen, mit denen jemand einen großen zentralen Bereich eingekreist und ein paar kleine Kreuze und Daten eingezeichnet hatte.

Duvalier schüttelte den Kopf. »Und dies ist relevant, weil ...?«

»Es dient vor allem zur Orientierung«, erklärte Alec. »Alle Bereiche innerhalb der roten Linie waren Eigentum des Grundherrn. Alle, die dort lebten, waren seine Pächter. Es war ein riesiges Gebiet, wie Sie sehen können, zwanzig oder dreiundzwanzig Quadratkilometer groß – viel größer als das heutige Anwesen. Aber im elften Jahrhundert, als der Landsitz ursprünglich errichtet wurde, war er wahrscheinlich noch viel größer. Leider existieren aus dieser Zeit keine Karten. Dies ist die älteste Karte, die wir auftreiben konnten, und wir haben gründlich recherchiert.«

»Aber was soll ich auf der Karte erkennen?«, fragte Duvalier.

Diesmal war es Ruth, die antwortete. »Die Kannibalismus-Legende, die Ihrer Frau solche Sorgen bereitet, geht eindeutig auf Lady Morgana de Souza zurück, die Herrin des Anwesens in den 30er-Jahren des zwölften Jahrhunderts. Der Legende zufolge gilt der Pakt, den sie mit dem Teufel geschlossen hat, nur innerhalb der Grenzen des Anwesens, da dies der geografische Bereich war, den sie ihren Feinden nicht überlassen wollte.«

»Aha. Dann haben Sie diese Karte also zurate gezogen, um zu sehen, ob von den Kindern, die in der heutigen Zeit als vermisst gelten, welche innerhalb der früheren Grenzen des Anwesens verschwunden sind?«

»Dafür stehen die roten Kreuze«, erklärte Ruth. »Diese Karte ist natürlich ganz anders als unsere Karten heute. Abgesehen von den gekennzeichneten landwirtschaftlich genutzten Flächen besteht der Rest fast ausschließlich aus unberührter Wildnis. Im Mittelalter dürfte die Wildnis noch unberührter gewesen sein. Heute ist die Gegend von einem Straßennetz durchzogen, und es gibt Städte und Dörfer, die auf dieser Karte nicht erscheinen, aber das Land selbst hat sich nicht verändert. Die roten Kreuze markieren in etwa die Orte, an denen die Kinder in jüngerer Zeit verschwunden sind.«

Duvalier schürzte die Lippen. »Insgesamt sechs: 1978, 1981, 1985, 1992, 1999 und 2002.«

Er dachte schweigend darüber nach, und sie wussten genau, was ihm durch den Kopf ging: Von 1978 bis 2002 waren es vierundzwanzig Jahre. Eine lange Zeit, aber nicht zu lang, als dass ein Serienmörder in diesem Zeitraum nicht sein Unwesen hätte treiben können. Schließlich richtete er sein Augenmerk auf etwas anderes, auf ein Kreuz in der unteren linken Ecke des Anwesens, das im Gegensatz zu den anderen jedoch mit grünem Kugelschreiber eingezeichnet worden war.

»Wofür steht das?«

»Für den Mord im Jahr 1964«, erwiderte Alec.

»Der hat also auch innerhalb der einstigen Grenzen des Anwesens stattgefunden?«

»Ja, aber der Täter hat den Mord gestanden und sein Geständnis bis zu seinem Tod im Gefängnis im Jahr 1983 nie widerrufen. Diesem Fall brauchen Sie also keine Beachtung zu schenken.«

Duvalier sah ihn an. »*Sie* schenken ihm aber offenbar Beachtung. Andernfalls hätten Sie ihn nicht hier eingezeichnet.«

Einen Augenblick lang wusste Alec auf diesen Einwand keine

Antwort. Jetzt, da er darüber nachdachte, fragte er sich, warum er das grüne Kreuz überhaupt eingezeichnet hatte.

»Wir wollten Ihnen nur die Fakten liefern, Mr Duvalier«, stellte Ruth klar. »Alle.«

Der Schauspieler stand auf. »Und das haben Sie getan. Sie sind sehr gründlich, das lässt sich nicht bestreiten.« Er warf erneut einen Blick auf die Karte, dann warf er sie auf den Tisch. »Hätten Sie nicht Lust, die nächsten beiden Wochen hierzubleiben?«

»Wie bitte?«, fragte Ruth.

»Ich verdoppele Ihr Honorar.«

Sie sah Alec an, der ebenso überrascht zu sein schien wie sie, jedoch mit den Schultern zuckte und sagte: »Wir haben alles getan, was wir tun konnten. Wir würden hier nur die Zeit totschlagen.«

Ruth hätte noch hinzufügen können, dass es noch weitere Quellen gab, die sie konsultieren konnten – sie hatte sechs verschiedene Büchersuchdienste beauftragt, Literatur über Killingly Hall aufzutreiben –, doch in Wahrheit versprach sie sich davon nichts.

Allerdings schien Duvalier von seiner Idee ganz angetan. »Ich dachte weniger daran, sie mit weiteren Recherchen zu beauftragen, sondern eher, dass Sie mein Sicherheitsteam verstärken könnten. Nur für die Dauer der Ferien.«

Sie sahen einander erneut an, unsicher.

»Ich weiß nicht, was wir noch beitragen können«, sagte Alec.

»Mein Gott, Sie kennen sich mit der Materie aus. Sie haben sie recherchiert, sich in das Ganze vertieft. Es wäre gut, Sie in der Nähe zu wissen, falls etwas passiert.«

»Mr Duvalier, die Wahrscheinlichkeit, dass etwas passiert, ist so gering, dass es sich, ehrlich gesagt, nicht lohnt, diese Möglichkeit auch nur in Erwägung zu ziehen.«

Der Schauspieler kicherte. »Sie wissen doch, wie die Dinge liegen. Ich glaube genauso wenig an diese übernatürliche Entführerin wie Sie. Aber Rosa glaubt daran – und das wird sie erst recht, wenn sie das hier alles zu sehen bekommt. Ich kann es ihr nicht vorenthalten. Es war schließlich um ihres Seelenfriedens willen, dass ich Sie überhaupt beauftragt habe, diese Erkundungen anzustellen. Und überhaupt: Wenn Sie letztendlich während Ihres Aufenthalts hier nichts zu tun haben, umso besser für Sie. Dann genießen Sie einfach die Feierlichkeiten und werden auch noch dafür bezahlt. Es sei denn natürlich, Sie müssen irgendwo anders sein. Dass Sie keine Kinder haben, haben Sie mir ja bereits erzählt.«

Ruth und Alec überlegten, wo und wie sie die Weihnachtstage sonst verbringen könnten. Zunächst einmal könnten sie Ruths Großmutter besuchen, die in einem beengten Reihenhaus in Huddersfield wohnte, in dem sie von einer Schar schreiender Nichten und Neffen umringt wären, ständig auf Girlanden, Mince-Pie-Krümel und abgerissenen Weihnachtsschmuck treten und unentwegt zum Trinken genötigt werden würden, selbst wenn sie vom Vorabend noch ganz benebelt waren. Dazu würden sie unentwegt in voller Lautstärke Slade und Wizzard hören müssen, außer am Weihnachtsnachmittag natürlich, wenn sie schweigend der Ansprache der Königin zu lauschen hätten. Außerdem könnten sie die Weihnachtstage mit Alecs Eltern in deren Ferienbungalow am Meer in West Sussex verbringen, wo die Atmosphäre unabhängig davon, ob es dort unten schneite oder nicht, ziemlich unterkühlt sein würde – Alecs Obere-Mittelschicht-Mutter mit ihren silbergrau gefärbten Haaren missbilligte zutiefst, dass ihr Sohn »unter seinem Stand« geheiratet hatte. Der Truthahn würde gut sein, und es würde etliche Gläschen Sherry geben, aber es würde trotz (oder möglicherweise auch wegen) der Papphüte und der Knallbonbons nur wenig und selten gelacht werden, und sie würden auch dort die Weihnachtsansprache der Königin sehen müssen. Drittens könnten sie die Weihnachtstage auch zu Hause verbringen und ihre Zweisamkeit genießen, denn wen brauchte man schon an seiner Seite außer der Liebe seines Lebens? Doch vielleicht wäre dies auch ein bisschen zu ruhig – insbesondere während der Ansprache der Königin –, und es würden die aufgeregten Schreie der ihre Berge von Geschenken auspackenden Kinder fehlen.

Oder sie könnten Weihnachten in Killingly Hall verbringen.

»Morgen feiern wir einen traditionellen Weihnachtsabend«, fuhr Duvalier fort. »Alle tragen Dickens-Kostüme, und es kommen Musiker und Mummenschanz-Spieler. Es wird getanzt und gespielt. Und natürlich gibt es ein riesiges Festmahl.«

»Und Sie sagten, Sie … würden unser Honorar verdoppeln?«, fragte Alec zögernd.

»Klar. Kein Problem.«

»Mr Duvalier, was treibt Sie zu der Annahme, dass wir so viel Geld wert sind?«, fragte Ruth.

»Mrs Whitchurch, ich will offen sein … Ich habe mit dem letzten Film, in dem ich mitgespielt habe, sechzig Millionen Dollar eingenommen, und dabei ist noch nicht mal mein Anteil an den Merchandising-Produkten mitgerechnet. Bei meinem nächsten Film wird die Kasse mindestens wieder genauso klingeln. Sie kosten mich also nichts, was ich vermissen würde.«

Alec und Ruth entfernten sich ein Stück, um die Sache untereinander zu besprechen, doch in Wahrheit gab es da nicht viel zu besprechen.

»Wir arbeiten für niemanden sonst«, stellte Alec klar, als sie wieder zu ihrem Gastgeber zurückkehrten. »Das heißt: Natürlich arbeiten wir für Sie, solange Sie uns bezahlen, aber sonst für niemanden. Wir sind unsere eigenen Chefs. Wir werden keine Anweisungen von Lane Karswell entgegennehmen oder wie auch immer er heißt.«

Duvalier zuckte mit den Schultern. »Kein Problem. Ich werde alle ins Bild setzen. Sie haben überall im Haus und auf dem Anwesen freie Hand, und niemand wird Ihnen irgendwelche Probleme bereiten. Wer es doch tut, fliegt raus. Sie haben mein Wort.«

Eher auf ein praktisches Problem hinweisend, stellte Ruth klar: »Wir haben nur Sachen für eine Übernachtung dabei. Wir haben keine Kleidung, nur ein paar Toilettenartikel …«

Duvalier lächelte. »Keine Sorge, alles, was Sie brauchen, wird Ihnen beschafft. Ich freue mich, Sie an Bord zu haben.« Mit diesen Worten reichte er ihnen die Hand.

Einige Minuten später fuhren sie ihren Wagen auf den reservierten Parkplatz neben dem Haus und gingen mit dem wenigen Gepäck, das sie bei sich hatten, wieder nach drinnen. Inzwischen schneite es, und der Schnee blieb liegen. Laut Wettervorhersage im Radio sollte es über die Festtage für die westlichen Countys frostige Temperaturen geben.

Am Fuß der Haupttreppe wurden sie von einer der Hausbediensteten empfangen, einer hübschen jungen Frau in Jeans und Sweatshirt. Mike Duvalier beschäftigte allem Anschein nach eine ungezwungene – und der fröhlichen Art der jungen Frau nach zu urteilen – zufriedene Mannschaft. Sie stellte sich ihnen als Sharon vor und sagte ihnen, dass sie sie nach oben auf ihr Zimmer bringen wolle. Ihrem Akzent nach zu urteilen stammte sie aus der Gegend.

»Also tut er auch etwas für die Arbeitslosenstatistik«, stellte Ruth an ihren Mann gewandt fest und grinste. Es war ein verspäteter Kommentar zu einer Bemerkung, die er fallen gelassen hatte, als er das Auto umgeparkt hatte, nämlich dass Duvalier nur deshalb so großzügig sei, weil er es sich leisten könne.

Alec wollte gerade zu einer Antwort ansetzen, als Ruth etwas sah, das sie innehalten ließ. Eine gewölbte Tür rechts neben dem Fuß der Treppe führte in einen Speisesaal. Er war genauso geräumig wie der Hauptsalon, jedoch nicht ganz so rustikal. Die Wände waren edel verputzt und die Decke cremefarben und mit einer vergoldeten Kranzleiste versehen. In dem Saal saß ein kleines Mädchen an einem langen Tisch im mediterranen Stil und malte mit bunten Filzstiften in einem Block.

»Geh schon mal hoch«, sagte sie. »Ich komme gleich nach.«

Ruth betrat den Speisesaal. Das kleine Mädchen trug gelbe Stiefel, eine zartrosafarbene Schneeanzughose und ein T-Shirt mit einem Minnie-Mouse-Motiv. Es war sehr niedlich: Es war sonnengebräunt und hatte braune Augen und eine Stupsnase. Sein glänzendes braunes Haar war zu reizenden Zöpfen geflochten.

Ruth zog sich vorsichtig einen Stuhl heran. »Hallo. Du musst Claudette sein.«

»Natürlich«, erwiderte die Kleine und blickte kaum auf. Obwohl sie aussah wie eine kleine Latina, sprach sie einen reinen kalifornischen Akzent.

»Ich bin Ruth«, sagte Ruth.

Jetzt erst sah das kleine Mädchen auf und nahm sie in Augenschein. »Wie Ruth in der Bibel?«

»Gibt es in der Bibel eine Ruth?«

Das Mädchen wirkte entsetzt. »Oje! Du kennst die Bibel nicht? Das ist aber schlimm.«

»Ja, da hast du wahrscheinlich recht. Aber ich bin trotzdem eine Freundin deines Daddys. Vielleicht können wir beide auch Freundinnen sein?«

Claudette kaute auf einem ihrer Filzstifte, als würde sie darüber nachdenken. »Bist du morgen Abend auch auf der Party dabei?«

»Ja. Dein Daddy hat mich gebeten zu bleiben.«

»Spielst du auch in Filmen mit?«

»Nein.«

»Solltest du aber, du bist wirklich hübsch.«

»Findest du? Danke.« Ruth sah, dass Claudette etwas malte, das aussah wie eine Frau, die in einer Tür stand. »Das ist auch eine hübsche Frau.«

»Sie hat mich gestern besucht«, sagte das Mädchen.

»Wird sie auch an der Party teilnehmen?«

»Weiß ich nicht. Sie hat nicht viel gesagt. Ich glaube, es ist keine normale Frau.«

Ruth musste beinahe lachen. »Wie meinst du das?«

Claudette malte weiter. »Sie hat mich nur angesehen. Durch mein Zimmerfenster.«

»Durch dein …? Wie bitte? Was hast du gesagt?«

»Ich war so schläfrig, deshalb glaubt Anita, dass ich die Frau nur geträumt habe.«

»Anita?«

»Mein Dienstmädchen. Hast du kein Dienstmädchen?«

»Nein.«

»Nein? Wer hilft dir denn bei allem?«

»Dafür habe ich einen Ehemann. Erzähl mir von dieser Frau.«

Claudette plapperte munter drauflos, während sie weitermalte. »Wir waren gerade erst hergeflogen, deshalb war ich so müde. Anita hat gesagt, dass ich im Flugzeug geschlafen habe, aber daran kann ich mich nicht erinnern. Als wir hier angekommen sind, bin ich sofort ins Bett gegangen. Mein Zimmer ist echt cool. Willst du mal mit mir hochgehen und es dir ansehen?«

»Später vielleicht. Diese Frau hat durch das Fenster geguckt, sagst du?«

»Ich glaube, ich habe es geträumt. Weil mein Zimmer ja oben ist und ich mir nicht vorstellen kann, wie sie von außen da hoch-gekommen sein soll.«

»Und sie hat dich einfach nur angesehen?«

»Mhm. Aber dann ist Anita reingekommen und hat mich eine Schlafmütze genannt. Sie hat gesagt, dass ich mich ... einstellen, anstellen ... wie war noch mal das Wort?«

»Umstellen, Süße.«

»Genau. Dass ich mich erst auf die neue Zeitzone umstellen muss. He, das ist das erste Mal, dass ich es richtig ausspreche. Ist das cool?«

Im ersten Moment konnte Ruth nicht antworten. Sie war zu sehr damit beschäftigt, auf das Bild hinabzustarren.

Nach allem, was sie jetzt von dem Mädchen wusste, zeigte es eine Frau, die nicht in einer Tür stand, sondern vor einem hohen, schmalen Flügelfenster. Sie hielt sich mit den Händen an den bei-den Seiten des Fensterrahmens fest. Ihre Kleidung war lang und flatterte, doch selbst die schlichte Kritzelei des Kindes ließ erkennen, dass sie irgendwie schmutzig und abgerissen wirkte. Ihr Gesicht schien normal, allerdings war es von einer zottelligen dunklen Mähne eingerahmt, die bis über ihre Taille hinabfiel. Es war eine merkwürdige, aber bewusst gesetzte Nuance, dass ihre Augen leicht rötlich wirkten.

5

»Also wirklich, Ruth, das ist der größte Schwachsinn, den die Menschheit je zu hören gekriegt hat.«

Alec zog den Reißverschluss seiner Fleecejacke hoch, während er bibbernd im Schnee stand. Die Schneedecke war inzwischen knöcheltief, und es schneite immer noch stetig. Sie blickten beide hinauf zu dem Fenster von Claudette Duvaliers Zimmer.

»Willst du mir sagen, dass da niemand hochklettern kann?«, fragte Ruth.

Das Fenster befand sich in einer Höhe von gut sechs Metern, doch unmittelbar unter dem Fenster gab es einen Küchenanbau, der etwa vier Meter weit von dem Hauptgebäude abging. Vom Dach des Anbaus bis zu dem Fenster waren es noch gut drei Meter, und der Anbau war im Einklang mit der Architektur des Hauses ebenfalls in einem burgartigen Stil gehalten, doch das stellte kein unüberwindbares Hindernis dar. Um zu beweisen, dass sie recht hatte, kletterte Ruth behände an dem Abflussrohr neben dem Küchenfenster hoch, stieg über die Zinnenimitationen und hatte von dort nur noch drei Meter zu überwinden. Das hätte sehr viel schwieriger sein können, wenn die Außenwand des Hauses an dieser Stelle nicht dicht mit Efeu bewachsen gewesen wäre. Sie kletterte nur ein Stück weit hoch, um zu zeigen, dass das Efeu eine Person ihres Gewichts problemlos hielt. Sie sprang wieder nach unten, ging zu ihrem Ehemann und klopfte sich die Laubreste von ihren behandschuhten Händen.

»Zufrieden?«

»Nein«, entgegnete er. »Du hast einen Trainingsanzug und Sportschuhe an. Wir reden von einer Frau in einem langen Kleid.«

»Nicht wirklich in einem langen Kleid. Eher in Lumpen.«

»Von mir aus. Und du bist in bester körperlicher Verfassung. Wir reden von einer Frau, die seit beinahe neunhundert Jahren tot ist.«

»Ich habe nicht gesagt, dass *sie* es war.«

»Was *hast* du denn gesagt?« Er setzte sich in Bewegung und ging um das Haus herum zurück zum Eingangsportal.

Ruth eilte hinter ihm her. »Ich habe dir nur berichtet, was das Mädchen mir erzählt hat.«

»Sie hat dir auch gesagt, dass sie glaubt, es nur geträumt zu haben. Warum kannst du ihr diesen Teil ihrer Geschichte nicht glauben?«

Ruth wusste, warum Alec so verstimmt war. Er hatte sich darauf eingelassen, in Killingly Hall zu bleiben, weil er gedacht hatte, es würde ein Kinderspiel werden, bezahlter Urlaub sozusagen. Sie hingegen hatte deutlich zu erkennen gegeben, dass sie vorhatte, auch ein wenig zu arbeiten. Sie hatte sich sämtliche Sicherheitspläne angesehen und alle Bediensteten sowie ihren jeweiligen Hintergrund unter die Lupe genommen. Mit dem Hinweis, dass sie und ihr Mann jetzt »im Dienst« seien, hatte sie sogar die Einladung abgelehnt, mit Mike Duvalier, seiner Frau und den paar Gästen, die bereits eingetroffen waren, zu Abend zu essen.

»Ich würde mir keine Gedanken darum machen«, stellte Alec murrend klar, als sie sich in der Eingangsveranda den Schnee von den Schuhen traten. »Immerhin wimmelt es auf dem ganzen Anwesen von Sicherheitspersonal.«

»Es gibt einen Posten am Zufahrtstor«, korrigierte Ruth ihn, »und zwei Männer im Haus. Karswell ist der Sicherheitschef, vergiss das nicht. Er ist mal hier, mal da und überall und sorgt dafür, dass seine Männer ihren Job machen. Ihn können wir nicht mitzählen.«

»Natürlich können wir ihn mitzählen. Und wir können auch

die drei mitzählen, die in den Außenanlagen patrouillieren. Jeder dieser Männer verfügt über eine militärische Ausbildung, Ruth. Zwei von ihnen waren sogar Mitglieder einer Sondereinheit. Dieses Anwesen ist besser gesichert als die Polizeiwache von Paddington Green. Warum entspannen wir uns nicht einfach und genießen unser Glück?«

Ruth wusste, dass es sinnlos war, mit ihm zu reden, wenn er in dieser Verfassung war. Alec war ein abgeklärter Profi, aber er war auch ein ehemaliger Polizist, und wie alle Polizisten und Expolizisten ließ er sich gerne mal eine Zeit lang gehen.

»Ich werde mir ein Bad genehmigen«, sagte er, als sie wieder im Haus waren.

Er ging nach oben. Normalerweise hätte er eine Dusche bevorzugt, doch das Zimmer, das ihnen zugewiesen worden war – es war riesig und in jeder Hinsicht so luxuriös, wie sie erwartet hatten: mit Himmelbett, aufwendig dekorierten Wänden und einem offenen Kamin –, war mit einem eigenen neu eingerichteten Badezimmer ausgestattet, das über eine versenkte Marmorbadewanne mit goldenen Hähnen verfügte. Es war ein Luxus, in dessen Genuss sie noch nie zuvor gekommen waren.

Ruth sah ihm lächelnd nach, als er die Treppe hinaufging. Sie würde ihn später in ihrer unnachahmlichen Weise umstimmen, doch fürs Erste hatte sie eine Verabredung mit Anita, die – Ruth warf einen Blick auf die Uhr – genau jetzt in der Küche auf sie warten sollte.

Wie für dieses Haus nicht anders zu erwarten, bot die Küche einen beeindruckenden Anblick. Sie war geräumig und erkennbar neu ausgestattet, jedoch im traditionellen Bauernhausstil gehalten. Sie verfügte über einen Steinfußboden und eine niedrige Balkendecke. Es gab einen riesigen gusseisernen Herd, die Arbeitsflächen bestanden aus geschliffenen Kieferplatten, über denen Bündel getrockneter Kräuter herabhingen, an allen Wänden waren Töpfe, Pfannen, Teller und anderes Geschirr aufgereiht.

Anita, Claudettes Dienstmädchen, saß an dem langen, in der Mitte der Küche stehenden Tisch.

Wie die Frauen aus der Gegend, die Duvalier beschäftigte, war auch sie leger in Jeans und einem Leinenoberteil gekleidet. Sie war eindeutig Hispanoamerikanerin und somit offenbar mit den Duvaliers eingeflogen. Obwohl sie bereits eine ältere Frau war, sah sie mit ihren dunklen Augen und ihrem silbergrauen Haar, das sie offen trug, immer noch gut aus. Um ihren Hals baumelte ein Kruzifix aus Weißgold an einer Kette.

»Hallo«, sagte Ruth und nahm ihr gegenüber Platz. Anita blickte auf und sah Sharon an, die einzige andere anwesende Hausbedienstete, die gerade dabei war, das Abendessen vorzubereiten. Gemäß ihrer vorherigen Absprache lächelte Sharon, nickte und verließ die Küche. Ruth sah Anita über den Tisch hinweg an. Die Frau betrachtete sie unsicher.

»Sie brauchen nicht nervös zu sein«, sagte die ehemalige Polizistin.

»Ich habe keine Ahnung, worum es geht«, entgegnete Anita. Ihr mexikanischer Akzent war stark, aber wie Ruth bereits berichtet worden war, sprach sie fließend Englisch.

»Es geht um Claudette«, entgegnete Ruth in dem bestimmten, jedoch höflichen Tonfall, dessen sie sich immer bediente, wenn sie jemanden befragte. (Gib niemals deine eigene emotionale Verfassung preis – das war der Trick.)

Sie breitete ein paar der von ihr mitgebrachten Unterlagen vor sich aus. Anita beäugte die Papiere misstrauisch.

»Also gut«, begann Ruth, »Sie arbeiten seit Ihrer Hochzeit für die Duvaliers, richtig?«

Das Dienstmädchen nickte.

»Und davor haben Sie bereits für Mrs Duvalier gearbeitet, als sie noch Miss Perdita war?«

Erneutes Nicken.

»Also könnte man sagen, dass Sie Claudette – abgesehen von ihren Eltern – besser kennen als jeder andere?«

Das nächste Nicken war etwas zurückhaltender, und Ruth verstand auch sofort, warum: Anita glaubte wahrscheinlich, Claudette *besser* zu kennen als ihre Eltern, doch sie würde es nicht wagen, dies auch zu sagen.

Ruth fuhr fort und kam direkt auf den Punkt: »Dieser Traum, den Claudette gestern Nacht hatte – von der Frau am Fenster ...«

Die Bedienstete versteifte. Ihr Gesicht blieb ausdruckslos, doch ihre Schultern verspannten sich.

»Was können Sie mir darüber sagen?«

Ein angespannter Augenblick verstrich, dann zuckte Anita mit den Schultern. »Es war nur ... ein Traum.«

»Wissen Sie das ganz sicher? Haben Sie nachgesehen?«

»Natürlich. Ich bin sofort zum Fenster gegangen, aber da war niemand.«

Ruth lehnte sich zurück. »Ist Claudette weinend aufgewacht? Hat sie etwas gerufen? Oder irgendetwas in der Art? Sind Sie deshalb zu ihr gegangen?«

»Mein Zimmer befindet sich direkt neben dem von Claudette. Ich habe nichts gehört. Es war Zeit, sie zu wecken.«

»Wie spät war es da?«

»Ich würde sagen, drei Uhr.«

Ruth runzelte die Stirn. »Morgens?«

»Am Nachmittag.«

»Hält Claudette denn noch Mittagsschlaf?«

»Wir waren gerade von Los Angeles hergeflogen. Das ist ein fünfzehnstündiger Flug. Und dann noch die dreistündige Autofahrt von London hierher. Sie war einfach erschöpft.«

»Natürlich, wie dumm von mir. Aber um es ganz klar zu haben: Sie hatte diesen Traum, als es noch hell war?« Ruth wusste nicht, welche Antwort sie auf diese Frage erwartete, doch die Vorstellung, dass sich jemand am helllichten Tag dem Haus genähert hatte – wenn denn *tatsächlich* jemand da gewesen war –, war beunruhigend.

»Es wurde bereits dunkel«, erwiderte Anita und dramatisierte ein wenig, indem sie sich schüttelte und die Arme vor der Brust verschränkte. »In diesem Land ist es immer dunkel. Die Sonne will einfach nicht aufgehen, und wenn sie aufgegangen ist, will sie schnell wieder untergehen.«

Ruth lächelte. »In der Weihnachtszeit ist das so. Aber keine Sorge, im Frühling ist es heller.«

Anita setzte ein sarkastisches Lächeln auf. »Ich hoffe, im Frühling sind wir weit weg von hier.«

»Die Gegend hier gefällt Ihnen also nicht besonders?«

»Ich habe meine Arbeit zu erledigen. Was ich denke, spielt keine Rolle.«

»Sie lassen also nicht zu, dass Ihre persönlichen Gefühle Ihre Arbeit beeinflussen?«

Anita schüttelte den Kopf.

»Das weiß ich natürlich bereits«, stellte Ruth klar und packte ihre Unterlagen zusammen. »Denn sonst hätten Sie diesen Traum Mrs Duvalier gegenüber erwähnt, und ich bin ziemlich sicher, dass Sie und Claudette in dem Fall genau in diesem Moment im Flugzeug säßen und zurück nach Hause fliegen würden. Habe ich recht?«

Anita zögerte, bevor sie antwortete: »Familie ist doch wichtig, oder? Mr Duvalier ist auch so schon viel zu lange nicht bei seiner Familie. Ich wollte nicht alles noch schlimmer machen.«

»Und deshalb haben Sie Claudette auch nichts erzählt, stimmt's? Ich meine über die Kannibalin, die angeblich in diesem Haus herumspukt. Sie kennen diese Geschichte doch ganz genau, Anita. Das sehe ich Ihnen an. Irgendetwas hier macht Ihnen Angst, habe ich recht?«

»Macht es Ihnen keine Angst?«, fragte die Bedienstete.

»Ich glaube nicht an solche Geschichten, und das sollten Sie auch nicht.«

Ruth stand auf, um zu gehen, doch in diesem Augenblick sagte Anita: »Sie belügen mich.«

»Wie bitte?«

Anita starrte sie so durchdringend an, dass Ruths Wangen leicht erröteten. Dann fuhr sie fort: »Wenn Claudette mich anlügt, kann ich ihr das immer ansehen. Sie sagt ›Nein‹, wenn ich sie etwas Bestimmtes gefragt habe, und schüttelt den Kopf, doch ihre Augen sind auf meine fixiert. Genau wie Ihre gerade. In dem Moment weiß ich, dass sie eigentlich ›Ja‹ meinte.«

Belustigt, dass der Spieß diesmal umgedreht und ihre eigene Körpersprache gedeutet wurde, lächelte Ruth und machte Anstalten zu gehen, aber Anita war noch nicht fertig.

»In meinem Land haben wir *La Llorona* – die weinende Frau.«

Ruth hielt inne und horchte auf.

Anita erklärte: »*La Llorona* ist ein grausiger Geist. Sie sucht einsame Orte heim und weint um ihre Kinder, die sie in einem Moment, in dem sie wütend war, umgebracht hat. In den Dörfern heißt es, dass kein Kind sicher ist, wenn *La Llorona* auftaucht. Es heißt, dass sie sich jedes Kind schnappt, das sie finden kann, und dass deren Eltern ... ihre Kinder nie wiedersehen.«

Ruth schüttelte den Kopf. »Das ist genau so eine Geschichte wie die, die hier erzählt wird. Es ist nichts weiter als ein Märchen.«

»Sind Sie eine Mutter?«, fragte Anita.

»Nein. Ich habe keine Kinder.«

Die Bedienstete nickte, als ob das alles erklärte. Sie stand auf und verließ die Küche. Ruth sah ihr schweigend hinterher.

6

Die Dame des Hauses sahen sie zum ersten Mal an jenem Abend, als die Duvaliers und ein paar früh eingetroffene Gäste sich für das Abendessen bereit machten.

Im Gegensatz zu ihrem Ehemann sah der weibliche Filmstar im richtigen Leben genauso unglaublich umwerfend aus wie auf der Kinoleinwand. Mrs Duvalier war groß und von klassischer Schönheit und so üppig ausgestattet, wie es nur bei einer Lateinamerikanerin möglich war. Ihre Schönheit hatte etwas Katzenartiges, beinahe Raubtierhaftes, ihr seidenes, rabenschwarzes, geflochtenes Haar hing bis zu ihrer Taille hinab und schien im dämmerigen Kerzenlicht zu glänzen. In ihrem cremefarbenen *Versace*-Kleid, das vorne tief ausgeschnitten war und eng an ihrem Körper anlag, überstrahlte sie all ihre Gäste, obwohl sich unter diesen nicht nur ein englischer Fußballer samt seiner Ehefrau befanden, die selber zu Mode-Ikonen geworden waren, sondern auch noch eine aufstrebende Pop-Prinzessin und ein ehemaliges Model, das inzwischen als Talkshowmoderatorin Berühmtheit erlangt hatte. Selbst die Bediensteten, unter denen sich neben Sharon auch noch zwei weitere junge Frauen aus der Gegend befanden – Lorna und Margaret –, hatten sich für den Anlass in Schale geworfen und trugen elegante schwarze Schürzen, kurze Röcke, schwarze Strümpfe und High Heels.

Ruth und Alec hatten ein weiteres Mal das Gefühl, als würden sie einen flüchtigen Blick auf eine andere Welt erhaschen. Dank Ruths Entscheidung, dass sie nicht an dem Abendessen teilnehmen würden, war ihnen ein Platz in der Küche zugewiesen worden, in der die Köchin – eine füllige ältere Frau namens Martha, die auf kulinarischem Gebiet offenbar eine Expertin war – ihnen jeweils einen Teller Wildpastete mit gebackenen Kartoffeln und Krautsalat servierte. Zugegebenermaßen schmeckte alles köstlich, und das Gleiche galt für die Flasche Rotwein, die ihnen gereicht wurde.

»Ich habe vorhin mit dem Verwalter des Anwesens gesprochen«, sagte Alec.

Ruth blickte von ihrem Teller auf und sah ihn über den Küchentisch hinweg an. Zu Beginn des Abends hatten sie sich einige Minuten lang im Hauptsalon unter die Leute gemischt und sich einen oder zwei Cocktails genehmigt. Dort hatte sie in der kurzen Zeit versucht, sich mit Mrs Duvalier zu unterhalten, die ihr jedoch distanziert und nicht an einem Gespräch mit ihr interessiert erschienen war. Dann hatte sie gesehen, dass Alec sich mit einem kleinen, gedrungenen Mann in Tweedjacke und grüner Fliege unterhalten hatte.

»Dieser Glatzkopf mit der Fliege?«, fragte sie.

Alec nickte. »Er erzählte mir, es habe hier vor zwei Wochen einen tödlichen Unfall gegeben. Erinnerst du dich an den Wildhüter, der Mrs Duvalier den ganzen Mist über das Kinder verspeisende Gespenst erzählt hat?«

»Ja.«

»Klingt so, als wäre er in eine seiner eigenen Fallen getappt. Dem Bericht nach ein äußerst bizarrer Unfall, aber die Todesursache war ein gebrochenes Genick.«

»Gütiger Gott! Wurde das Ganze untersucht?«

»Na klar, aber es gab keine verdächtigen Umstände. Dieser Wildhüter war jenseits von Gut und Böse. Er hat seit den 1950er-Jahren auf dem Anwesen gearbeitet. Zu alledem ist er offenbar vor gut zwanzig Jahren ein bisschen durchgeknallt, als ein naher Angehöriger von ihm gestorben ist. Er wurde eher aus Mitleid so lange hier beschäftigt als aus irgendeinem anderen Grund.«

»Warum hat er denn Fallen aufgestellt?«

»Offenbar will Mr Duvalier im Sommer zu Jagdgesellschaften einladen. Er hat vor, jede Menge Federwild einzuführen. Dieser alte Wildhüter hatte es sich zur Aufgabe gemacht, persönlich dafür zu sorgen, alle potenziellen natürlichen Feinde des Federwilds zu eliminieren.«

»Und er hat sich das Genick gebrochen?« Ruth war immer noch argwöhnisch.

»Wie es aussieht, hat er sich irgendwo zwei Bärenfallen besorgt.«

»Bärenfallen?«

»Na ja, die Jäger in dieser Gegend sind ja nicht nur hinter Füchsen und Wieseln her, oder? Das war einmal.«

Das stimmte. Seit Jahren kursierten Gerüchte, denen zufolge in Südwestengland entlang der Grenze zu Wales Raubkatzen umherstreiften. Es gab zunehmend Hinweise darauf, dass es sich dabei um mehr handelte als ein bloßes Ammenmärchen, allerdings war nach allem, was Ruth wusste, nie ein lebendes Exemplar gefangen worden. Naturforscher gingen davon aus, dass als Haustiere gehaltene Leoparden und Panther – die nach einer im Jahr 1976 verabschiedeten Verschärfung des Gesetzes über das Halten »gefährlicher Tiere« ausgesetzt worden waren – wieder verwildert waren und sich vermehrt hatten. Ungeachtet dessen, ob an der Theorie etwas dran war oder nicht, berichteten Bauern und Wildhüter zunehmend von angegriffenem Vieh- und Wildbestand.

»Trotzdem sind Bärenfallen ja wohl ein bisschen extrem.«

Alec zuckte erneut mit den Schultern. »Wie gesagt: Laut Verwalter war er jenseits von Gut und Böse. Er war nur noch ein tattriger alter Idiot.«

Sie beendeten ihr Mahl schweigend und lauschten dem Gelächter, dem Klirren der Gläser und dem Klappern des Bestecks, das aus dem Speisesaal zu ihnen drang. Schließlich stand Ruth auf, tupfte sich den Mund mit einer Serviette ab und teilte Alec mit, dass sie nach Claudette sehen wolle.

Alec stellte sein Weinglas hin und warf einen Blick auf die Uhr. »Es ist schon nach neun. Sie wird doch sicher schon im Bett sein.«

»Während der Ferien darf sie länger aufbleiben.«

»Du scheinst sie ja schon richtig gut zu kennen.«

»Ich habe zweimal mit ihr gesprochen, das ist alles.«

»Warum interessierst du dich auf einmal so für sie?«

»Sie ist schließlich der Grund dafür, dass wir hier sind, oder?«

»Was glaubst du denn, wo sie jetzt ist?«

»In ihrem Zimmer.« Ruth brachte ihr schmutziges Geschirr zur Spüle. »Wahrscheinlich spielt sie irgendetwas an ihrem Computer oder setzt ein Puzzle zusammen. Sie mag Puzzles. Anita hilft ihr dabei.«

»Wenn Anita bei ihr ist – warum musst *du* dann auch noch zu ihr?«

Ruth starrte ihn an. »Ich mache nur meinen Job.«

»Willst du damit andeuten, dass ich das nicht tue?«

»Wenn du hier rumsitzt und Wein trinkst, nicht.«

»Na gut.« Alec schob seinen Stuhl zurück und erhob sich. »Dann drehe ich mal eine Runde ums Haus. Kann ja nicht schaden. Schließlich laufen da draußen ja nur sechs Sicherheitsleute herum.« Er reichte ihr seinen Teller und sein Glas. »Nur interessehalber – wie fandest du Mrs Duvalier?«

»Ein bisschen unterkühlt.«

»Schien mir auch so. Was ist das Problem? Will sie nicht, dass wir hier sind?«

»Keine Ahnung. Dabei dachte ich, insbesondere *sie* hätte auf unsere Anwesenheit Wert gelegt. Vielleicht tut sie das ja auch, aber nur wenn wir aus ihren Augen und aus ihrem Sinn sind. Vielleicht erinnern wir sie zu sehr an die Sache, die ihr Sorgen bereitet.«

In diesem Moment erschallte im Nebenraum lautes Gelächter.

»Hast du den Eindruck, dass ihr das alles gerade wirklich zu schaffen macht?«, fragte Alec.

»Vielleicht hat sie den Kopf auch einfach nur mit vielen Dingen voll.«

»Zum Beispiel?«

»Zum Beispiel damit, eine Mutter zu sein.« Mit diesen Worten schritt Ruth aus der Küche. »Ich kann mir vorstellen, dass das ziemlich anstrengend ist. Andererseits – woher soll ich das wissen?«

7

Zehn Minuten später war Alec draußen. Er hatte eine Jacke an, einen Schal um und blies auf seine Hände, die in Handschuhen steckten. Es hatte aufgehört zu schneien, und der Himmel war wieder sternenklar, weshalb es noch kälter war als zuvor.

Er hatte Ruth gesagt, dass da draußen sechs Sicherheitsleute herumliefen, aber das stimmte gar nicht. Mindestens einer war am vorderen Zufahrtstor postiert und behielt die Paparazzi im Auge. Zwei waren im Haus und beobachteten unauffällig die Party, und wo Karswell war, wusste der Himmel. Der Sicherheitschef arbeitete schon seit Jahren als Mike Duvaliers Bodyguard und genoss dessen uneingeschränktes Vertrauen. Er war ein ehemaliger Navy-SEAL und wusste alles über den Schutz von Personen und Gebäuden, was man nur wissen konnte. In der Vergangenheit war er mindestens einmal in eine Situation gekommen, in der er sein Leben hatte riskieren müssen, und hatte nicht lange gefackelt. Aber wie Ruth zutreffend festgestellt hatte, schob Karswell nicht mehr persönlich Wache. Er beaufsichtigte all die anderen Sicherheitsleute, die ihm unterstellt waren, und obwohl er permanent mit jedem einzelnen von ihnen per Funk in Kontakt war, war er ständig in Bewegung und vergewisserte sich persönlich, dass alles in Ordnung war.

Somit blieben letztendlich nur zwei Männer übrig, die auf dem Anwesen patrouillierten. Alec hatte keine Ahnung, wo sie waren, deshalb war er eher neugierig als überrascht, als er plötzlich jemanden über die unberührte Schneedecke des fußballfeldgroßen Rasens hinter dem Haus stapfen sah. Er befand sich gerade auf der Terrasse, einem hübsch gefliesten Bereich hinter dem Haus, auf den man durch eine Terrassentür aus dem Speisesaal hinaustreten konnte, doch momentan war die Tür natürlich verschlossen, und hinter ihr waren die Vorhänge zugezogen. Alec beobachtete den dunklen Umriss aufmerksam. Das war tatsächlich alles, was er sah: eine dunkle Kontur. Einzelne Gliedmaßen waren nicht auszumachen, es war nicht einmal eine Gehbewegung zu erkennen – das, was er sah, glitt eher über den Rasen.

Alec schlenderte über die Terrasse zur Brüstung, die Hände in den Jackentaschen. Der Umriss war vielleicht siebzig oder achtzig Meter entfernt. Er bewegte sich von Süden nach Norden, allerdings diagonal und somit auf einem Kurs, auf dem er sich nach und nach den Hauptgebäuden nähern würde.

»Hallo, Sie da!«, rief Alec.

Die Gestalt erstarrte und wurde steif – Alec stellte sich eine Vogelscheuche auf einem drehbaren Pfahl vor. Es folgte Stille.

Alecs Atem waberte als eisige Wolke vor ihm.

Er erwartete jeden Moment, dass die Gestalt ihm locker zuwinkte, um ihm zu bedeuten, dass es sich bei ihr um einen der Sicherheitsmänner handelte und dass sie anschließend auf das Haus zugestapft käme und sich zu ihm auf die Terrasse gesellte.

Doch nichts dergleichen geschah. Stattdessen zog sie sich zurück.

Ganz langsam und vorsichtig wie eine Katze, die unversehens einem Hund begegnet war.

Im nächsten Augenblick drehte sie sich um und suchte das Weite – nicht dahin zurück, woher sie hergekommen war, sondern auf die Reihe Bäume am anderen Ende des Rasens zu, zwischen denen eine breite, West Wood Walk genannte Allee von dem Anwesen wegführte.

»He!«, rief Alec.

Von der Terrasse führte sowohl links als auch rechts eine Treppe hinunter auf den Rasen. Er nahm die linke und stürmte über den Schnee, der frisch und tief war, *sehr* tief. Er reichte ihm bis über die Fußknöchel, und da er nur Joggingschuhe anhatte, waren seine Füße schnell kalt und platschnass. Er lief trotzdem weiter und suchte die Schneedecke im Mondlicht nach Spuren ab. Als er den Rasen zur Hälfte überquert hatte, entdeckte er eine sich schlängelnde, aufgewühlte Spur. Er folgte ihr. Die Gestalt war direkt vor ihm. Sie war auf den West Wood Walk eingebogen und eilte mit großer Geschwindigkeit davon, wobei es Alec ein Rätsel war, wie sie das schaffte. Er selber hatte Schwierigkeiten, sich auch nur auf den Beinen zu halten und nicht auszurutschen.

Es war ein zutiefst missliches Gefühl, in Situationen wie diesen keine Verstärkung anfordern zu können, ein Gefühl, an das er sich nie wirklich hatte gewöhnen können, seitdem er Freiberufler geworden war. Sein ganzer Körper war nun in Alarmbereitschaft.

»Ich kriege Sie!«, rief er. »Wer auch immer Sie sind, Sie können auch gleich aufgeben!«

Er bog ebenfalls in den West Wood Walk ein und sah, dass die Spur dort in einer mehr oder weniger geraden Linie weiterführte. Die Gestalt war immer noch zu sehen, inzwischen allerdings ziemlich weit vor ihm. Wenn sie es bis zu den Rosengärten am Ende des Walks schaffen würde, stünden seine Chancen schlecht. Nach allem, was er gehört hatte, waren die Gärten in der Form eines ineinander verflochtenen Mosaiks angelegt und allesamt von Mauern umgeben, jedoch über enge, bogenartige Durchgänge miteinander verbunden. Die Rosenbüsche würden zu dieser Jahreszeit blattlos und mit Schnee bedeckt sein, aber es gab in den Gärten zwischen Spalieren angelegte Pfade, verborgene Lauben und alle möglichen Orte, an denen man sich verstecken konnte. Und hinter den Gärten erstreckte sich Wald.

Alec beschleunigte seinen Schritt und war in diesem Moment dankbar, dass er so häufig Squash spielte. Wenn es sich bei der Gestalt, die er verfolgte, wie von ihm vermutet um einen der Fotografen handelte, der es irgendwie geschafft hatte, auf das Anwesen zu gelangen, müsste er ihn ziemlich bald eingeholt haben. Doch fürs Erste konnte davon keine Rede sein.

Und dann änderte die fliehende Gestalt plötzlich die Richtung. Sie huschte nach links und verschwand aus seinem Sichtfeld.

Alec dachte zunächst, dass sie die Rosengärten erreicht hatte, doch als er selber an die Stelle gelangte, sah er, dass dies nicht der Fall war. Die Gestalt war gut fünfzig Meter vor dem Eingang zu den Rosengärten abgebogen. Die Spur hörte kurz auf, tauchte jedoch auf der anderen Seite einer niedrigen Hecke wieder auf und führte einen weniger stark genutzten, mit verschneitem Adlerfarn überwucherten Pfad entlang, der nach Süden hin zwischen einer dichten Ansammlung von Baumskeletten verschwand.

Alec folgte dem Pfad, aber er kam nur schwer voran. Die Schneeschicht war hier dünner, jedoch immer wieder von Vegetationsbüscheln durchsetzt. Vor ihm zogen sich weitere Spuren kreuz und quer über den Pfad: Hufabdrücke und die Spuren eines Fuchses oder eines Hundes. Dann verschwand der Mond im denkbar schlechtesten Moment hinter einer Wolke, und das vom Schnee reflektierende Licht war weg.

Alec fand sich in mit Schatten gesprenkelter Düsternis wieder und wusste nicht mehr genau, wo es langging. Er blieb abrupt stehen und keuchte, seine Lunge brannte von der eisigen Luft. Er stand einfach nur da und lauschte, hörte jedoch nur das Pochen des Blutes in seinen Ohren. Einen nervenaufreibenden Augenblick lang klang es so, als ob schwere Schritte auf ihn zustapften. Dann kam der Mond wieder hinter der Wolke hervor, und Alec sah etwa dreißig Meter zu seiner Rechten ein verfallenes Gebäude.

Er ging langsam darauf zu. Es befand sich auf einem kleinen Hügel und war an der höchsten Stelle vielleicht viereinhalb Meter hoch. Es war aus hellem Stein gebaut, doch als Alec näher kam und sah, dass die Steine mit Adern und grünlichen Flecken überzogen waren, wurde ihm bewusst, dass es sich um Marmor handelte. Das Gebäude war ein reiner Zierbau, zumindest machte es diesen Eindruck. Es hatte einen achteckigen Grundriss, doch in jeder Wand gab es einen offenen Zugang. Alle Zugänge waren gleich weit voneinander entfernt, und alle waren perfekte aufrecht stehende Rechtecke.

Er ging den Hügel hinauf. Als er das Gebäude erreichte, hielt er inne. Die Öffnung direkt vor ihm wirkte eher wie eine Tür als die anderen, bei denen es sich vielleicht nur um Fenster handelte. Diese Öffnung verfügte über einen Türsturz, und darüber war etwas eingemeißelt: ein Dreieck, in dessen Mitte sich ein Symbol befand, möglicherweise das Horusauge, doch das war schwer zu sagen.

Es war definitiv ein reiner Zierbau.

Alec sah hinein und schnupperte. Verglichen mit dem starken, intensiven, frischen Duft des verschneiten Waldes roch es in dem Gebäude feucht und schimmelig. Er zögerte, bevor er es betrat, doch durch die anderen sieben Öffnungen fiel ausreichend Mondlicht, um ihn erkennen zu lassen, dass sich drinnen niemand befand, sodass er schließlich weiterging. Vor den anderen Eingängen oder Fenstern war jeweils eine Art steinernes, jedoch inzwischen verfallenes, teilweise zerbrochenes Podest in das Fundament eingelassen. Wie es aussah, waren es die Überreste von Statuen, und tatsächlich sah er jetzt, da sich seine Augen an die Dunkelheit gewöhnten, dass eine Statue noch voll intakt war. Sie stand vor der nach Norden zeigenden Öffnung und hatte menschliche Umrisse und in etwa Alecs Größe, doch die Gesichtszüge waren nicht zu erkennen, da sie unter Efeu verdeckt waren. Der Efeu zog sich auch über den Boden bis zu einer Art Gitter. Alec blickte nach oben: Die Decke, die ebenfalls achteckig war und von allen Seiten zu dem zentralen Punkt in der Mitte aufragte, war aus vermodernden Holzlatten konstruiert, doch sie waren noch so weit intakt, dass sie den Schnee zurückhielten. Nur an einigen wenigen Stellen schimmerte er durch.

Es war keineswegs sicher, dass die Gestalt, die er verfolgt hatte, in dieses Gebäude geflohen war, aber es war durchaus möglich. Als Erstes inspizierte er die noch intakte Statue. Der auf dem Boden wuchernde Efeu dämpfte seine Schritte, und er näherte sich der Statue leise. Als er sie erreichte, sah er, dass sie nach innen zur Mitte des Raums blickte. Er rupfte etwas von dem Efeu weg und enthüllte das marmorne Gesicht einer Frau. Wahrscheinlich handelte es sich um die Nachbildung irgendeiner Nymphe aus der Zeit der Antike, allerdings war ihre Nase abgebrochen, und ein hässlicher Riss zerteilte ihr Gesicht, sodass sie nicht mehr die Schönheit war, die sie einmal gewesen war. Als Nächstes ging er zu dem Gitter, das eine quadratische, etwa ein Meter zwanzig mal ein Meter zwanzig große Öffnung im Boden überdeckte.

Da das Mondlicht wieder verschwunden war, kniete er sich hin, zog sich einen Handschuh aus und betastete das Gitter. Die Stangen waren zwar dick und massiv, jedoch mit Rost überzogen, sodass es vermutlich nicht allzu schwer war, das Gitter hochzuheben. Der Efeu hing in langen Schlingen zwischen den Stangen hindurch. Alec stand auf und zog sich den Handschuh wieder an. Und hörte ein Geräusch.

Es war kaum wahrnehmbar.

Aber es war da – ein ganz leises Rascheln.

Direkt hinter ihm.

Vielleicht einen Meter von ihm entfernt.

Er spannte jeden Muskel an und ballte die Fäuste. Dann wirbelte er herum, bereit, sofort auf die Weise loszukämpfen, wie er es gelernt hatte, wenn er unbewaffnet war.

Ein greller Lichtstrahl schien ihm ins Gesicht und blendete ihn so stark, dass er fast nichts mehr sehen konnte.

»Mein Gott, Sie sind das«, sagte eine amerikanische Stimme. Sie hallte im Inneren des Gebäudes wider. »Was, um alles in der Welt, machen Sie denn hier?«

Hinter dem Schein der Lampe war eine massiger Typ zu sehen. Es war Karswell.

»Das Gleiche könnte ich Sie fragen«, entgegnete Alec und entspannte sich. »Sie sind nicht etwa der Kerl, den ich gerade über den hinteren Rasen verfolgt habe, oder?«

»Ganz bestimmt nicht. Ich komme gerade vom Zufahrtstor. Haben Sie jemanden verfolgt?«

»Das *dachte* ich zumindest.«

»Ich verstehe nicht ganz.«

Jetzt, da der Raum vom Schein der Taschenlampe erhellt wurde, sah Alec sich erneut um. »Ich dachte, er wäre hierhin gelaufen. Er war auf dem West Wood Walk, aber dann ist er auf einmal zwischen den Bäumen entschwunden. Ich bin ihm gefolgt und hier gelandet.«

Karswell wirkte überrascht. »Ich habe niemanden gesehen.«

»Wahrscheinlich ist es nichts ...« Er verstummte, als er das Innere des Gebäudes jetzt richtig in Augenschein nehmen konnte. Über und zwischen den Öffnungen waren die Innenwände verputzt und mit Fresken dekoriert, auf denen mythologische Figuren abgebildet waren: Satyrn und Göttinnen in prachtvollen Gartenumgebungen. Inzwischen waren die Fresken allesamt verblichen, blätterten ab und waren mit bräunlichem Schimmel überzogen. Er wandte seine Aufmerksamkeit dem Gitter zu.

»Könnten Sie mit Ihrer Taschenlampe mal hier rüberkommen?«

Karswell folgte der Aufforderung, und sie sahen nach unten. Der Lichtstrahl fiel durch die Stangen des Gitters und erhellte in einer Tiefe von knapp zwei Metern einen gepflasterten Boden, in dessen Mitte sich ein weiterer Schacht befand. Dieser war rund und hatte einen Durchmesser von etwa neunzig Zentimetern. Der Lichtstrahl reichte nur etwa dreißig Zentimeter diesen Schacht hinunter, doch es langte, um altes, tropfendes Mauerwerk zu erhellen.

»Ist das ein Brunnen oder etwas in der Art?«, fragte Alec.

»Sieht so aus«, erwiderte Karswell, aber er schien sich mehr Sorgen wegen des Eindringlings zu machen, den Alec erwähnt hatte. »Was glauben Sie, was das für ein Kerl war?«

»Keine Ahnung. Vielleicht ein Paparazzo.«

»Wirklich schade, dass Sie ihn nicht geschnappt haben.«

»Er hatte einen ordentlichen Vorsprung.«

»Wenn Sie das Funkgerät genommen hätten, das ich Ihnen angeboten habe, hätte das vielleicht keine Rolle gespielt.«

Als Alec und Ruth eingewilligt hatten, sich dem Sicherheitsteam anzuschließen, hatten sie das Angebot abgelehnt, jeweils mit einem persönlichen Funkgerät ausgestattet zu werden, und zwar vor allem aus dem Grund, weil sie keinen Wert darauf gelegt hatten, sich Karswell zu unterstellen und ihm auf Abruf zur Verfügung zu stehen. Jetzt fragte Alec sich, ob das ein Fehler gewesen war.

»Was ist das hier überhaupt für ein Ort?«, fragte er.

»Laut dem Chef ist das ›die Rotunde‹«, erwiderte Karswell. »Ich habe keine Ahnung, was es darstellen soll. Offenbar ist es der älteste Teil des Anwesens, das einzige noch erhaltene Gebäude aus dem Mittelalter.«

Alec runzelte die Stirn. »Tut mir leid, aber das ist nicht aus dem Mittelalter.«

»So wurde es mir gesagt.«

»Sieht eher viktorianisch aus.«

»Was auch immer. Jedenfalls ist mir das alles hier nicht geheuer.«

Alec nickte. »In dem Punkt sind wir uns einig.«

8

»Karswell hatte recht«, stellte Ruth klar. »Es *ist* aus dem Mittelalter.«

Alec stand am Fenster ihres Zimmers und starrte nach draußen auf die riesigen, federgroßen Schneeflocken, die unablässig hinabrieselten. Es wäre eine stimmungsvolle Winteratmosphäre gewesen, wenn das Ganze nicht so ominös gewesen wäre. Dafür, dass erst Dezember war und sie sich im Süden Großbritanniens befanden, schneite es ungewöhnlich stark. Es fühlte sich an, als ob sie auf diesem Anwesen isoliert wären, von der Außenwelt abgeschnitten. Nicht, dass dies den Dinnergästen unten irgendetwas ausmachte, die sich allem Anschein nach bestens amüsierten.

Ruths Bemerkung riss ihn aus seinen Gedanken. Er drehte sich zu ihr um. »Bestimmt nicht. Dieses Gebäude stammt auf *keinen* Fall aus dem Mittelalter.«

»Nein, die Rotunde selbst nicht, da hast du recht.« Ruth saß an dem Tisch in ihrem Zimmer und hatte jede Menge Papiere vor sich ausgebreitet: neuere Karten des Anwesens, Urkunden und diverse andere Dokumente, die sie angefordert hatte. »Die Rotunde ist ein funktionsloser Zierbau und wurde im Jahr 1831 errichtet. Aber der Brunnen unter dem Gebäude stammt aus dem zwölften Jahrhundert. Es ist die einzige Konstruktion auf dem gesamten Anwesen Killingly Hall, die unverändert aus der Zeit stammt, als sich an dieser Stelle noch Brac Connor erhob.«

Alec war überrascht. »Die Burg reichte bis dahin?«

»Der innere Bereich nicht. Aber die äußere Mauer, die Ringmauer, hat diesen Bereich wahrscheinlich umfasst.«

»Wissen wir noch mehr darüber?«

»Ja.« Sie wedelte mit einem Dokument. »Ich habe hier den Bericht eines Gutachters. Als Mike Duvalier die Absicht hatte, das Anwesen zu kaufen, wurde der Brunnen komplett erkundet. Er ist elfeinhalb Meter tief, aber ausgetrocknet und leer. Das Einzige, was sie da unten gefunden haben, war eine Handvoll Kaninchenknochen. Mr Duvalier hat nun die Absicht, den Brunnen zuschütten und die Rotunde abreißen zu lassen und an der Stelle ein Sommerhaus mitsamt Swimmingpool zu errichten.«

»Klingt nach einer guten Idee.« Alec durchquerte das Zimmer. Ruths Laptop stand vor ihr auf dem Tisch. Er war mit dem Internet verbunden, aber der Posteingang ihres E-Mail-Accounts war leer. Sie wartete immer noch auf Ergebnisse ihrer letzten Anfragen, mit denen sie die Büchersuchdienste beauftragt hatte.

»Nichts?«, fragte er.

»Nichts«, bestätigte sie. »Und in Anbetracht dessen, dass seit zweieinhalb Stunden Heiligabend ist, rechne ich vor Neujahr auch mit keiner Antwort mehr. Und dann wird sie uns sowieso nichts mehr nützen.«

Er nickte, verließ den Tisch und fing an, sich auszuziehen. »Kommst du ins Bett?«

»Ja.« Sie räumte die Papiere zusammen. »Aber kein Rumfummeln mehr. Wir brauchen alle unsere Kräfte für morgen.«

»Warum das denn?«

»Mike Duvalier hat – man höre und staune – in einige Schneemobile investiert.«

»Soll das ein Scherz sein?«

»Wir werden morgen alle unseren Spaß haben und ausgelassen auf dem Anwesen herumbrettern.«

Alec kroch unter die Bettdecke. »Wie lautet noch mal das Wort, das mir gerade nicht einfällt? Ach ja: *Juhu.*«

Ruth kicherte. »Du klingst wie Claudette. Sie hat auch keine Lust. Sie würde lieber Schlittschuh laufen.«

»Schlittschuh laufen? Wo?«

»Auf dem Mühlteich im östlichen Bereich des Anwesens, inmitten des Dickichts.«

»Ich hoffe, du hast ihr gesagt, dass sie sich diese Idee aus dem Kopf schlagen kann.«

»Hab ich, woraufhin sie schmollend ins Bett gegangen ist. Offenbar ist sie in Vermont schon mal mit einem Schneemobil gefahren und fand es langweilig.«

Alec sank in die Matratze. »Also wirklich, diese Kinder heutzutage – als ich in ihrem Alter war, hatte ich, glaube ich, noch nicht mal ein Schneemobil gesehen. Wenn du die Wahrheit hören willst: Ich glaube, ich habe bis heute noch kein richtiges zu Gesicht bekommen.«

9

Am nächsten Morgen *bekam* Alec schließlich ein Schneemobil zu sehen, und er war beeindruckt.

Es waren insgesamt sieben Stück, und sie standen ordentlich aufgereiht auf dem Rasen hinter dem Haus, auf dem die Schneedecke um halb zehn erfreulicherweise gut fünfundzwanzig Zentimeter dick war. Die Schneemobile waren alle von verschiedenen Herstellern – Yamaha, Polaris, Arctic Cat – und alle in einem unterschiedlichen Stil konstruiert. Aber sie waren allesamt beeindruckende Gefährte und sahen viel größer und leistungsstärker aus, als die Privatdetektive erwartet hatten, mit schlanken, stromlinienförmigen Karosserien, edlen Sitzbänken, breiten Kufen an der Vorderachse und hinten am Antrieb längs gezackten Ketten aus glitzerndem Stahl. Sie waren natürlich für harte Schneetouren designt, für Extremsportler und -sportlerinnen, und in »Action«-Farben lackiert: schwarz-scharlachrot, schwarz-gold, blau-silber, giftgrün, grellorange. Gezackte Blitze zierten die Motorhauben und die Auspuffrohre. Die Scheinwerfer waren direkt unter den Lenkstangen angebracht und lugten nach außen geneigt hervor wie dämonische Augen. Als Mike Duvalier eines der Mobile startete, heulte der Vierzylindermotor auf wie ein urzeitliches Monster.

Es gab sogar ein speziell angefertigtes Juniormodell für Claudette, eine kleinere Version der anderen in Rosa-Weiß, als ob es passend zu ihrem Schneeanzug lackiert worden wäre. Doch das Mädchen brachte immer noch keine Begeisterung auf. Es hatte eine lackierte Holzkiste mit einem Schultergurt dabei und vertraute Ruth leise an: »Für den Fall, dass es kälter wird, habe ich meine Schlittschuhe dabei.«

»Wir sind hier nicht in Neuengland«, entgegnete Ruth. »Hier wird es fast nie kälter als jetzt.«

Das Mädchen runzelte die Stirn. »Heißt das, dass ich gar nicht Schlittschuh laufen kann?«

»Ich fürchte, ja. Hier bei uns friert es nicht lange genug, damit das Eis auf unseren Flüssen und Seen dick genug wird, um es gefahrlos betreten zu können.«

»Das habe ich ihr auch gesagt, aber auf mich will sie ja nicht hören«, warf Anita bissig ein. »Sie sagt, dass *Sie* dieses Land besser kennen als ich.«

Die Bedienstete wirkte und klang an diesem Morgen verstimmt, und Ruth glaubte zu wissen, warum. Am Abend zuvor hatte sie Claudette in ihrem Zimmer besucht, und von dem Moment an war Anita abgemeldet gewesen, weil sie lieber »mit Mamis und Papis neuer Freundin« Puzzles zusammensetzen und Computerspiele spielen wollte.

Aus irgendeinem fiesen Grund hielt Ruth es nicht für erforderlich, sich bei Anita dafür zu entschuldigen, dass sie ihr in dieser Weise in die Quere gekommen war, und nach einigen Minuten verschwand die Bedienstete wieder im Haus, obwohl sie wie alle anderen bereit für den Wintersport in dicker Kleidung erschienen war.

Da es nicht genügend Schneemobile für alle gab, wurde vereinbart, dass einige sich eins teilten oder verzichteten. Doch der Fußballer und seine Frau wollten unbedingt jeder eins haben, Claudette und die Pop-Prinzessin bestanden ebenfalls darauf, dabei zu sein, und es stand außer Frage, dass sowohl der Gastgeber als auch die Gastgeberin an dem Vergnügen teilnehmen würden. Somit blieb für Alec, Ruth und die Talkshowmoderatorin noch ein Schneemobil übrig. Letztere verkündete, dass es ihr sowieso zu kalt sei und sie lieber vor dem Kamin entspannen und Glühwein trinken wolle, während Sharon, Margaret und Lorna das Haus für die bevorstehende Party schmückten. Mit diesen Worten verschwand sie im Haus. Auf Claudettes Drängen hin sagte Alec, dass er sich auch nicht viel daraus mache, mit einem Schneemobil herumzukurven, und das stimmte sogar. Zu seiner besonderen Freude hatte er am Morgen, als er aufgewacht war, ein nagelneues Outdoor-Outfit vorgefunden: ein dickes kariertes Hemd, eine Goretex-Jacke, einen dicken Parka mit einer mit Fell gesäumten Kapuze und ein Paar strapazierfähige Schneestiefel. Ruth, der ein silberner figurbetonter Skianzug bereitgelegt worden war, sah in ihrem Outfit etwas besser aus als er, doch sie konnte nicht mit Mrs Duvalier mithalten, die in ihrem glänzenden weißen Skianzug und ihrem wallenden Weißfuchsfellmantel wie immer der Star der Show war. In Anbetracht dessen, dass die Schauspielerin aus einem von der Sonne ausgedörrten Land stammte und die meiste Zeit ihres Erwachsenenlebens in Südkalifornien zugebracht hatte, handhabe sie das Schneemobil mit geübtem Geschick. Man konnte nicht anders, als die Anmut, mit der sie über die verschneiten Rasenflächen kurvte und ihre Schleifen zog, zu bewundern.

»Für wen sie sich wohl hält?«, fragte Ruth an Alec gewandt. »Für Lara Croft?«

»Solltest du nicht lieber einen Helm tragen?«

»Keiner hat einen.«

»Dann sei wenigstens vorsichtig, okay?«

Sie drückte ihm einen Kuss auf die Wange, brachte ihre Sonnenbrille mit den gelb getönten Gläsern in Position, rückte ihre Beanie-Mütze zurecht und jagte hinter den anderen her. Im ersten Moment schlingerte sie von rechts nach links, und es sah so aus, als würde sie jeden Augenblick umkippen, doch dann gewann sie die Kontrolle über das Gefährt, gab Gas und sauste über die sahneglatte Oberfläche davon.

Es war ein perfekter Tag für diesen Wintersport. Der Schnee war tief und pulvrig, die Nadelbäume glänzten unter ihrem Schneekleid, der Himmel über ihnen strahlte in einem perlmuttartigen Blau. Die Partygäste juchzten und hupten und brüllten vor Lachen, während sie kreuz und quer über die Schneedecke rasten. An den Rändern des Rasens standen die Sicherheitsleute in ihren schwarzen Uniformmänteln und mit ihren schwarzen Schals und ihren schwarzen Handschuhen und sahen dem Treiben schweigend zu. Alles schien in Ordnung zu sein, und schließlich ging Alec zurück auf die Terrasse, von der aus Karswell das Ganze mit einem Fernglas beobachtete.

»Gestern Nacht hat es wieder geschneit«, stellte der Sicherheitschef fest.

»Hab ich gesehen.«

»Der Neuschnee hat alle Spuren, die zur Rotunde führten, verschwinden lassen.«

Alec nickte. »Habe ich mir schon gedacht. Sagen Sie mal ... ist diese Einlage mit den Schneemobilen auch wirklich absolut sicher?«

Karswell schürzte die Lippen. »Als professionelle Bodyguards können wir diese VIPs vor nahezu allem beschützen, Mr Whitchurch. Nur nicht vor sich selbst.«

———

Ruth fand, dass ihr Gefährt gar nicht so schwer zu handhaben war, wie sie gedacht hatte, auch wenn das Tempo, mit dem sie alle bei diesem wilden, unkoordinierten Schneespaß umherjagten, haarsträubend war. Die Pop-Prinzessin versuchte nervös, allen aus dem Weg zu bleiben, aber der Fußballer und seine Frau erwiesen sich als ziemlich geschickt, was vermutlich keine Überraschung war. Doch niemand hatte so viel Spaß wie die Duvaliers selbst. Sie waren voll bei der Sache: Der von ihren Mobilen aufgewirbelte Schnee spritzte in alle Richtungen, während sie einander waghalsig umkreisten. Doch es vergingen zehn Minuten, bis Ruth auffiel, dass das rosafarbene Ensemble aus Claudettes Schneemobil und ihrem dazupassenden Skianzug nicht mehr da war. Das kleine Mädchen hatte sich im Umgang mit dem Schneemobil als ebenso geschickt erwiesen wie jeder der Erwachsenen, was von den langen Urlauben zeugte, die es in Vermont und anderen luxuriösen Wintersportgebieten verbracht hatte. Aber momentan war von der Kleinen keine Spur zu sehen.

Ruth löste sich aus dem Pulk, fuhr einmal langsam um alle herum, reckte den Hals und hielt Ausschau nach Claudette. Das Kind war definitiv verschwunden. Ruth sah zum Haus. Alec und Karswell standen auf der Terrasse an der Brüstung. Keiner von beiden schien alarmiert oder aufgeregt, aber das bedeutete natürlich nicht zwangsläufig, dass alles in Ordnung war. Claudettes Schneemobil stand nicht vor dem Haus, also konnte sie ausschließen, dass sie nach drinnen gegangen war. Und dann sah Ruth die Spuren von Claudettes Schneemobil: Sie führten von dem Bereich, in dem die anderen herumkurvten, in östliche Richtung weg, dann weiter über einen Streifen unberührten Schnees zu einem gewölbten Tor, hinter dem sie verschwanden.

Ruth wusste, was das zu bedeuten hatte. Obwohl es an diesem Morgen sowieso schon eisig war, fuhr ein kalter Schauer durch sie hindurch.

Sie jagte mit ihrem Schneemobil in die Richtung, in die die Spur führte. Zwei Minuten später bestätigten sich ihre schlimmsten Befürchtungen. Sie erreichte den Gipfel eines niedrigen Hügels, und vor ihr breitete sich der Mühlteich aus. Claudette hatte ihr Schneemobil an der westlichen Seite des Teichs abgestellt, das Mädchen selbst war nur als eine winzige Gestalt auf der zugefrorenen Oberfläche des Gewässers zu erkennen, über die es, mindestens vierzig Meter vom Ufer entfernt, auf seinen Schlittschuhen dahinglitt.

Ruth legte eine Vollbremsung hin, sprang von ihrem Schneemobil herunter, riss sich die Sonnenbrille von den Augen und stürmte zum Ufer. Sie sah auf den ersten Blick, dass das Eis nicht dick genug war, um es gefahrlos betreten zu können. Die Eisfläche war eher noch halb durchsichtig als weiß, unter ihr waren dahingleitende Luftblasen zu sehen. Die Temperatur lag zwar deutlich unter null Grad, jedoch erst seit zwei Tagen.

Nicht annähernd lange genug.

Claudette sah sie und winkte lässig.

»Hallo Claudette«, rief Ruth. »Ich dachte, wir hätten uns darauf geeinigt, dass dies keine gute Idee ist.«

Claudette antwortete nicht sofort, aber als sie schließlich etwas sagte, klang sie eingeschnappt. »Schneemobil fahren ist langweilig.«

»Wenn dir langweilig ist – wie wär's, wenn wir gemeinsam einen Schneemann bauen? Oder irgendetwas anderes? Das wäre doch cool, meinst du nicht auch?«

»Ich baue immer Schneemänner. Das ist genauso langweilig.«

»Na schön. Wie wär's mit einem Eispalast? Ich war immer richtig gut im Bauen von Eispalästen.«

Claudette sah auf. »Einen Eispalast?«

»Ja. So einen, wie man ihn bei Disney World sieht, nur eben aus Eis.«

»Braucht man dafür nicht einen riesigen Eisklotz?«

»In England nehmen wir Schnee. Man muss ihn hart genug zusammenpressen, dann außen glatt streichen, und wenn der nächste starke Frost kommt – fertig! –, dann ist alles zu Eis geworden.«

Claudette dachte darüber nach und kam näher ans Ufer, doch dann überlegte sie es sich anders und entfernte sich wieder. »Klingt so, als würde es Spaß machen, aber erst will ich noch ein bisschen Schlittschuh laufen.« Sie merkte nicht, dass das Eis brach und sich auf einmal blitzartig ein Riss über den ganzen Teich zog. Ein Stück weit den Riss entlang tat sich ein weiterer Riss auf, der von dem langen abzweigte.

»He, Claudette, ich will nicht, dass du Schlittschuh läufst, okay?«, rief Ruth und versuchte, nicht panisch zu klingen. »Es ist zu gefährlich.«

»Es ist nicht gefährlich.«

Ruth biss sich auf die Lippe. Was sollte sie tun? Wie wendete man in so einer Situation das Prinzip von Zuckerbrot und Peitsche an? Wie würden sich richtige Eltern verhalten?

»Ich dachte, wir sind Freundinnen?«

»Wir *sind* Freundinnen.«

»Aber du hörst ja nicht auf mich.«

»Natürlich tue ich das.« Claudette vollführte genau in der Mitte des Teichs eine elegante Drehung. »Aber das heißt ja nicht, dass ich auch tun muss, was du sagst. Was Freundinnen einem sagen, muss man nicht unbedingt tun.«

»Aber ich bin eine erwachsene Freundin, und das heißt, dass ich über vieles besser Bescheid weiß. Und ich glaube wirklich und ehrlich, dass es gut wäre, wenn du jetzt aufhören und ans Ufer kommen würdest.«

Claudette beendete ihre Pirouettenübung und setzte zu einem Schnelllauf an. »Aha, glaubst du das?«

»Ich wäre doch keine Spaßbremse, wenn es nicht einen wirklich guten Grund gäbe, oder?«

»Nein, wahrscheinlich nicht.« Claudette kam langsam und widerwillig zum Stehen. Sie war immer noch gut fünfzig Meter von Ruth entfernt, aber bis zur anderen Seite des Ufers waren es vermutlich höchstens fünfzehn Meter.

»Nun mach schon«, ermunterte Ruth sie. »Tu es einfach für mich.«

»Na gut. Aber nur dieses eine Mal. Wenn Mami sagt, dass es in Ordnung ist, werde ich nachher weiter Schlittschuh laufen. Den Eispalast können wir dann ja später bauen.«

Claudette machte Anstalten, wieder über die Mitte des Teichs zurückzukommen, aber Ruth hob warnend die Hand. »Nicht da lang, Claudette. Lauf ans andere Ufer. Ich komme um den Teich herum, und dann treffen wir uns da.«

Claudette sah verwirrt aus und im ersten Augenblick wieder leicht widerspenstig. Doch dann schien sie sich in kindlicher Weise damit abzufinden, dass die verzwickten Gedankengänge von Erwachsenen unergründlich waren, nickte, wirbelte herum und steuerte das gegenüberliegende Ufer an. Ruth beobachtete sie ängstlich und rechnete jeden Moment damit, dass unter dem Mädchen eine Eisplatte umklappte und die in Rosa gehüllte Gestalt unterging und aus ihrem Sichtfeld verschwand. Doch es passierte nichts. Claudette gelangte unversehrt ans Ufer und stapfte unbeholfen auf den festen Untergrund. Sie bückte sich, um die Verschlüsse ihrer Schlittschuhe zu öffnen, und in dem Moment erblickte Ruth die zweite ernste Bedrohung dieses Morgens.

Hinter dem Mädchen erstreckte sich eine hohe, von Norden nach Süden verlaufende dichte Hecke, ein weiteres Exemplar der Formschnitt-Gartenkunst, die die Gärten des Anwesens zierte. Sie wurde nur an einer Stelle von einer hölzernen Durchgangspforte unterbrochen. Am Fuß der Hecke gab es einen kleinen Spalt, in dem nur die dünnen Stämme der Ligustersträucher zu sehen waren, durch die Ruth auf die andere Seite der Hecke blicken konnte – wo sich gerade etwas, das aussah wie ein langer, zerfetzter, abgetragener schmutziger Rock, rasch in die Richtung des Tors bewegte.

Ihr stockte der Atem.

Sie verharrte keinen Augenblick länger, um mehr zu sehen, sondern stürmte zu ihrem Schneemobil, startete es, riss es herum und bretterte mit Vollgas am Ufer entlang. Luftlinie waren es quer über den Teich vermutlich etwa sechzig Meter, aber am Ufer entlang waren es eher zweihundert, und es ging keineswegs nur geradeaus. An der Südseite des Teichs reichten die Bäume bist fast ans Ufer, sodass Ruth das Schneemobil zwischen ihnen hindurch-

und um sie herummanövrieren musste. Außerdem gab es Steine, kleine Felsbrocken und, schlimmer noch als alles andere, knorrige Wurzeln, die aus dem Schnee herausragten.

Es war eine dieser Wurzeln, die ihre Fahrt jäh beendete.

Sie hatte noch etwa dreißig Meter vor sich und die Augen starr auf das Tor in der Hecke gerichtet, da Claudette es irgendwie geschafft hatte, sich dem Tor zu nähern, während sie mit dem Schlittschuh kämpfte, den sie noch anhatte. Doch dann stellte sich die ganze Welt für Ruth auf den Kopf.

Ein ohrenbetäubendes stählernes *KLONG* ertönte.

Der vordere Teil von Ruths Schneemobil hob ab wie ein startendes Flugzeug, allerdings in einem schrägen Winkel.

Das Nächste, was sie mitbekam, war, dass sie sich in der Luft überschlug. Sie ließ die Lenkstange los und wurde mit voller Wucht aus dem Sitz des Schneemobils geschleudert. Aber es war zu spät.

Der verschneite Boden raste mit entsetzlicher Geschwindigkeit auf sie zu.

Sie spürte nicht einmal den Aufprall.

———

Sie lag mit dem Gesicht nach unten da, und der Schnee umschloss wie eine eisige Hand ihr Gesicht, daran würde sich Ruth später erinnern. Hustend und nach Luft ringend, rollte sie sich auf den Rücken und stellte fest, dass sie durch ein dichtes Geflecht blattloser Äste in einen blauen Winterhimmel starrte. Erst nach und nach wurde ihr bewusst, was sie dort eigentlich zu suchen hatte.

Sie nahm eine Unterhaltung wahr, die irgendwo in ihrer Nähe stattfand. Es klang, als ob ein kleines, aus den USA stammendes Mädchen mit jemandem redete, bei dem es sich möglicherweise um einen Erwachsenen handelte, wobei die zweite Stimme merkwürdigerweise kaum zu verstehen war.

»Wirklich?«, fragte das Mädchen. »Das wäre cool. Können wir jetzt gehen?«

Ruth versuchte, sich aufzusetzen, doch ihr wurde schwindelig. Eine heiße Flüssigkeit rann an ihrem linken Auge herunter, und als sie blinzelte, hinterließ die Flüssigkeit einen blutroten Film vor dem Auge. Zudem machten sich stechende Kopfschmerzen breit.

Doch nichts von alledem spielte jetzt eine Rolle.

Sie war im Dienst, rief sie sich in Erinnerung. Sie war hier, um das Mädchen zu beschützen.

»Claudette!«, rief sie und rappelte sich hoch.

Ihr wurde wieder schwummerig, und sie musste sich an einem Baum abstützen. Sie sah nach rechts. Dort lag das Schneemobil auf dem Kopf. Es schien nicht beschädigt zu sein, aber der Motor war ausgegangen. Sie sah sich weiter um und versuchte, sich zu orientieren. Zu ihrer Linken lag der zugefrorene Teich. Das bedeutete, dass sie weiter geradeaus gehen musste … oder?

Sie taumelte benommen in diese Richtung. Selbst unter den Bäumen war der Schnee tief. Er reichte ihr bis an die Knöchel, doch allmählich kehrten ihre Kräfte zurück.

»Claudette!«, rief sie noch einmal und taumelte um die südöstliche Ecke des Sees. Sie sah die zurückgelassenen Schlittschuhe des Kindes. »Claudette!«

Die Stimmen waren immer noch zu hören, jedoch auf der anderen Seite der Hecke. Ruth rannte keuchend den Hang hinauf zu der offen stehenden Pforte, stolperte hindurch und rief erneut.

Sie fand sich auf einem schmalen Weg wieder. Wieder sah alles aus wie gemalt, wie das Motiv einer Weihnachtskarte: ein langer gerader Weg, bedeckt von einer dicken, unberührten Schneeschicht und gesäumt von verschneiten immergrünen Büschen.

Claudette war da, jedoch allein. Einen Augenblick lang wirkte ihr hübsches kleines Gesicht verstimmt.

»Da hast du's!«, sagte sie. »Du hast sie verscheucht.«

»Wen?«, fragte Ruth, blickte sich um und nahm den Weg hinter sich in Augenschein. Auch dort war keine Spur von irgendjemandem zu sehen.

»Die Frau. Die mich neulich besucht hat, als ich im Bett lag.

Oje!« Die Stimme des Mädchens wurde weicher. »Du bist ja verletzt.«

»Ist nicht so schlimm«, sagte Ruth. Sie holte ein Taschentuch hervor und betupfte die Schnittwunde oben links an ihrer Stirn. »Wer ist die Frau, Claudette?«

»Keine Ahnung, wer sie ist, aber sie ist sehr nett. Sie will mir zeigen, wo sie wohnt.«

»Hat sie das gesagt?«

»Etwas in der Art. Sie hat komisch gesprochen. Sie ist ziemlich cool.«

»Ach ja?«

Claudette lächelte verträumt. »Sie hat so schönes langes Haar, als ob sie es noch nie geschnitten hätte.«

Ruth wollte gerade etwas antworten, doch in dem Moment hörte sie das Dröhnen sich nähernder Schneemobile. Vielleicht hatte jemand den Lärm gehört, den ihr Unfall verursacht hatte, oder sie und Claudette waren bereits vermisst worden. Wie auch immer, auf der anderen Seite der Hecke kamen die Schneemobile nun zum Stehen. Mike Duvalier stürzte als Erster durch die Pforte, gefolgt von Alec.

»Alles in Ordnung?«, fragte der Schauspieler, auf dessen gerötetem Gesicht sich ernsthafte Besorgnis abzeichnete. In dem Moment sah er Ruths Verletzung. »Ach du lieber Himmel!«

Alec eilte zu ihr und untersuchte sie. »Was ist denn passiert?«

Ruth ging zu Claudette, nahm sie bei der Hand und wandte sich Alec und Mike Duvalier zu. »Wir müssen reden. *Jetzt.*«

10

Inzwischen war es mitten am Nachmittag, und die Weihnachtsvorbereitungen in Killingly Hall waren in vollem Gange. Auf allen Regalen und Kaminsimsen funkelten Stechpalmenzweige, in sämtlichen Türen hingen Mistelzweige, die Treppengeländer waren mit einem Geflecht aus Tannenzweigen geschmückt. Am Fuß der Haupttreppe war eine riesige Rottanne aufgestellt worden, und Lorna und Margaret standen auf Leitern und dekorierten sie mit geschmackvollem Weihnachtsschmuck. In der Küche herrschte ein einziges Chaos. Sie war von den Mitarbeitern eines französischen Partyservices in Beschlag genommen worden, die eingetroffen waren, um das für den Abend vorgesehene Festmahl zuzubereiten. Die Gäste würden ab dem frühen Abend eintreffen, doch die Besprechung, die unmittelbar nach dem Mittagessen im Billardraum begonnen hatte, zog sich immer noch hin. Ruth, Alec, Mike Duvalier und Lane Karswell saßen zusammen, und trotz des knisternden Kaminfeuers und der Becher voller Glühwein, die ihnen nach ihren Aktivitäten im Freien zum Aufwärmen gereicht worden waren, war die Atmosphäre ernst.

Ruth, deren Schnittwunde inzwischen mit einem Pflaster verarztet worden war, stand unter Hochspannung. Sie war aufgestanden, ging noch einmal alles durch, was bisher passiert war, und fügte die Informationen hinzu, die sie im Hinblick auf die lange, schaurige Geschichte des Anwesens zusammengetragen hatte.

»Alles weist darauf hin«, schloss sie, »dass an diesem Ort irgendetwas nicht stimmt.«

»Glaubst du nicht, dass der Schlag gegen deinen Kopf dir vielleicht ein bisschen zu stark zugesetzt hat?«, fragte Alec.

Sie bedachte ihn mit einem finsteren Blick.

»Mrs Whitchurch«, meldete sich Duvalier aus seinem Stuhl zu Wort, »Sie wollen uns nicht gerade erzählen, dass Sie diese Geschichte glauben, oder? Ich meine dieses Zeug über die untote Baronin.«

»Nein«, entgegnete sie. »Aber das heißt nicht, dass hier nicht irgendeine Irre ihr Unwesen treibt, die sehr wohl daran glaubt. Bestimmt wurde die Tatsache, dass Sie dieses Anwesen gekauft haben, in den Medien ziemlich breitgetreten, habe ich recht?«

»Ja, das wurde es in der Tat.«

»Da haben Sie's. Also, ich bitte Sie, Sie und Ihre Familie müssen doch ständig mit Stalkern zu tun haben. Bestimmt dürfte nichts von alledem Sie wirklich überraschen.«

Duvalier rieb sich das Kinn. »Es geht ja gar nicht darum, dass uns jemand nachstellt. Es geht vielmehr darum, wie dieser Jemand dies ihren Worten zufolge tut: in ein Halloweenkostüm gekleidet, um uns einen Schrecken einzujagen.«

»Ich glaube, es könnte durchaus etwas Ernsteres sein als nur der Versuch, Ihnen einen Schrecken einzujagen, Mr Duvalier. Wer auch immer diese Frau war – sie hat es darauf angelegt, Claudette wegzulocken.«

Er dachte darüber nach. »Was genau hat sie zu ihr gesagt?«

Ruth zuckte mit den Achseln. »Das ist schwer, mit Gewissheit zu sagen. Sie und Ihre Frau sollten auf jeden Fall mit Claudette reden, aber Kinder zu befragen kann ziemlich schwierig sein. Sie neigen dazu, einem genau das zu erzählen, was man ihrer Meinung nach hören will. Entweder das, oder sie machen einfach dicht und sagen gar nichts, abhängig davon, was sie glauben, wie sehr sie sich mit dem, was sie erzählen, womöglich selbst in Schwierigkeiten bringen.«

Duvalier runzelte die Stirn. »Vor allem interessiert mich, wie diese Frau überhaupt auf das Anwesen gelangt ist.« Er wandte sich um und starrte Karswell an, der am Billardtisch emsig Kugeln hin und her stieß. »Sie haben mir doch gesagt, alles sei zu hundert Prozent gesichert.«

Karswell richtete sich verlegen auf, aber Ruth antwortete für ihn. »Mr Duvalier, es gibt absolut keine Möglichkeit, irgendetwas hundertprozentig zu sichern, und schon gar nicht ein ländliches Anwesen dieser Größe.« Sie sah Karswell an. »Die Mauer umgibt das Gelände bestimmt nicht einmal komplett, stimmt's?«

Er machte eine matte Geste. »Es gibt einige Stellen ohne Ummauerung, aber sie sind mit einem Zaun gesichert. Außerdem haben wir Sicherheitskameras aufgestellt, Alarmdrähte verlegt …«

»Aber nehmen wir mal an, sie war bereits hier, bevor Sie das alles installiert haben«, gab Ruth zu bedenken.

Alec meldete sich erneut zu Wort. »Ruth, Schatz … wir sind ja nicht einmal sicher, ob es überhaupt eine Frau *ist*.«

»Wir stützen uns bei dieser Annahme nicht nur auf Claudettes Aussage«, entgegnete sie. »Ich habe selber eine Stimme gehört. Und alle haben diese Zeichnung gesehen.« Sie nahm Claudettes Bild von der Gestalt vor dem Fenster in die Hand.

»Sie wollen doch hoffentlich nicht sagen, dass das ein Kerl in Frauenklamotten ist, oder?«, fragte Duvalier an Alec gewandt.

»Nein, er will sagen, dass es weder eine Frau noch ein Kerl ist, sondern niemand«, stellte Ruth fest.

Duvalier wirkte überrascht. »Obwohl sie nicht nur Ihre Arbeitskollegin ist, sondern auch Ihre Frau, trauen Sie ihrem Urteil nicht?«

Alec rang sich ein Lächeln ab. »Natürlich traue ich ihrem Urteil. Es ist nur, dass … «

»Was?«

»Ach nichts.«

Es entstand eine kurze Pause, in der niemand etwas sagte und während der Ruth sich fragte, was Alecs Problem war. Sie wusste, dass er in der Hoffnung hergekommen war, ein paar Tage bezahlten Urlaub machen zu können, doch es war untypisch für ihn, nicht entsprechend auf die Krise zu reagieren, mit der sie es eindeutig zu tun hatten. Und es war ebenso untypisch für ihn, nicht auf ihre Urteilskraft zu vertrauen. Als sie – lange bevor sie ein Paar geworden waren – bei der Metropolitan Police sein Sergeant gewesen war, hatte er immer gesagt, dass sie von allen Detectives, mit denen er je zusammengearbeitet hatte, das beste Bauchgefühl habe.

»Was schlagen Sie also vor?«, fragte Duvalier, diesmal an Ruth gewandt.

»Dass wir Claudette noch sehr viel besser im Auge behalten sollten«, entgegnete sie. »Und strikt dafür sorgen sollten, dass sie im Haus bleibt, jedenfalls zumindest heute Abend und morgen.«

»Das geht nicht«, wandte Duvalier ein. »Wir nehmen sie mor-

gen früh mit in die katholische Kirche – zur morgendlichen Weih-
nachtsmesse. Darauf besteht Rosa.«

»Da wird sicher nichts passieren«, stellte Alec klar.

»Sorgen Sie dafür, dass immer jemand bei ihr ist«, sagte Ruth.
»Und damit meine ich, dass nicht nur Anita bei ihr sein sollte.«

»Was ist denn gegen Anita einzuwenden?«, fragte Duvalier.

»Hat sie irgendeine Ahnung von Selbstverteidigung? Beherrscht
sie irgendwelche Kampfsportarten?«

»Nein«, gab er zu. »Aber sie kann sich bewaffnen. Das können
wir alle.« Er wandte sich Karswell zu. »Am besten verteilen Sie die
Waffen ... «

»Na, na, jetzt mal langsam«, unterbrach Alec ihn. »Was meinen
Sie mit ›Waffen‹?«

Duvalier erhob sich. »Ich habe Sie dafür bezahlt herauszufinden, ob für meine Tochter während ihres Aufenthalts hier eine
reale Bedrohung existiert oder nicht. Wie es aussieht, haben Sie
Ihre fachkundige Meinung dazu abgegeben, und das reicht mir.«
Er wandte sich wieder Karswell zu. »Trommeln Sie die Männer
zusammen, und bewaffnen Sie sie.«

»Sie bewaffnen?«, fragte Alec. »Sie meinen mit Schusswaffen?«

»Ich denke, mit Stöcken dürften sie nicht viel ausrichten können.«

»Mr Duvalier, das können Sie nicht tun!«

»Wer sollte mich davon abhalten? Wir werden nicht alle mit
einem AK47 herumspazieren und damit herumfuchteln, falls es
das ist, was Ihnen zu schaffen macht.«

Alec schüttelte den Kopf. »Sie können hier mit gar keiner Waffe
herumspazieren und damit herumfuchteln. Wir befinden uns in
England. Hier tragen Sicherheitsleute keine Waffen.«

»Ihr Land ist ziemlich stolz auf seine strengen Waffengesetze,
stimmt's?«, fragte Duvalier.

»Ja, und zwar zu Recht, wenn ich das so sagen darf.«

»Natürlich dürfen Sie das so sagen. Aber was glauben Sie denn,
woher ich diese Waffen habe?« Duvalier musterte den ehemaligen

Polizisten aufmerksam, gespannt auf seine Reaktion. »Sagen wir mal so: Ich habe sie nicht ins Land geschmuggelt. So ein Vollidiot bin ich nicht. Aber ich hatte das Gefühl, dass es ab einem gewissen Punkt vielleicht angeraten sein könnte, dass wir uns bewaffnen, deshalb habe ich Lane gebeten, ein paar Nachforschungen anzustellen.«

»Ich wüsste gerne, wo er diese Nachforschungen angestellt hat«, entgegnete Alec.

Karswell kicherte. »Das glaube ich Ihnen aufs Wort.«

Duvalier steuerte ebenfalls die Tür an. »Eines ist Ihnen wahrscheinlich nicht ganz bewusst, Mr Whitchurch: Mit Geld können Sie praktisch alles kaufen. Selbst im gesetzestreuen England, das ja, wie Sie mir bei unserer ersten Begegnung selber gesagt haben, nicht mehr ganz so gesetzestreu ist, wie es das einmal war.«

Mit diesen Worten verließ er in Begleitung Karswells das Zimmer. Hinter ihnen schloss sich die Tür.

Alec schüttelte den Kopf. »Na super.« Ich dachte, ich käme hier ins Holiday Inn, und stattdessen landen wir inmitten eines Szenarios, das aus *Reservoir Dogs* stammen könnte.«

Ruth störte das weniger. »Wir haben die ganze Zeit unseren Job erledigt.«

»Wie Profis eben.«

»Herrgott noch mal, diese Typen sind auch Profis.« Sie packte ihre Unterlagen zusammen. »Und du warst weiß Gott ziemlich schnell damit, mir blöd zu kommen, als ich die Sorge geäußert habe, dass dieser Ort womöglich nicht ausreichend gesichert ist. Aber soll ich dir was sagen? Selbst wenn sie mit AK47-Sturmgewehren herumlaufen würden, wäre ich noch nicht beruhigt.« Sie ging ebenfalls zur Tür, jedoch nicht, ohne vorher noch hinzuzufügen: »Wenn du es genau wissen willst: Ich mache mir ernsthaft Sorgen, dass hier etwas vor sich geht, das unsere Erfahrungen bei Weitem übersteigt.«

»Du weißt, dass das alles Schwachsinn ist …«

»Und deine Einstellung zu alldem ist auch nicht gerade sehr

hilfreich. Im Moment sind wir nur ein halbes Team, Alec, und das würde nicht mal etwas ausrichten können, wenn wir es mit einem ganz normalen Nullachtfünfzehngegner zu tun hätten.«

Die Tür knallte hinter ihr zu.

Alec starrte die Tür an. Ihm war ziemlich unwohl zumute. Er wusste, dass seine Frau schwer unter ihrer zweiten Fehlgeburt gelitten hatte, vor allem weil sie dazu geführt hatte, dass ihre Gebärmutter hatte entfernt werden müssen. Trotzdem hatte er gehofft, dass sie mit der Zeit darüber hinwegkommen würde und die psychischen Folgen überwiegend verschwänden. Doch während ihres Aufenthalts in Killingly Hall hatte er beobachtet, dass sie gegenüber Claudette einen immer stärker werdenden Beschützerinstinkt entwickelt hatte. Na schön, *so* lautete schließlich ihr Auftrag – das Mädchen zu beschützen. Aber Ruth schien von Anfang an entschlossen, mehr zu tun als das, und hatte eine unnötig emotionale Bindung zu ihm entwickelt – was in den Lehrbüchern eindeutig *nicht* so vorgesehen war. Möglicherweise war dies darauf zurückzuführen, dass Claudettes Mutter sich so abweisend gab. Mrs Duvalier hatte kaum mit Alec und Ruth gesprochen – was vielleicht verständlich war, da sie sie als bezahlte Hilfe angeheuert hatte –, aber sie schien auch ihrer Tochter gegenüber ein eher distanziertes Verhalten an den Tag zu legen und es vorzuziehen, mit ihren Gästen zu feiern. Dies passte nicht zu der Geschichte, die ihnen erzählt worden war, der zufolge sie sich solche Sorgen um die Sicherheit ihres Kindes machte. Und es war auch nur schwer zu verstehen. Insbesondere Ruth, die sich so sehnlich Kinder gewünscht hatte und nie welche haben würde, musste es schwerfallen, so ein Verhalten zu verstehen.

Alec wägte ab, welche Optionen er hatte. Ruth deshalb anzugehen, würde gar nichts bringen. Aber was konnte er tun? Ihr sagen, dass sie den Kopf hoch nehmen und aufhören solle, Trübsal zu blasen? Angesichts dessen, wie sehr sie gerade auf Krawall gebürstet war, könnte das genau das Gegenteil dessen bewirken, was er eigentlich wollte. Selbst wenn er sie diskret darauf hinwiese, dass sie überreagiere, könnte das auf taube Ohren stoßen – sie würde einfach erwidern, dass sie nur nach bestem Wissen und Gewissen ihren Job erledige. Doch unter Berücksichtigung all dessen sah er nicht, inwiefern es schaden könnte, ihr zumindest diesen *irrationalen* Zug vorzuhalten, den sie plötzlich zeigte – dieses Beharren auf der Geschichte mit der bösen Baronin. In der realen Welt des Verbrechens und der Verbrechensbekämpfung, mit der sie beide nun schon so lange zu tun hatten, gab es keinen Platz für solche Spinnereien, und tief in ihrem Herzen wusste sie das auch. Wenn das alles erst mal vorbei war, würde sie ihr Verhalten bestimmt noch einmal überdenken, und vielleicht wäre es ihr dann sogar ein wenig peinlich. Weshalb es an der Zeit war, diese Dinge möglichst sofort im Keim zu ersticken.

Er eilte hinauf in ihr Zimmer. Ruth saß vor ihrem Laptop und las diverse E-Mails.

»Ruth«, begann er, »ich gebe ja zu, dass diese Geschichte sich als ernster erweist, als wir erwartet haben. Aber sag mir zumindest eins: Du glaubst doch nicht wirklich, dass wir es hier mit irgendeiner Art Monster zu tun haben, oder?«

Sie sagte nichts, sondern las weiter.

»Ruth?«

»Ich höre dich.« Sie lehnte sich mit einem Ausdruck von Zufriedenheit zurück. »Guck dir das mal an.«

Wie es schien, hatten die Leute von den Büchersuchdiensten, die sie engagiert hatte, doch noch den Auftrag erledigt. Sie hatten ihr insbesondere drei Texte geschickt. Der erste war sehr kurz. Es handelte sich um einen Auszug aus einer modernen Übersetzung eines mittelalterlichen Berichts über das Schicksal der Familie Villehardoin, eines normannischen Adelsgeschlechts, das – wie Ruth und Alec bereits erfahren hatten – einige Mitglieder gestellt hatte, die William den Eroberer bei seiner Invasion Englands begleitet hatten. In der Notiz, welche die Mitarbeiter des Büchersuchdienstes, die den Bericht komplett gelesen hatten, beigefügt hatten, wurde dargelegt, wie die Villehardoins sich zunächst in

England niedergelassen hatten, jedoch nach nicht einmal hundert Jahren ausgestorben waren, als, dem Bericht zufolge

Ralph, der einzige Sohn von Earl Gilbert, das Opfer einer Dämonin wurde…

Im typischen Stil einer mittelalterlichen Chronik – deren Schreiber davon ausgingen, dass die Leser, an die sie sich richteten, mit den historischen Ereignissen, auf die sie Bezug nahmen, vertraut waren – war dies alles, was sich zu dem Thema fand. So Neugier erweckend die Geschichte auch war, es wurden keine weiteren Informationen geboten.

Ruth triumphierte. »Das ist der zweite Hinweis darauf, dass der Typ, der das Anwesen im zwölften Jahrhundert übernommen hat, sein Kind unter äußerst merkwürdigen Umständen verloren hat. Und dies ist ein zeitgenössischer Bericht.«

Alec schüttelte den Kopf. »Das ist alles so ein Schwachsinn.«

»Tja, dann guck dir mal den nächsten Auszug an.«

Der zweite Textauszug stammte aus einer sehr viel späteren Zeit und war einem obskuren Band entnommen, in dem es um die persönlichen Aufzeichnungen Oliver Cromwells ging. Er bestand aus zwei Briefen, die Cromwell nach seinem vernichtenden Sieg über die Royalisten in der Schlacht von Worcester im Jahr 1651 persönlich verfasst hatte. In dem ersten befahl er seinem begabten Leutnant Charles Fleetwood, einen Stoßtrupp zusammenzustellen und mit ihm

… zu einem Anwesen namens Killing Lea zu ziehen und dort Feuer und Stahl einzusetzen, um die Gegend von dem furchtbaren Gespenst zu befreien, das dort sein Unwesen treibt…

»Erinnerst du dich an den Eintrag in dem Reiseführer?«, fragte Ruth. »Dort stand, dass Truppen Cromwells die Überreste der mittelalterlichen Burg vollständig zerstörten. Jetzt wissen wir, warum.«

Alec schüttelte erneut den Kopf. »Bei diesem ›Gespenst‹, von dem er redet, könnte es sich auch um das Gespenst des Royalismus gehandelt haben.«

»Ach ja? Dann lies mal weiter.«

Das Zitat aus dem zweiten Brief war etwas ausführlicher. Der Adressat war ebenfalls Fleetwood. In dem Brief gratulierte Cromwell dem Leutnant für eine erfolgreiche Mission, drückte jedoch zugleich sein Bedauern über die Ereignisse aus, die diese Mission erforderlich gemacht hatten. Der Brief enthielt die folgende Passage:

Es gibt nichts Tragischeres auf Gottes grüner Erde als den Verlust kindlichen Lebens. Hören zu müssen, dass so viele, die in der Blüte ihres jungen Lebens standen, gepackt und dahingerafft wurden wie Kätzchen, kann das härteste Herz entzweibrechen. Ihr habt heute das Werk des Herrn verrichtet.

Alec schürzte die Lippen. Bei allem, was sie bisher angeführt hatte – inklusive dieses Briefes –, handelte es sich um Indizienbeweise. Allerdings musste er zugeben, dass das Ganze zusehends überzeugender wirkte. Trotzdem beschloss er, den Advocatus Diaboli zu spielen. »Wahrscheinlich spricht er von den Kriegsopfern.«

»Wach endlich auf, Alec!« Sie zeigte auf den Monitor. »Das da sind Olivier Cromwells eigene Worte. Ruf dir alles in Erinnerung, was du in der Schule über ihn gelernt hast. Er war ein Fanatiker, ein Eiferer. Er hätte den Bürgerkrieg allein ausgefochten, wenn er keine Unterstützung gehabt hätte. Ich bezweifele sehr, dass der Gedanke an irgendwelche zu beklagenden Kriegsopfer ihm das Herz zerrissen hätte.«

»Worum handelt es sich bei dem dritten Text?«

»Tja … Das ist der eigentliche Knaller.« Sie rief den dritten Text auf und trat zur Seite, damit Alex ihn lesen konnte.

Es war ein Auszug aus dem Tagebuch einer gewissen Mrs Mabel Farrington, der Frau eines vermögenden Bauern. Dem Begleitschreiben zufolge, das die Mitarbeiter des Büchersuchdienstes freundlicherweise beigefügt hatten, enthielt das Tagebuch wenig mehr als einen halbwegs amüsanten Bericht über das ländliche Leben im achtzehnten Jahrhundert und war in historischer Hinsicht von derart geringem Interesse, dass es in das Regal für »Unbedeutendes« verbannt worden war. Doch Mabel Farrington war mit der Familie Hart befreundet gewesen, die in Killingly Hall lebte und bei der es sich entweder einfach nur um Nachbarn der Farringtons gehandelt hatte oder um deren Verpächter – die genauen Verhältnisse gingen aus dem Bericht nicht eindeutig hervor. Für den 15. Mai 1799 hatte Mabel Farrington folgenden Eintrag verfasst:

Heute haben wir Mr Selwyn Joseph Hart zu Grabe getragen, einen gebrochenen Mann, seitdem sein Haus vor sechs Monaten ein Opfer der Flammen wurde. Mr Hart liegt jetzt neben seiner kürzlich verstorbenen Frau auf dem Kirchenfriedhof in Hinton. Nach der Bestattung wurde noch ein köstlicher Trauerschmaus gereicht, doch derartige Nichtigkeiten dürfen nicht von der Traurigkeit dieser Angelegenheit ablenken.

Auch wenn seine Frau sich nach allem, was ich weiß, nie besonders guter Gesundheit erfreut hat, war ihr Tod für ihn ein schwerer Schicksalsschlag. Doch vor allem der Verlust seiner beiden kleinen Kinder hat Mr Hart in den vergangenen Jahren sehr schwer zu schaffen gemacht. Nach deren Tod, so haben seine Bediensteten berichtet, ist er oft mitten in der Nacht mit wirrem Haar auf seinem Anwesen herumgelaufen und hat diesen bösen Geist lauthals beschimpft und herausgefordert.

Als wir das letzte Mal miteinander geredet haben, hat er sich für seine Blindheit verflucht. Er hat gesagt, dass seine Kinder noch leben könnten, wenn er die überlieferte schaurige Geschichte geglaubt hätte. Viele Jahre zuvor, so hat er berichtet, sei sein eigener Bruder auf dem gleichen Teil des Anwesens spurlos verschwunden, als er mit einem Steckenpferd gespielt habe. Mr Hart selbst hatte als Kind Träume, in denen eine schaurige Gestalt an das Fenster seines Zimmers klopfte. Diese Träume tat er anschließend

immer mit dem Hinweis darauf ab, dass er schließlich »ein Mann
der Aufklärung« sei.

Wie sehr er es bedauert hat, sich dieser Aufklärung verschrieben
zu haben. Wie heftig er sich dagegen aufgelehnt hat.

Im County wird getuschelt, dass er das Feuer, das sein Haus
zugrunde gerichtet hat, selber gelegt hat. Die Trauer hat ihm die
Sinne vernebelt, und da ihm in dieser Welt nichts geblieben war,
suchte er zerstörerische Rache.

So weit, so gut, doch auch wenn vergangene Geschichten ver-
gehen sollten, fürchte ich, dass dieses furchtbare Ding, das ihn so
gequält hat, noch nicht verschwunden ist. Letzte Woche haben wir
im Dorf eine Stoffpuppe begraben – anstelle des Milchmädchens
Susan Barnabus, das im Juni zehn Jahre alt geworden wäre und
nun schon seit einem ganzen Monat vermisst wird.

»Wir wissen bereits, dass das Anwesen, das zur Zeit Sir Christopher Wrens gebaut wurde, einem Feuer zum Opfer gefallen
ist«, stellte Ruth fest, als Alec zu Ende gelesen hatte. »Erinnerst
du dich an die Erwähnung des ›ansehnlichen Gebäudes‹? Ich
glaube, auch in diesem Fall wissen wir nun, warum es nieder-
brannte.«

»Diese Frau stellt nur Mutmaßungen an.«

»Diese Frau scheint besser informiert gewesen zu sein, als wir
es offenbar sind. Sie spielt auf alle möglichen Fakten an, von denen
wir nicht einmal annähernd etwas wissen.«

»Fakten?«

»Was ist mit dem zweiten Feuer?«, fragte Ruth. »Das aus dem
Jahr 1837. War das ein Missgeschick, oder ist da etwas Ähnliches
passiert?«

»Na schön«, sagte er und verspürte angesichts der neuen Informationen einen Anflug von Unbehagen. »Ich bin bereit zu akzep-
tieren, dass in dieser Gegend Kinder entführt und vielleicht sogar
ermordet wurden und dass dies in unserem polizeiinternen Infor-
mationssystem irgendwie untergegangen ist. Aber diese Fälle mit

denen aus längst vergangenen Zeiten in Verbindung zu bringen, ist lächerlich. Dazwischen liegen Hunderte von Jahren.«

»Das steht nicht im Widerspruch zu *meiner* Hypothese«, entgegnete sie.

»Nun komm schon, Ruth, das glaubst du doch nicht im Ernst! Vielleicht hattest du vorhin recht. Irgendjemand kennt die Geschichte und ahmt das Ganze nach. So etwas gibt es.«

Bevor sie ihre Diskussion fortsetzen konnten, klopfte es an der Tür zu ihrem Zimmer. Alec bat den Klopfenden einzutreten, und Karswell erschien. Er schloss die Tür hinter sich, stellte eine Art Militärrucksack auf den Boden, langte hinein und holte zwei lederne Schulterholster heraus. Aus jedem lugte der Griff einer Pistole hervor.

»Befehl von Mr Duvalier«, sagte er. »Für jeden von Ihnen eine – wenn Sie denn wollen.«

Ruth zögerte keinen Augenblick. Sie nahm den Gurt, zog eine Glock 20 heraus und hielt sie ins Licht. Ihrem schwarz glänzenden Lack nach zu urteilen war sie in einem guten Zustand.

»Können Sie damit umgehen?«, fragte Karswell.

Sie lachte. »Da machen Sie sich mal keine Sorgen. Haben Sie auch Ersatzpatronen?«

Er fischte ein paar aus dem Rucksack und reichte sie ihr. Dann sah er Alec an. »Und was ist mit Ihnen, Mr Whitchurch?«

Alec stand da, die Hände in den Hosentaschen, doch schließlich zuckte er mit den Schultern. »Was soll's, warum nicht? Macht ja keinen Sinn, der einzige Zurechnungsfähige im Irrenhaus zu sein.«

Als Karswell gegangen war, sah Alec zu, wie seine Frau sich an den Schreibtisch setzte, ihren Laptop zur Seite schob und fachmännisch die Pistole auseinandernahm. Als sie zufrieden war, setzte sie alles wieder zusammen und rammte das Magazin an Ort und Stelle.

»Du weißt ja«, sagte er, »wenn der Gegner, mit dem wir es zu tun haben, das ist, was du glaubst, wird dir diese Pistole nicht viel nützen.«

»Und wenn er das ist, was *du* glaubst, wird sie sehr wohl etwas nützen«, entgegnete sie. »Was ist also das Problem?«

»Dass wir uns wegen unerlaubten Waffenbesitzes eine fünfjährige Haftstrafe einhandeln können.«

»Das Risiko gehe ich gerne ein. Ich bitte dich, Alec, dieser Ort wird nicht umsonst ›Mordgegend‹ genannt. Ich für meinen Teil habe ein besseres Gefühl, wenn ich bewaffnet bin.«

11

»Da unten herrscht der reinste Promiauflauf«, berichtete Alec, als er zurück ins Zimmer kam.

Er war gerade unten gewesen, wo sich inzwischen jede Menge Gäste tummelten, die sich alle für die Charles-Dickens-Mottoparty zurechtgemacht hatten, wobei er selber sich in seinem rotbraunen Frack, seinem Hemd mit dem hohen steifen Stehkragen, der großen roten Fliege und der weißen Pluderhose alles andere als wohlzufühlen schien.

»Wie sehe ich aus?«, fragte er.

»Wie Bob Cratchit«, erwiderte Ruth.

Er fluchte leise.

Sein Kostüm war eines der beiden, die ihnen zuvor aufs Zimmer gebracht worden waren. Sharon hatte gleich am Morgen ihre Maße genommen und war dann losgeeilt, um etwas Passendes auszuleihen. Ruth stand vor dem Spiegel und legte letzte Hand an ihr eigenes Outfit an, ein wunderschönes schulterfreies Ballkleid aus weißer Seide. Das Rockteil war mit Volants besetzt, das Oberteil lag eng am Körper an, allerdings war sie gebeten worden, unter dem Kleid ein Fischbeinkorsett zu tragen. In ihrem Fall schien es nämlich so zu sein, dass das Tragen einer viktorianischen Tracht auch das Tragen viktorianischer Unterwäsche erforderlich machte. Um das Ganze abzurunden, trug sie zudem weiße Netzhandschuhe und hatte ihr Haar zu blonden Ringellocken gestylt und mit weißen Federn geschmückt, die das Pflaster auf ihrer Schläfe dankenswerterweise verdeckten. Sie schminkte sich zu Ende und ließ die Glock 20 in ein hübsches weißes Täschchen gleiten.

»Hast du dich auch vergewissert, dass sie gesichert ist?«, fragte Alec.

Sie bedachte ihn mit einem vernichtenden Blick und prüfte noch einmal, ob er seine eigene Waffe bei sich hatte – sie war unter seinem Frack verborgen –, dann gingen sie gemeinsam nach unten.

Wie es aussah, würde es ein bunter Abend werden. Mike Duvalier strahlte in einer germanischen Militäruniform aus pfefferminzgrünem Satin mit goldenen Borten auf der Brust und goldenen Troddeln auf den Schultern. An seiner linken Hüfte baumelte ein Kavalleriesäbel, unter den rechten Arm hatte er sich eine Bärenfellmütze mit weißer Feder geklemmt. Die meisten seiner Gäste hatten sich für ähnliche, vom viktorianischen Zeitalter inspirierte Outfits entschieden, aber neben ganz normal gekleideten Damen mit langen Schultertüchern und Männern mit Zylinder gab es auch Ali Babas, Sindbads, Fagins, Pickwicks, Alices, Heathcliffs, Robinson Crusoes und alle möglichen anderen Figuren aus Märchenspielen und allgemein beliebten Geschichten. Und wie Alec gesagt hatte, befanden sich in dem Getümmel jede Menge prominente Gäste: mindestens zwei weitere amerikanische Schauspieler, ein bekannter Regisseur, der Moderator einer Fernsehsendung, in der die neusten Kinofilme besprochen wurden, diverse britische Seifenopernstars, eine Chansonsängerin sowie eine Bestsellerautorin, die natürlich allesamt ihre Entourage mitgebracht hatten.

Es war fast acht Uhr, und die Party war voll im Gange. Drei Musiker – ein Geiger, ein Trompeter und ein Trommler – spielten beherzt ein Weihnachtslied nach dem anderen. Im Hauptsalon wurden Gesellschaftsspiele gespielt – Blindekuh, Snapdragon und The Minister's Cat –, während im Speisesaal eine beeindruckende

Vielzahl saisonaler Köstlichkeiten bereitstand. An einem Ende des Tischs: Kaviarsandwiches, gefüllte Austern, Kalbsbries mit Rahmsoße, kalter, entbeinter Truthahn, Schinken mit Senf und mit Apfel gefüllte Ente. Am anderen Ende: Lachspastete mit Lauch, Wachteln mit Eiern, Kaninchen in Rotwein, Chipolata-Würstchen, Roastbeef, Gänsebraten, gebratener Fasan, Hummer-salat und Spareribs in Chilisoße. Als Dessert gab es Mandeltorte, Plumpudding, Lebkuchen, Zuckerstangen, Marshmallows, Scho-kolade, Wintermelone… und noch alles Mögliche andere.

Da Ruth und Alec sich dessen bewusst waren, dass sie in Kil-lingly Hall waren, um zu arbeiten, teilten sie sich auf und misch-ten sich unter die Leute, allerdings war es in so einer Atmosphäre schwer, sich auf die Arbeit zu konzentrieren, erst recht, da ihnen ständig Drinks angeboten wurden (von Julmust über Eggnog bis hin zu Champagner-Wodka-Cocktails). Inmitten des Getümmels erblickte Ruth Claudette, die als Zuckerfee verkleidet war und zum Entzücken der Gäste zwischen den Beinen der als Habs-burger ausstaffierten Kellner hin und her huschte, die wiederum engagiert worden waren, um Sharon, Lorna und Margaret zu unterstützen. Anita, die passend zu ihrer Stellung in einem gestärkten und ziemlich streng wirkenden Gouvernanten-Kos-tüm steckte, hielt sich immer in der Nähe des Kindes auf. Die Sicherheitsleute waren ebenfalls alle da und warfen ein wach-sames Auge auf das Geschehen, hielten sich jedoch diskret im Hintergrund. Und es trafen immer noch weitere Gäste ein.

Draußen waren vom Tor bis zum Haus an beiden Seiten der Zufahrt brennende Fackeln aufgestellt worden, eine imposante Karawane teurer Autos und sogar einiger von Pferden gezogener Kutschen schob sich die Zufahrt hinauf. Die Tatsache, dass immer noch vereinzelte Schneeflocken vom Himmel fielen, trug dazu bei, die sowieso schon ausgelassene Stimmung noch zusätzlich zu beflügeln, doch der erste wirkliche Höhepunkt des Abends stand um halb neun an, als die Dame des Hauses sich schließlich herab-ließ, aus den oberen Gemächern hinabzusteigen.

Es wurde viel geklatscht und getuschelt, als Rosa Duvalier ihren wohlberechneten Auftritt hatte und mit großer Geste langsam die Treppen hinabstieg, was wahrscheinlich auch angeraten war, da ihr extravagantes Schneekönigin-Kostüm lang und voluminös war. Über einem eng anliegenden weißen Kleid, das ihre klassische Schönheit auf beeindruckende Weise betonte, trug sie einen langen Umhang, der, wie es aussah, aus mehreren Schichten Eisbärfell und Schwanenfedern zu bestehen schien. Natürlich war sie mit reichlich Schmuck behängt, überwiegend aus Weißgold. Sie hatte ein silbrig schimmerndes Make-up aufgetragen; ihre Lippen glänzten, und ihr Lidschatten glitzerte, als wäre er mit Eisperlen durchsetzt. In ihrem rabenschwarzen schimmernden Lockenhaar saß ein Kopfschmuck, den auch die Weiße Hexe aus den *Chroniken von Narnia* hätte tragen können: eine hohe Krone, die aussah, als bestünden ihre Zacken aus aufrecht stehenden glitzernden Eiszapfen.

Das Publikum begleitete ihren Abstieg mit entzückten *Ohs* und *Ahs*, bis sie den Fuß der Treppe erreichte, wo ihr stolzer Ehemann sie mit ausgestrecktem Arm erwartete. Dann mischten die Gastgeber sich gemeinsam unter ihre Gäste und hießen sie noch einmal offiziell willkommen.

Ruth konnte nicht umhin zu denken, wie schade es war, dass Mrs Duvaliers schauspielerische Fähigkeiten oder ihr Talent als Sängerin nicht genauso ausgeprägt waren wie ihr Hang zum Theatralischen. Trotzdem hatte Rosanna Perdita in etlichen Filmen mitgespielt, die sich als Kassenschlager erwiesen hatten, und diverse Hits gelandet – also, was verstand Ruth schon von alldem? Sie sah sich nach Alec um und erblickte ihn ganz am Ende des Salons, wo er die Pop-Prinzessin anbaggerte oder von dieser angebaggert wurde. Vermutlich war Letzteres der Fall. Ruth hatte sich über ihn lustig gemacht, weil er aussah wie Bob Cratchit, aber in Wahrheit stimmte das gar nicht. Mit seinem markanten Kinn, seinen hellen Augen und seinen ausgeprägten ebenmäßigen Gesichtszügen sah er eher aus wie Steerforth aus *David Copperfield* oder wie Brooke aus *Tom Brown's School Days*. Wow, sie hatte wirklich einen gut aussehenden Mann. Sie wusste, dass Alec über sie genauso dachte, doch sie selber ging deutlich kritischer mit sich ins Gericht; sie hatte schon seit etlichen Jahren nicht mehr das Gefühl, eine richtige Frau zu sein.

Nicht, dass sie im Laufe des Abends nicht auch bereits ein paar aufdringliche Aufreißer hätte abwimmeln müssen. Zuerst war es der englische Fußballstar gewesen, der sie hartnäckig angemacht hatte, doch dann war seine Frau schließlich von irgendwo heruntergekommen, wo auch immer sie sich zurechtgemacht hatte, und hatte ihn finster angestarrt. Es war auch ein Politiker anwesend, ein ziemlich rüpelhaftes Mitglied des Kabinetts, der seinen nördlichen Akzent betonte und Wert auf seine kurze, prägnante Art des Antwortens legte, vermutlich weil er glaubte, dass ihm dies Persönlichkeit verlieh. In letzter Zeit war er in Ungnade gefallen, und jetzt verstand Ruth auch, warum. Aus den endlosen Anzüglichkeiten, die er ihr ins Ohr flüsterte, konnte sie nur schließen, dass an dem jüngsten Skandal, der ihm nachgesagt wurde, etwas dran war – nämlich dass dieser verheiratete Mann, der die Opposition fortwährend mit schmutzigen Anschuldigungen bombardierte, es angeblich darauf angelegt hatte, eine Parlamentssekretärin zu verführen. Mit seinem strotzenden Selbstbewusstsein, das daher rührte, dass er es gewohnt war, Anweisungen zu erteilen und jüngere Kollegen niederzubrüllen, war dieser Möchtegern-Verehrer noch schwerer abzuschütteln als der unter dem Pantoffel stehende Fußballer. Irgendwann blieb Ruth nichts anderes übrig, als ein paar klare Worte zu sprechen. Sie informierte ihn, dass sie Mitglied des Sicherheitsteams sei, und erteilte ihm den dringenden Rat – wobei sie sich kurzfristig ihres Yorkshire-Akzents bediente –, sich zu »verpissen«, wenn er nicht Gefahr laufen wollte, seinen »zweifellos winzigen Schwanz und seine Eier« zu verlieren.

Ein abwechslungsreiches Unterhaltungsprogramm hielt die Gäste bei Laune. Es wurde getanzt, ein Mime trug Rezitationen vor, und dann trat eine Mummenschanz-Spielergruppe auf, deren Mitglieder allesamt von Kopf bis Fuß mit immergrünen Zweigen geschmückt waren, und präsentierte unterhaltsame weihnachtliche Stücke. Die Hauptattraktion des Abends sollte der Besuch des Weihnachtsmanns werden, der jedoch zu Claudettes Bestürzung, die um zehn Uhr ins Bett musste, nicht vor Mitternacht erwartet wurde.

»Aber ich will den Weihnachtsmann sehen«, quengelte sie, als Anita versuchte, sie nach oben in ihr Zimmer zu bringen.

Ruth bückte sich zu ihr hinunter, um sie zu trösten. »Soll ich dir ein Geheimnis verraten, Claudette? Es ist gar nicht der richtige Weihnachtsmann, sondern nur jemand, der sich als Weihnachtsmann verkleidet hat.«

Claudette wirkte noch bestürzter. »Glaubst du nicht an den Weihnachtsmann?«

»Natürlich tue ich das. Aber der, der nachher kommt, ist nicht der Weihnachtsmann. Es ist nur jemand, der auf die Party kommt und so tut, als wäre er es. Der richtige Weihnachtsmann kommt erst zu dir, wenn du schläfst.«

»Auch hier? Und wenn er gar nicht weiß, wo ich bin?«

»Er weiß immer, wo du bist.«

»Ich will ihn trotzdem sehen.«

»Tja, vielleicht gelingt dir das ja sogar.« Sie klopfte Claudette einen Mince-Pie-Krümel vom Kragen ihres Kostüms. »Tu einfach so, als würdest du schlafen – aber du musst auf jeden Fall im Bett sein.«

»Kommst du mit mir nach oben?«

»Natürlich.«

Ruth nahm die eine kleine Hand, Anita die andere, und dann stiegen sie gemeinsam die Treppe hinauf. Das Kind war wieder zufrieden und zum Plaudern aufgelegt.

»Und wer kümmert sich heute Nacht um deine Kinder?«, fragte Claudette an Ruth gewandt.

»Wir haben keine Kinder.«

»Oje! Dann war der Weihnachtsmann bestimmt noch nie in deinem Haus, oder?«

Ruth schwieg einen Augenblick, dann sagte sie: »Nein, seit ich selber noch klein war, nicht mehr.«

12

Als Ruth schließlich nach unten kam, stand Alec am knisternden Kamin, nippte an einem Brandy und genoss die Gesellschaft zweier vollbusiger, blonder Schönheiten, die in Begleitung eines bekannten, jedoch in letzter Zeit wegen seiner Schmierigkeit ziemlich in Verruf geratenen Nachtclubbesitzers gekommen waren.

Sie zog ihn zur Seite. »Ich hoffe, du genießt die Party nicht zu sehr.«

»Entspann dich, Ruth. Hier wird nichts passieren. Guck dich doch mal um. Abgesehen von Karswells Männern wimmelt es hier nur so von Sicherheitsleuten, weil jeder zweite Gast seine eigenen Bodyguards mitgebracht hat. Hast du mal einen Blick in die Zufahrt geworfen? Neben den Autos hat sich eine ganze Schlange von Typen aufgebaut, die aussehen, als würden sie für ein Casting anstehen, um sich als Bösewicht für den nächsten Bond-Film zu bewerben. Nur jemand, der geistig zu beschränkt ist, um die Bedeutung des Wortes ›Gefahr‹ zu verstehen, würde es an so einem Abend darauf ankommen lassen, irgendetwas Unheilvolles zu versuchen.«

»Oder jemand, für den das Wort ›Gefahr‹ überhaupt keine Bedeutung hat«, entgegnete sie.

Er betrachtete sie nachdenklich. »Wie geht es der Kleinen?«

»Sie ist in ihrem Zimmer und spielt in ihrem Häschenschlafanzug an ihrem Computer.«

»Ich dachte, sie wäre ins Bett geschickt worden.«

»Sie darf noch ein halbe Stunde aufbleiben, dann muss sie sich hinlegen.«

»Ist die Tür zu ihrem Zimmer abgeschlossen?«

»Nein. Offenbar gibt es in ihrem Zimmer kein Bad, und vielleicht muss sie mal. Aber Anita ist bei ihr, und Karswell hat vor ihrem Zimmer Position bezogen. Er hat sich einen Stuhl geholt und wird die ganze Nacht dableiben.«

»Na, dann können wir uns ja ein bisschen entspannen.« Alec hielt einen vorbeikommenden Kellner an, stellte seinen Brandy auf das Tablett und nahm zwei Gläser Champagner. Eins reichte er Ruth. »Hier. Immerhin ist heute Weihnachten. Da sollten wir uns auch ein wenig Zeit für uns nehmen. Apropos, ich muss dir etwas gestehen: Da wir hier sind, habe ich es nicht geschafft, dir etwas zu besorgen.«

»Was meinst du?«

»Na ja, ein Geschenk.«

Ruth wirkte verblüfft, dass er das Thema überhaupt ansprach. Sie schüttelte langsam den Kopf. »Was ich mir wirklich wünsche, kannst du mir sowieso nicht schenken, Alec. Niemand kann das.«

»Ich weiß«, sagte er nach einer kurzen Pause.

Sie stellte ihren Champagner auf den nächsten Tisch, ohne auch nur daran genippt zu haben. »Konzentrieren wir uns auf unsere Arbeit. Der Abend ist noch jung.«

Sie drehte eine Runde durchs Haus und überprüfte alle Eingänge. Trotz der draußen herrschenden Kälte waren im Erdgeschoss ein paar Fenster offen gelassen worden, um etwas frische Luft hereinzulassen. Ruth vergewisserte sich, dass sie jeweils nur den kleinstmöglichen Spalt weit geöffnet waren. Dann ging sie zur Vorderseite des Haus und blickte die Zufahrt hinab. Wie Alec gesagt hatte, wimmelte es dort von Chauffeuren und Bodyguards. Ihnen waren Tabletts mit Speisen und Getränken hinausgebracht worden, und sie unterhielten sich laut miteinander, anstatt Wache zu halten, aber allein ihre Anzahl vermittelte ein Gefühl von geballter Stärke.

Als sie erneut durchs Haus ging, rief sie sich Alecs Worte in Erinnerung. »Hier wird nichts passieren.« Sie musste zugeben, dass es in der Tat unwahrscheinlich schien, dass etwas passieren würde. Im oberen Geschoss vergewisserte sie sich, dass Karswell noch vor Claudettes Zimmer Wache hielt. Er trug ebenfalls ein viktorianisches Outfit, hatte seinen Paletot jedoch abgelegt und saß in Hemd und Weste neben der Tür auf seinem Stuhl. Der Paletot lag über seinen Knien, darunter war die gezogene Pistole verborgen. Zufrieden ging Ruth weiter den Flur entlang zu einem Fenster und sah hinaus auf den hinteren Bereich des Anwesens. Es war ein friedlicher Anblick. Der Himmel war wieder klar, der Mond hing wie ein silbernes Juwel über den walisischen Bergen. Unmittelbar hinter dem Haus erstreckte sich eine unberührte Schneedecke. Aus den Fenstern fallendes Licht warf einzelne Streifen über den Schnee, der Schein reichte bis zu den Bäumen, die wuchtig und still dastanden, sämtliche Äste waren schwer mit Schnee beladen. Draußen regte sich nichts.

Mit einem besseren Gefühl begab sie sich wieder nach unten zu den Feiernden. Doch um Viertel vor zwölf traf der Weihnachtsmann ein, und ihre Sorgen kehrten zurück.

Im Einklang mit dem Motto der Party trug der Weihnachtsmann, den Mike Duvalier engagiert hatte, ebenfalls ein viktorianisches Outfit – er war eher eine druidenartige Erscheinung à la Dickens' »Geist der gegenwärtigen Weihnacht« und hatte nichts gemein mit jenem freundlichen, koboldartigen Gesellen, den Coca-Cola im frühen zwanzigsten Jahrhundert populär gemacht hat. Deshalb trug er statt eines roten Mantels einen grünen Umhang. Dieser war zwar mit weißem Fell besetzt, doch sein Vollbart war rot. Statt einer Kapuze zierte seinen Kopf ein Wust aus zerzaustem rotem Haar, auf dem ein Kranz aus Stechpalmenzweigen thronte, an denen jede Menge scharlachrote Beeren leuchteten. Natürlich wies er einige Ähnlichkeiten mit der modernen Figur des Weihnachtsmanns auf. Er war von großer, plumper Statur, betrat das Haus mit dem üblichen »Hohoho«, stapfte mit schneebedeckten Stiefeln durch den Raum und hatte einen großen Sack auf dem Rücken, der prall mit Geschenken gefüllt war, bei denen es sich, ihrem Aussehen nach zu urteilen, um die inzwischen in Geschenkpapier verpackten Special-Edition-DVDs handelte, die Duvalier am Tag zuvor mit seinem Autogramm versehen hatte.

Doch von allen Weihnachtsmännern, die Ruth je gesehen hatte – und von denen einige ziemlich abstoßend gewesen waren (gelangweilte Rentner in billigen Kaufhauskostümen, verkleidete Betrunkene, die sich in Innenstädten miteinander prügelten) –, wirkte dieser irgendwie am unheimlichsten. Das galt insbesondere für sein Gesicht beziehungsweise sein nicht vorhandenes Gesicht. Der dichte rote Bart war an eine Pappmascheemaske angeklebt. Wer auch immer sie angefertigt hatte, war darum bemüht gewesen, den Vorstellungen über das Aussehen des Weihnachtsmanns gerecht zu werden. Die Maske hatte dicke, apfelrote Backen, eine lange, gekrümmte Nase, buschige Augenbrauen und einen breit grinsenden Mund. Doch wenn man alles zusammennahm, stimmte irgendetwas nicht ganz.

Möglicherweise die Augen.

Sie bestanden aus Löchern, durch die die hinter der Maske verhüllte Person hindurchblicken konnte, doch Ruth empfand sie als leere Höhlen, als bedrohliche Schlitze mit nichts als Schwärze dahinter.

Als der Stargast den Salon betrat, begleitet vom lauten Klatschen und ausgelassenen Jubel der beschwipsten Gästeschar, begann er als Erstes zu tanzen. Die drei Musiker spielten sofort eine stürmische Version von *Santa Claus Is Coming To Town*, woraufhin der Weihnachtsmann wie wild hin und her tänzelte. Es folgten noch mehr Weihnachtsweisen, und er tanzte weiter, inzwischen hatte er sich jedoch unter die Gäste gemischt und überreichte jedem ein Geschenk. Ruth beobachtete ihn und die Art, in der er sich bewegte. Für einen großen Mann wirkte er ziemlich behände, dachte sie. Genau genommen war »behände« nicht das richtige Wort. Auch »geschmeidig« oder »wendig« traf es nicht richtig. Die Art, wie er tänzelte und seine Pirouetten drehte, hatte etwas Eingeübtes und irgendwie Feminines.

Ihr lief ein kalter Schauer den Rücken herunter. Sie schlängelte sich zwischen den Gästen hindurch zu Alec. »Wer ist der Kerl?«, flüsterte sie.

»Wer? Ach der. Na, der Weihnachtsmann.«

»Ich meine, wer sich hinter der Verkleidung verbirgt.«

»Keine Ahnung. Offenbar irgendein Tänzer, den Duvalier engagiert hat.«

»Wirkt er nicht ein bisschen leichtfüßig?«

Alec musterte sie von der Seite. »Das tun sie eigentlich immer.«

»Nein, ich meine ... anders ausgedrückt: Wirkt er nicht ein bisschen *mädchenhaft*?«

»So wirken sie eigentlich immer – wie ich bereits sagte.«

»Ich wünschte, du würdest das hier ein bisschen ernster nehmen!«, fuhr sie ihn an.

»Worauf willst du genau hinaus?«

»Verdammt, Alec!«, zischte sie. »Unter dem Kostüm verbirgt sich eine Frau.«

»Und?«

»Was meinst du mit ›und‹?« Ruth lief rot an. »Es ist die einzige Möglichkeit, wie dieses alte Weib hier reingekommen sein könnte! Denk doch mal darüber nach ... Duvalier engagiert einen Tänzer. Wir wissen nicht, wer er ist. Wir wissen weder, wie er hierhergekommen ist, noch, wo er seinen Wagen geparkt hat, noch, ob er vorne ins Haus gekommen ist oder hinten durch einen Lieferanteneingang. Aber eins wissen wir *definitiv* – er wird nicht in Begleitung eines Bodyguards gekommen sein.«

»Warum sollte er auch einen Bodyguard brauchen, Ruth?«

»Um sich vor einem Hinterhalt zu schützen.«

Alec packte seine Frau am Ellbogen und führte sie in eine Ecke, weg von den beiden neugierigen Gästen, die hellhörig geworden waren und zu lauschen begonnen hatten. »Also bitte, Ruth, ich fange an, mir ernsthaft Sorgen um dich zu machen.«

Sie riss ihren Arm los. »Hör mir doch wenigstens einen Moment zu.«

Er nickte, obwohl er sichtlich genervt war.

»Also ... Sie liegt auf der Lauer ... «, begann Ruth.

»Wer?«

»Lady Morgana.«

»Ach ja, wie dumm von mir, dass ich da nicht draufgekommen bin. Die Frau, die seit neunhundert Jahren tot ist.«

»Sie liegt auf der Lauer«, wiederholte Ruth, »setzt ihn außer Gefecht, zieht sich sein Kostüm an und ... ist schwuppdiwupp im Haus, ohne dass es irgendjemand mitbekommen hat.«

»Na schön, nehmen wir also an, sie liegt auf der Lauer«, entgegnete Alec. »Stellt sich nur eine Frage: Woher, um alles in der Welt, wusste sie überhaupt, dass er kommt?«

»Sie wusste es einfach. So ist sie, sie ist wie ein Raubtier ...«

»Sie existiert nicht, Himmelherrgott noch mal! Jetzt krieg dich mal in den Griff, Ruth!«

Sie starrte an ihm vorbei zu dem Weihnachtsmann, dessen Sack inzwischen geleert war und der sich gerade galant vor den Duvaliers verbeugte. »Wenn ich mir etwas greife, dann *die*. Guck doch mal genau hin – willst du mir etwa sagen, dass das keine Frau ist?«

»Was sollen wir denn deiner Meinung nach tun? Unsere Pistolen ziehen und sie auf den Weihnachtsmann richten? Dann würden wir als genau solche Arschlöcher in die Geschichte eingehen wie der Mistkerl, der Bambis Mutter erschossen hat.«

»Na schön, dann behalten wir ihn aber im Auge«, sagte sie aufgebracht. »Und wie wir ihn im Auge behalten!«

Aber das war leichter gesagt als getan.

Zwei Minuten später blickte Ruth nach oben und sah Claudettes Gesicht in der Nähe des oberen Treppenabsatzes zwischen den Streben des Geländers hindurchlugen. Sie eilte hoch und fand das Mädchen in Schlafanzug, Bademantel und wie Dinosaurierfüße aussehenden Hausschuhen vor. Es saß auf einer Stufe und sah hinunter auf die Party.

»Was machst du denn hier, Claudette?«

Für einen Augenblick war das Mädchen angesichts dessen, was es da unten sah, zu aufgeregt, um zu antworten.

»Claudette?«

»Ist er das?«, flüsterte sie. »Ist das der Weihnachtsmann?«

»Nein, das ist nur jemand, der so tut, als ob er es wäre. Du solltest doch im Bett sein.«

Claudette blickte zu ihr auf. »Ich muss mal.«

Ruth nahm ihre Hand. »Hier aber nicht. Komm mit, die Toilette ist oben.«

Am oberen Treppenabsatz wartete Karswell, die Hände in den Hosentaschen.

»Was denken Sie sich eigentlich dabei?«, fragte Ruth.

Er wirkte bestürzt. »Es spricht doch wohl nichts dagegen, sie mal kurz gucken zu lassen. Es ist Heiligabend.«

Ruth wollte gerade etwas erwidern, doch dann rief sie sich in Erinnerung, dass tatsächlich Heiligabend war, für kleine Kinder die aufregendste Nacht des Jahres. Und wenn sie weiterhin derart überreagierte, würde sie Claudette noch die ganze Freude verderben.

»Claudette muss mal«, sagte sie.

Karswell zuckte mit den Schultern. »Ich kann sie wohl kaum begleiten, oder?«

»Wo ist Anita?«

»Im Sessel. Eingenickt.«

»Super.«

»Sie wissen doch selber, dass sie erst vor einigen Tagen hergeflogen ist. Sie ist keine junge Frau mehr und leidet unter Jetlag.«

Ruth wurde sich ein weiteres Mal dessen bewusst, dass sie sich benahm wie ein Elefant in einem Porzellanladen. Sie begleitete Claudette zur Toilette und brachte sie anschließend zurück in ihr Zimmer, in dem nur noch eine heruntergedimmte Lampe brannte. Anita schlief tatsächlich im Sessel, weshalb Ruth Claudette ins Bett brachte und zudeckte. Das Mädchen tastete verschmitzt nach dem roten, mit Goldrand gesäumten Strumpf, der neben seinem

Kissen am Bett hing, und tat so, als wäre es enttäuscht, weil er immer noch leer war.

»Am besten schläfst du jetzt«, riet Ruth ihr. »Sorg nicht dafür, dass der richtige Weihnachtsmann warten muss.«

»Vielleicht muss ich noch mal Pipi.«

»Wie viel Limonade hast du denn getrunken?«

»Genug, um unseren Swimmingpool in Bel-Air damit zu füllen.«

Ruth schlug die Tagesdecke zurück, damit das Kind es bequemer hatte. »Ihr müsst ja ein ganz schön tolles Haus haben.«

»Das ist nur eins unserer Häuser.«

»Das kann ich mir vorstellen.« Sie drückte Claudette ein Küsschen auf die Stirn. »Also dann gute Nacht.«

Das Kind rollte sich herum, machte die Augen zu und strengte sich erkennbar an einzuschlafen. Ruth wandte sich um und wollte gehen. Doch vorher warf sie noch einen Blick zum Fenster. Die Vorhänge waren einen Spalt weit geöffnet, und von außen waren Eisstreifen an der Scheibe, die so aussahen wie die, die sie als Kind immer für die Handabdrücke von Väterchen Frost gehalten hatte. Sie fragte sich flüchtig, ob es sich in diesem Fall womöglich tatsächlich um Handabdrücke handelte.

Karswell verweilte noch am Treppenabsatz, doch er hatte sich seinen Paletot wieder angezogen und seinen Schal umgebunden. Sein Kostüm war neu und in tadellosem Zustand, doch irgendwie sah er darin aus wie Bill Sikes und nicht wie ein viktorianischer Gentleman, was wahrscheinlich auf sein Gesicht und seine Statur zurückzuführen war. Sein Zylinder saß verwegen schief auf seinem Kopf.

»Wollen Sie irgendwohin?«, fragte Ruth und zog die Zimmertür hinter sich zu.

»Ich muss mal nach meinen Männern sehen. Bin in fünf Minuten wieder da. Können Sie so lange die Stellung halten?«

»Klar, kein Problem.«

Karswell verschwand. Ruth setzte sich auf seinen Stuhl und sah auf ihre Uhr. Es war fast eins. Sie hatte keine Ahnung, wie lange diese Promipartys gingen. Normalerweise wahrscheinlich bis weit in die frühen Morgenstunden ... aber dies war natürlich kein normaler Anlass, und der Gastgeber und die Gastgeberin hatten ein kleines Kind, mit dem sie am Morgen Weihnachten feiern wollten. Sie tastete nach dem verborgenen Pflaster an ihrer Schläfe. Je müder sie wurde, desto schlimmer schmerzte die Verletzung. Vielleicht sollte sie versuchen, irgendwo ein paar Schmerztabletten aufzutreiben. Sie unterdrückte ein Gähnen – und sprang plötzlich wie von der Tarantel gestochen auf.

Unten hatte jemand geschrien.

Und es war ein *richtiger* Schrei gewesen – schrill, laut und voller Entsetzen.

Ruth konnte es sich gerade noch verkneifen, die Pistole in ihrer Handtasche zu zücken. Sie stürmte nach unten, wo die Musik abrupt verstummt war. Es wurde wild durcheinandergeschrien und gekreischt.

Im Salon herrschte ein einziges Chaos. Jemand hatte die zentrale Beleuchtung eingeschaltet, und die meisten Gäste drängten sich in einer Ecke zusammen. Besorgtes Murmeln und ungläubige Ausrufe erfüllten den Raum, aber irgendjemand kicherte auch.

Ruth bahnte sich einen Weg durch das Gedränge. »Entschuldigen Sie bitte«, sagte sie unwirsch. »Entschuldigen Sie bitte!«

Doch als sie sich in die Mitte des Raums vorgekämpft hatte, sah sie, dass es nur ein kleinerer Zwischenfall war. Die eindeutig volltrunkene Pop-Prinzessin hatte offenbar auf einem Tisch getanzt, der unter ihr zusammengebrochen war. Jetzt lag die junge Diva mit ausgestreckten Beinen inmitten kaputter Flaschen und umgekippter Teller. Ihre voluminösen Unterröcke waren derart verrutscht, dass sie den Blick auf die oberen Ränder ihrer Strümpfe und Strapse und auf ein sehr anzügliches Nichts an der Stelle freigaben, an der eigentlich ihr Slip hätte sein sollen.

»Sie brauchen da gar nicht noch länger liegen zu bleiben«, stellte die Frau des Fußballers in vernichtendem Tonfall klar und half ihr hoch. »Hier wurden keine Paparazzi reingelassen.«

»Jemand sollte mal nachsehen, ob sie sich nicht ihre Oberschenkel verletzt hat!«, grölte eine betrunkene Stimme. Sie klang wie die Stimme des Ministers. »Wenn ein Kerl sie untersuchen darf, kann er sich glücklich schätzen. Aber wenn sie von einer der Damen abgetastet wird, will ich unbedingt zusehen, okay?«

Es ertönte Gelächter, gefolgt von weiteren schlüpfrigen Bemerkungen, aber die Pop-Prinzessin war zu beduselt, um sie zu erfassen. Doch die meisten der versammelten Gäste wollten sowieso einfach nur weiterfeiern. Die Lichter wurden wieder gedimmt, und die Musik setzte erneut ein.

Ruth wandte sich um und stellte fest, dass Karswell hinter ihr stand. Ihm fielen fast die Augen aus dem Kopf, während er die immer noch zur Schau gestellten Strumpfränder angaffte.

»Würden Sie wieder nach oben gehen?«, fragte Ruth ihn.

»Äh, ja. Okay.« Er stapfte etwas widerwillig davon.

Sie drehte sich wieder um und hielt nach dem Weihnachtsmann Ausschau, konnte ihn jedoch nirgends entdecken, was sie ziemlich beunruhigend fand. Schließlich richtete sie den Blick auf Alec. Er stand neben dem Weihnachtsbaum und bediente sich von einem mit Schokoladentrüffeln gefüllten Pappteller.

»Da kann man sich wirklich nicht beschweren«, stellte er fest, als sie sich zu ihm gesellte. »Freies Essen, freie Drinks und dazu auch noch eine kleine Stripeinlage.«

»Wo ist der Weihnachtsmann?«, fragte sie.

Er schien verwirrt. »Wolltest du ihn nicht im Blick behalten?«

»Du solltest ihn auch im Blick behalten!«

»Entspann dich. Das habe ich. Er hat einfach nur Geschenke verteilt. Anschließend ist er in die Küche gegangen, um etwas zu essen. Sharon hat ihn begleitet.«

Ruth ging ebenfalls in die Küche, wo sie Sharon, Lorna und Margaret vorfand, die miteinander herumalberten.

»Hallo«, sagte Ruth. »Wo ist der Weihnachtsmann?«

Die jungen Frauen waren seit mindestens einer Stunde nicht mehr im Dienst – sie hatten ihre Schürzen und ihre Hüte abgelegt und taten sich an einer Flasche Sherry gütlich – und kicherten über irgendeinen Witz.

»Äh … hier ist er nicht mehr«, sagte Sharon.

»Das sehe ich.«

»Er wollte zu Claudette«, meldete sich Margaret zu Wort.

»Zu Claudette?«, entgegnete Ruth kühl. »Ich dachte, Sie wollten ihm etwas zu essen geben.«

Sharon deutete mit einem Nicken auf einen nicht angerührten vollen Teller auf dem Tisch. »Wir haben ihm etwas zusammengestellt, aber offenbar hatte er ein besonderes Geschenk für Claudette, das er ihr erst noch bringen wollte.«

Als Ruth aus der Küche stürmte, den Flur entlanghastete, den Speisesaal durchquerte und die Haupttreppe hinaufeilte, konnte sie nur an eins denken: Wie lange hatte sie Claudettes Zimmer unbewacht gelassen, nachdem sie von dem Zwischenfall abgelenkt worden war, den die Pop-Prinzessin verursacht hatte? Karswell war vor zwei oder drei Minuten wieder nach oben gegangen, aber damit blieben immer noch einige Minuten übrig, in denen niemand da gewesen war. Mit bis zu den Knien hochgezogenem Rockteil erreichte sie den oberen Treppenabsatz in Rekordzeit. Sie stürmte auf direktem Weg zu dem Zimmer des Mädchens. Die Tür stand offen. Von Karswell war nichts zu sehen, zumindest nicht vor dem Zimmer.

Sie stürmte sofort ins Zimmer hinein.

Dort fand sie ihn.

Er lag mit dem Gesicht nach oben auf dem Bett. Sein Mund war gewaltsam geöffnet worden, aus ihm ragte eine Masse Stechpalmenblätter hervor – erkennbar nur eine Seite eines beblätterten Zweigs, denn Karswells Wangen und sein Hals waren unnatürlich nach außen gewölbt. An einigen Stellen waren die Wangen aufgeplatzt, und winzige grüne Blattspitzen ragten heraus. Um die Lippen herum prangten Flecken gerinnenden Bluts. Seine vor Entsetzen weit aufgerissenen Augen schimmerten bereits glasig.

Ruth stand einen Augenblick einfach nur da, zu geschockt, um sich zu bewegen.

Abgesehen von Karswell war das Bett leer, und das Gleiche galt für Anitas Sessel. In dem Moment spürte Ruth eine Bewegung – unmittelbar hinter sich.

Sie wirbelte herum.

Die Schranktür hatte sich einen Spaltbreit geöffnet, wie es schien, von allein. Der schmale Spalt enthüllte nur Finsternis, aber Ruth *wusste*, dass in dem Schrank jemand war. Sie war zwar schon seit einigen Jahren nicht mehr bei der Polizei, aber ihre Instinkte hatten sie nicht verlassen. Sie zog die Glock und entsicherte sie. Dann hielt sie die Pistole mit beiden Händen vor sich gestreckt, blickte am Lauf entlang und ging auf den Schrank zu.

»Ich weiß, dass Sie da drinnen sind«, sagte sie. »Raus mit Ihnen!«

Keine Reaktion.

»Ich bin bewaffnet, und ich will, dass Sie da rauskommen. Und zwar *auf der Stelle*!«

Es folgte ein leises Stöhnen, das Kummer und großes Leid zum Ausdruck brachte.

Ruth fluchte und riss die Schranktür auf. Auf dem Boden des Schranks hockte zusammengekauert Anita. Haarsträhnen hingen vor ihrem Gesicht, ihre Augen waren rot vom Weinen. Sie umklammerte einen Rosenkranz, den sie sich an die Brust drückte, und arbeitete sich Perle um Perle vor. Schließlich blickte sie auf.

»La Llorona«, brachte sie schluchzend hervor. »La Llorona ...«

13

Für einen Augenblick war Ruth vor Panik beinahe wie gelähmt. Sie war versucht, zu schreien und um Hilfe zu rufen, doch einer der vielen Ratschläge, die man ihr als Polizistin eingebläut hatte, lautete: »Nichts überstürzen, blinder Eifer schadet nur.« Sie wandte sich um und inspizierte das Zimmer. Dann sah sie, dass die Vorhänge sich bauschten. Sie stürmte zum Fenster.

Es war weit geöffnet, und es war leicht zu erkennen, dass es gewaltsam von außen geöffnet worden war. In dem Moment erweckte etwas anderes ihre Aufmerksamkeit: eine Bewegung außerhalb des Hauses. Sie lehnte sich aus dem Fenster. Ein hervorstehender Pfeiler des Hauses versperrte ihr die Sicht auf den größten Teil der Terrasse, die sich gut dreißig Meter zu ihrer Rechten befand, doch sie sah genug, um darauf zwei Gestalten erkennen zu können. Bei der einen handelte es sich eindeutig um Claudette. Die Kleine trug nur ihren Schlafanzug und ihren Bademantel, aber obwohl sie im Schnee stand, wirkte sie glücklich. Sie klatschte entzückt in die Hände, während die andere Gestalt – der in Grün gehüllte Umriss des Weihnachtsmanns – um sie herumtanzte. Er hatte immer noch seinen Sack bei sich, der dem Aussehen nach leer zu sein schien, doch er hielt ihn mit beiden Händen und hatte ihn geöffnet – als ob er vorhätte, ein letztes Geschenk herauszuholen oder, was wahrscheinlicher war, um etwas hineinzustopfen.

Bevor Ruth sich dessen bewusst wurde, was sie tat, war sie auch schon aus dem Fenster gestiegen. Sie balancierte unsicher auf dem mit Schnee bedeckten Fenstersims und sah die gut sechs Meter nach unten. Wie sie Alec demonstriert hatte, konnte man die Höhe kletternd überwinden – in beide Richtungen.

Allerdings nicht in diesem Kleid.

Sie stand einige Augenblicke lang einfach nur da, unschlüssig, was sie tun sollte, dann langte sie hinter sich, zog den Reißverschluss auf, ließ das voluminöse Ungetüm bis zu ihren Knien herunterrutschen und trat aus ihm heraus. Das dürfte dem lüsternen Minister gefallen, wenn er sie so sehen könnte, dachte sie, als sie die Glock zwischen die Zähne nahm: in einem Korsett, Bloomers, weißen Strümpfen und weißen Lederstiefeletten.

Sie hangelte sich am Efeu hinab.

Ganze Ranken rissen ab, doch sie schaffte es unversehrt auf das Dach des Küchenanbaus. Von dort schwang sie sich über die Zinnenimitation und ließ sich erst an den Armen herabbaumeln und dann fallen. Als sie durch den Schnee rollte, verlor sie Claudette für einen Augenblick aus den Augen. Während sie sich aufrappelte, schrie sie mit heiserer Stimme nach ihr. Dann rannte sie los, zielte mit der Pistole in die Luft und gab zwei Warnschüsse ab, die ohrenbetäubend in die eisige Nacht knallten.

Im nächsten Moment taumelte sie die Stufen hoch auf die Terrasse. Sowohl der Weihnachtsmann als auch Claudette hatten die Schüsse gehört und starrten in ihre Richtung. Claudette schien gar nicht fassen zu können, in welchem Aufzug Ruth erschienen war, und noch ungläubiger starrte sie die Pistole an, die direkt auf ihren freundlichen Begleiter gerichtet war. Der unter der Pappmascheemaske verborgene Ausdruck des Weihnachtsmanns war hingegen nicht zu erkennen.

»Lassen Sie den Sack fallen!«, brachte Ruth keuchend hervor. »Sofort!«

Die weihnachtliche Gestalt öffnete die Hände, und der Sack fiel harmlos auf den Boden.

»Ruth?«, brachte Claudette jammernd hervor. Sie klang, als wäre sie den Tränen nahe, was auch nur verständlich war. Schließlich war Weihnachten, und sie war endlich dem Weihnachtsmann begegnet. Und dann passierte so etwas.

»Ich weiß, dass dich das verwirrt, meine Kleine, aber geh einfach von ihm weg, und stell dich ans Geländer, okay?«, sagte Ruth.

Claudette zögerte.

»Bitte, mach es einfach, Claudette. Du weißt, dass ich dich nicht darum bitten würde, wenn es nicht sehr wichtig wäre.«

Mehr als nur ein bisschen widerwillig stapfte das Mädchen durch den Schnee zum Geländer und ließ den Weihnachtsmann allein zurück, der die Frau, die ihn in Schach hielt, wortlos anstarrte.

»Okay … und jetzt zu Ihnen«, wandte Ruth sich an den Weihnachtsmann. »Runter mit der verdammten Maske.«

Der Weihnachtsmann hob die in grünen Handschuhen steckenden Hände.

»Langsam«, stellte Ruth klar. »Ganz langsam.«

Hinter der Terrassentür war die Musik verstummt, und Ruth hörte laute, bestürzte Stimmen. Wahrscheinlich hatten sie drinnen die Schüsse gehört und hielten jetzt Ausschau danach, woher sie gekommen waren. Gut. Das bedeutete, dass Hilfe auf dem Weg war.

Die Hände des Verdächtigen waren jetzt bis zu den Seiten seines Kopfes erhoben.

»Gut«, sagte Ruth. »Dann wollen wir mal sehen, wer Sie wirklich sind.«

Der Weihnachtsmann zog sich langsam die Maske weg, was nicht ganz einfach zu sein schien, da Maske und Perücke aus einem Stück bestanden. Aus dem Augenwinkel sah Ruth, dass auf der Innenseite der Fensterfront die Vorhänge zur Seite gezogen wurden. Umrisse von Leuten waren zu sehen, eingerahmt vom Schein des Kaminfeuers. Das freute sie noch mehr – sollten doch alle sehen, was sie bereits von Anfang an geahnt hatte.

»Na los, runter damit!«, rief sie.

Die weihnachtliche Gestalt befolgte die Aufforderung schließlich und offenbarte – wie von Ruth vermutet –, dass *er* tatsächlich eine *sie* war. Doch zu Ruths großer Überraschung kam das Gesicht einer sehr jungen Frau zum Vorschein. Sie war höchstens siebzehn Jahre alt und starrte sie mit entsetzten Augen an wie ein im Scheinwerferlicht erstarrtes Kaninchen. Von den Augen war ihr Wimperntusche über die erröteten Wangen gelaufen, wahrscheinlich vermischt mit Schweiß und Tränen. Ihre wie Rosenblüten geformten Lippen waren fest aufeinandergepresst.

Erstaunt ließ Ruth langsam die Pistole sinken. »Wer, um alles in der Welt, bist du?«

Die junge Frau löste einen Haken, worauf ihr dick gefüttertes Kostüm von ihr abfiel und ein schlanker Körper enthüllt wurde, der in einem Gymnastikanzug und einer Strumpfhose steckte.

»Tilly Cordwell«, sagte sie mit dünner Stimme. »Ich gebe im Dorf Tanzunterricht.«

»Was hast du hier gerade mit Claudette gemacht?«, wollte Ruth wissen.

Die Tänzerin schüttelte den Kopf. »Ich … ich habe in dem Sack ein Geschenk für sie, ein besonderes Geschenk. Ich habe sie gesucht, aber als diese Frau vom Tisch gefallen ist, hat sich Claudette während des Tumults aus ihrem Zimmer geschlichen und ist hier rausgekommen. Sie sagt, sie hat meinen Schlitten gesucht.«

»Also warst du gar nicht oben?«

»Nein.«

Es hatte keinen Zweck, Tilly Cordwell weiter zu befragen. Ihrer nervösen Körpersprache nach zu urteilen, war es offensichtlich, dass sie die Wahrheit sagte. Ruth wandte sich schwungvoll zu Claudette um und wusste nicht, ob sie sie zurechtweisen sollte, weil sie ungehorsam gewesen war, oder ob sie sich bei ihr dafür entschuldigen sollte, dass sie ihr die Nacht des Jahres verdorben hatte, doch sie sah nur noch den flatternden rosafarbenen Bademantel, als das Mädchen über das Geländer hinweg verschwand.

»*Claudette!*«

Ruth raste zu der Stelle, an der das Mädchen gerade noch gestanden hatte, rutschte jedoch aus und fiel in den Schnee. Sie sprang wieder auf und stürmte die verbliebenen fünfzehn Meter zum Geländer. Das Geländer war einen Meter zwanzig hoch, also konnte das Kind nicht rückwärts darüber gefallen sein, obwohl in Wahrheit gar nicht infrage stand, ob Claudette gefallen war – sie war eindeutig gezogen worden. Einer ihrer wie Dinosaurierfüße aussehenden Hausschuhe lag noch auf der Terrasse, der andere lag zweieinhalb Meter darunter auf dem schneebedeckten Rasen.

Ruth schwang sich ein weiteres Mal über eine Brüstung und ließ sich wieder erst an den Armen hängen und dann fallen. Diesmal verstauchte sie sich beim Landen einen Knöchel. Es tat höllisch weh, aber sie rappelte sich hoch und humpelte los.

»Claudette!«, rief sie.

Es kam keine Antwort. Nirgendwo war eine Bewegung auszumachen, doch der Schnee war weitflächig aufgewühlt – ein schlauer Trick, um Spuren zu verwischen. Doch selbst wenn es Spuren gegeben hätte, wären diese im schwachen Mondlicht schwer zu verfolgen gewesen.

»Claudette«, wimmerte Ruth.

Dann wurde sie auf einmal von Licht erfasst. Es war grell und sehr durchdringend und wurde vom Dröhnen eines kleinen, aber leistungsstarken Motors begleitet. Ruth wich zurück und richtete die Pistole in das Licht.

»Willst du mich auch außer Gefecht setzen?«, fragte Alec. »Wie den Weihnachtsmann?«

Er saß auf einem der Schneemobile und kam damit rutschend zum Stehen.

»Claudette ist entführt worden«, stammelte Ruth. »Und ich weiß nicht, wohin sie gebracht wurde.«

»Ich schon«, entgegnete er. »Spring hintendrauf.«

Sie stieg auf und nahm hinter ihm Platz. »Bist du sicher, dass du mit diesem Teil umgehen kannst?«

»Schlechter als du heute Morgen bestimmt nicht.«

Er brachte den Motor auf Touren, und das Schneemobil machte einen Satz nach vorn, wobei es angesichts des nicht vorgesehenen Gewichts zunächst hin und her schlingerte, doch dann kam es ins Gleichgewicht und schoss über den Schnee.

»Karswell ist tot«, rief Ruth Alec über dessen Schulter hinweg zu.

»Ich weiß, ich habe gerade seine Leiche entdeckt.«

»Wer konnte einem Kerl wie ihm so etwas antun?«

»Jemand Außergewöhnliches, würde ich sagen. Vielleicht jemand, der seit neunhundert Jahren lebt und immer noch stärker wird.«

»Oh … Also glaubst du mir jetzt?«

Er bog auf den West Wood Walk. »Keine Ahnung. Aber mir bleibt wohl kaum etwas anderes übrig.«

»Wo fahren wir überhaupt hin?«

»Zur Rotunde.«

»Warum?«

»Weil es Sinn ergibt. Jedenfalls wenn deine Theorie stimmen sollte. Dieser Brunnen unter der Rotunde ist der einzige Teil des Anwesens, der aus der Zeit stammt, in der diese Frau hier gelebt hat. Es ist somit der einzige Bereich, den sie mit einer gewissen Berechtigung als ihr Zuhause ansehen könnte.«

»Sie haust in einem Brunnen?«

»Eine schaurige Vorstellung, was?«

Einige Augenblicke später schlängelten sie sich in halsbrecherischer Weise durch den Gürtel aus Bäumen, der das abgelegene Außengebäude umgab. Da sie so schnell unterwegs waren, war es schwer zu erkennen, ob sie frischen Spuren folgten, aber Alec war sich ganz sicher, dass sie in die richtige Richtung fuhren. Als sie rutschend zum Stehen kamen, riss er sich seinen Frack vom Leib und zog die Glock aus seinem Schulterholster. Dann fiel ihm ein, den Frack Ruth anzubieten. Sie zog ihn dankbar an, doch dann sagte sie: »Moment mal, denk doch mal kurz nach – dieser Brunnen wurde doch erkundet. Und das Einzige, was gefunden wurde, waren Kaninchenknochen.«

»Vielleicht waren es ja gar keine Kaninchenknochen«, entgegnete er.

Und mit diesem aufheiternden Gedanken bedeutete er ihr, dass sie sich aufteilen sollten, und signalisierte ihr, dass er sich dem Gebäude von der östlichen Seite nähern würde und sie es umrunden und aus südlicher Richtung ansteuern sollte.

Sie stiegen den Hügel hinauf, die Pistolen gezogen und vor sich ausgerichtet. Wer auch immer sich dort verbarg – *falls* sich jemand verbarg –, würde sie auf jeden Fall gehört haben. Doch nach ihrer beider Erfahrung war es immer besser, seine Kräfte aufzuteilen und den Gegner von mehreren Seiten anzugreifen, als die Kräfte zu bündeln und auf diese Weise nur ein einziges Ziel abzugeben.

Aber in diesem Fall stießen sie nicht sofort auf Widerstand.

Sie betraten die Rotunde gleichzeitig, Alec durch das Eingangsportal, Ruth durch eine der Fensteröffnungen. Wie zuvor war das achteckige Innere eine bloße Hülle, eine finstere Leere, durchschnitten nur von den Strahlen kalten Mondlichts. Doch ihre Augen gewöhnten sich schnell an die Dunkelheit, und sie sahen, dass das schwere Gitter über dem Brunnen angehoben worden war und sich in aufrechter Position befand. Sie warteten und lauschten. Alec sah sich ein weiteres Mal im Inneren der Rotunde um. Abgesehen von dem geöffneten Gitter war alles genau so, wie er es bei seinem ersten Besuch vorgefunden hatte: feucht und moderig. Die einzige verbliebene Statue stand nach wie vor in der Öffnung, die Konturen klassischer Schönheit waren unter der Hülle der Efeuranken verborgen, die von ihr herabhingen, wodurch sie eher unansehnlich wirkte.

Sie wagten sich weiter vor bis zu dem Gitter und sahen nach unten. Knapp zwei Meter unter ihnen erkannten sie den zarten Umriss von Claudette. Sie lag reglos auf dem gepflasterten Boden, unmittelbar am Rand des runden Brunnenschachts, ein Arm baumelte in die Tiefe.

Ruth schob die Glock in die Tasche des Fracks und machte Anstalten hinunterzusteigen.

Alec packte sie an der Schulter. »Moment! Glaubst du nicht, dass das eine Falle sein könnte?«

»Wenn sie sich nur ein bisschen bewegt, stürzt sie fast zwölf Meter in die Tiefe!«

Alec sah sich mit Unbehagen um. »Das gefällt mir nicht.«

»Du gibst mir doch Rückendeckung, oder?«

»Ja, aber …« Wie es aussah, gab es keine Alternative. »Okay, steig runter.«

Ruth kniete sich hin und schwang sich über den Rand, doch Alec hielt sie an den Handgelenken fest, während sie sich herunterließ, um sicherzustellen, dass sie nicht selber in den Brunnen fiel. Im nächsten Augenblick kniete sie neben dem Kind.

»Claudette«, flüsterte sie. »Claudette?« Sie tastete nach Vitalzeichen. »Gott sei Dank, ihr Puls schlägt.«

»Bring sie hoch. Schnell!«

»Ich weiß noch nicht, ob sie irgendwo verletzt ist. Vielleicht ist es riskant, sie zu bewegen.«

»Verdammt, Ruth, wir können sie doch nicht da unten liegen lassen.«

»Lass mich nur schnell nachsehen.«

Sie tastete den Körper des Kindes von unten vorsichtig mit den Fingerspitzen ab und untersuchte vor allem die Wirbelsäule und den Schädel. Oben sah Alec sich ein weiteres Mal nervös um. Eine eisige Brise strich über ihn und pfiff draußen durch die mit Schnee beladenen Bäume. Es regte sich immer noch nichts, doch als er an der gegenüberliegenden Wand etwas ausmachte, das aussah wie jemand, der dort der Länge nach auf dem Boden lag, erschrak er. Bei näherem Hinsehen erkannte er, dass es sich um die Überreste einer der anderen Statuen handelte.

Er sah wieder nach unten.

»Wie weit bist du?«

»Sie ist eiskalt. Ich weiß auch nicht, sie könnte unterkühlt sein.«

»Umso dringender solltest du sie hochbringen.«

Alec war immer unbehaglicher zumute. Er konnte sich nicht vorstellen, dass dieses Etwas sich all diese Umstände gemacht hatte, um das Mädchen dann einfach an einem Ort zurückzulassen, wo sie problemlos zu ihm gelangen konnten.

Ein Schatten passierte eine der aufrechten Öffnungen.

Er hob seine Pistole.

Es konnte alles Mögliche gewesen sein, sagte er sich. In diesem

Teil des Landes gab es jede Menge Tiere. Es konnte Karswell oder einer seiner Männer gewesen sein. Aber nein, Karswell konnte es nicht gewesen sein. Karswell war tot. Die Bedeutung dessen traf ihn wie ein Schlag in die Magengrube. Lane Karswell, ein ehemaliger Navy-SEAL, war tatsächlich tot – er war brutal ermordet worden. Sie hatten es hier nicht mit irgendeinem Spiel zu tun oder mit dem Resultat irgendeines dummen Missverständnisses.

»Beeil dich, Ruth!«, sagte er angespannt.

»Einen Augenblick noch.«

»Vielleicht haben wir keinen Augenblick mehr.«

Er sah sich erneut im Inneren der Rotunde um. War da gerade ein weiterer Schatten vorbeigezogen? Nein, und was er davor für einen Schatten gehalten hatte, war wahrscheinlich auch keiner gewesen. Wahrscheinlich sorgten das silberne Mondlicht und das Gewirr der Zweige draußen für optische Täuschungen. Aber wo war diese verdammte Frau? Warum griff sie nicht an? Und dann kam ihm ein anderer Gedanke, der ihn traf wie ein Schlag.

Er wandte sich steif zu der Stelle um, an der die Überreste der Statue auf dem Boden vor der Wand lagen. Jetzt, da er darüber nachdachte, wurde ihm bewusst, dass dort beim ersten Mal, als er die Rotunde betreten hatte, keine Statue gelegen hatte, zumindest war sie ihm nicht aufgefallen. Er bewegte sich vorsichtig auf das umgefallene Objekt zu, wobei er kaum zu atmen wagte. Selbst aus einer Entfernung von einem halben oder einem Meter konnte er klar erkennen, dass es aus Marmor war. Die Oberfläche des Objekts war kalt und weiß, ein gezackter Stumpf ließ erkennen, wo es von seinem Sockel abgebrochen war.

Doch bei seinem letzten Besuch hatte es *nicht* da gelegen; da war er sich ganz sicher.

Und dann kam ihm ein anderer Gedanke – ein schockierender Gedanke.

Er wandte sich wieder um und ging zu der anderen Statue, derjenigen, die vor der Öffnung stand. Sie stand noch reglos da. Aber bildete er es sich nur ein, oder war sie ein kleines bisschen größer als beim letzten Mal, als er sie in Augenschein genommen hatte? Er ging näher an sie heran, bis er dreißig Zentimeter vor ihr stand. Bei seinem ersten Besuch hatte er die Efeuranken weggerissen, um das Gesicht der Statue zu enthüllen. Jetzt war es im Schatten verborgen, die Gesichtszüge waren nicht zu erkennen. Alec beugte sich langsam vor, bis er das Gesicht der Statue beinahe mit der Nase berührte.

In dem Moment öffnete sie die Augen.

Es waren wilde rote Augen, die Pupillen sahen aus wie kleine schwarze Perlen.

»O Scheiße«, brachte er hervor.

Das Etwas, das unter dem Efeu verborgen gewesen war, holte aus und schlug zu. Der Schlag traf Alec auf der Brust und ließ ihn nach hinten taumeln – doch er war noch imstande, mit seiner Glock zu zielen und drei schnelle Schüsse abzugeben. Er war sicher, dass alle direkt ihr Ziel getroffen hatten, doch keiner von ihnen schien irgendeine Wirkung zu haben.

Das Etwas sprang jetzt komplett unter seiner Hülle aus Efeublättern hervor.

Alec sah eine große, missgebildete Gestalt, die in zerfetzte alte Gewänder gehüllt war und deren Arme und Beine mit alten mumienartigen Bandagen umwickelt waren. Ein paar Zentimeter noch, und er wäre rückwärts in den Brunnen gestürzt, doch er schaffte es rechtzeitig, sein Gleichgewicht wiederzufinden, und dann standen sie einander erneut gegenüber.

Vor den glühenden Augen der Gestalt hing langes zerzaustes Haar. Ein neuer Geruch erfüllte die Luft: Feuchtigkeit, Schimmel. Sie ging wieder auf Alec los.

Er wich zur Seite aus, doch die Gestalt bewegte sich so rasend schnell, dass sie im Mondlicht regelrecht verschwamm. Er feuerte einen weiteren Schuss ab – und war wieder sicher, dass es ein Volltreffer war –, doch dann schlug ihm eine verdrehte Klaue die Pistole aus der Hand. Alec setzte zu einem Fausthieb an, doch sein Handgelenk wurde gepackt, und im nächsten Augenblick traf ihn ein gewaltiger Schlag in den Magen. Ihm blieb die Luft weg. Es folgte ein dritter Schlag, diesmal mit der flachen Hand – wenn es denn als Hand bezeichnet werden konnte. Sie kratzte ihm durchs Gesicht und hinterließ auf seiner Wange eine klaffende Wunde.

Er wäre zu Boden geschleudert worden wie eine kaputte Puppe, wenn die Angreiferin ihn nicht mit einem schraubstockartigen Griff am Arm gepackt und ihn festgehalten hätte. Sie – es, was auch immer oder wer auch immer es war – schleuderte ihn mit furchterregender Kraft herum, bis sie ihn plötzlich losließ. Er wirbelte durch die Luft, krachte mit voller Wucht gegen die Wand und sackte dann bewusstlos auf den Boden.

Ruth war aufgestanden, doch da sie nicht bis über die Öffnung schauen konnte, wusste sie nicht, was los war. Der große Schatten glitt über die Öffnung hinweg, packte das eiserne Gitter und schob es darüber. Ruths spontane Reaktion bestand darin, sich wegzuducken, doch dann rammte sie ihre Glock zwischen den Stangen des Gitters hindurch.

»Keine Bewegung!«, rief sie. »Sofort stehen bleiben, oder ich schieße!«

Das Etwas blieb nicht stehen, also schoss sie. Sie feuerte drei Schüsse ab, dann ließ der Winkel es nicht mehr zu, das Ziel zu erreichen.

Genau wie Alec war Ruth sicher, dass sie getroffen hatte – doch die Schüsse zeigten wiederum keine sichtbare Wirkung.

Alec, der immer noch stark benommen war, schob sich mittlerweile auf dem Bauch am Fuß der Wand entlang. Er spürte, dass die Gestalt sich ihm von hinten näherte, er konnte sie wieder riechen. Er rappelte sich hoch und versuchte zu rennen, war jedoch noch zu schwach auf den Beinen und knallte wieder vornüber auf den Boden. Dann hörte er ein Geräusch, das wie das Kratzen von Stein klang. Er reckte benebelt den Hals und sah sich um.

Das Ungetüm hob etwas hoch – es war die Statue oder die Nymphe.

Sie war aus Marmor, aber lebensgroß. Sie musste mindestens

dreihundert Kilogramm wiegen oder sogar noch mehr, und dennoch ... Alec riss die Augen weit auf, als er sah, wie die steinerne Skulptur in die Höhe gehoben wurde, bis sie weit über dem Kopf der Angreiferin in der Luft verharrte. Das Ungetüm kam wieder auf ihn zu, die Arme gerade nach oben gerichtet. Es würde ihn zerschmettern, platt machen wie einen zerstampften Käfer.

»Lady Morgana«, ertönte Ruths Stimme unter dem eisernen Gitter. Sie gab sich auf einmal freundlich, geradezu flehend. »Lady Morgana ... bitte nehmen Sie mir meinen Ehemann nicht so weg, wie Ihr Mann Ihnen genommen wurde.«

Es folgte ein Augenblick, in dem die Atmosphäre zum Zerreißen gespannt war. Das Ungetüm hatte sich vor Alec aufgebaut, die blutroten Punkte, die die Augen der grauenerregenden Gestalt darstellten, glühten durch die zerzausten Haarsträhnen, doch es schien zu zögern.

»Ich kann mir nicht vorstellen, wie furchtbar die Qualen sind, die zu durchleben man Sie gezwungen hat, oder wie grausig der Pakt ist, der Ihre Seele gefangen hält«, fuhr Ruth fort. »Aber ich kann es erahnen. Ich war nie mit einem Kind gesegnet, obwohl ich immer so gerne eins gehabt hätte. Sie *hatten* ein Kind, aber dann haben Sie Ihren Sohn verloren. Teilen wir damit nicht ein ähnliches Schicksal? Macht uns das nicht zu Schwestern? Und wenn wir das sind – würden Sie Ihre Schwester so grausam bestrafen, wie Sie selber bestraft wurden?«

Alec lag starr da und starrte nach oben. Er konnte das Gesicht dieses grauenerregenden Ungetüms immer noch nicht richtig erkennen, doch ihm wurde nun bewusst, dass die zerschlissene, zusammengeflickte Kleidung, in die es eingehüllt war, die Quelle des ekelerregenden Gestanks war. Das Etwas selber hatte keinen Eigengeruch. Es atmete nicht einmal. In einer Nacht, in der der Atem eines jeden Lebewesens in nebligen Wolken vor dem Mund waberte, stieß dieses Etwas nichts aus.

Doch es schien zuzuhören.

»Diejenigen, die Sie bereits geholt haben, werden es verstehen«, fuhr Ruth flehend fort. »Ich bin sicher, dass sie Ihnen vergeben werden, wenn Sie sich nur bemühen, sich zu wehren. Zu Lebzeiten waren Sie die Schildmaid Ihres Ehemannes. Sie haben bis zuletzt dafür gekämpft, woran Sie geglaubt haben. Erinnern Sie sich an diesen Heldenmut, an Ihre Tapferkeit? Beweisen Sie diesen Heldenmut jetzt, ich flehe Sie an. Heben Sie den Fluch auf, der Sie hier gefangen hält. Ersparen Sie einem anderen Lebewesen die Qualen, die *Sie* erlitten haben. Lady Morgana, geben Sie diesen Ehemann seiner Frau zurück, aber vor allem, geben Sie das Kind seiner Mutter zurück...«

Ihre Worte verklangen. Das Etwas machte keine Anstalten, die steinerne Statue sinken zu lassen, aber es warf sie auch nicht hinunter auf Alec.

Und dann machte es *PENG!*

Der Mündungsblitz war schockierend grell.

Peng! Peng! Es folgten zwei weitere Schüsse, die Mündungsblitze zuckten blendend grell in der Finsternis auf, die Detonationen waren ohrenbetäubend.

Nach jedem Schuss zuckte die große Gestalt heftig und ließ die Statue schließlich zur Seite fallen.

Peng! Ein vierter Schuss. Sie taumelte rückwärts nach hinten.

Peng! Ein fünfter Schuss. Die Gestalt taumelte auf die nächste Wand zu, doch *Peng!*, es folgte ein sechster Schuss, und sie wurde von den Beinen gerissen und sackte zu einem sich windenden, gequälten Haufen zusammen.

In der Luft hing plötzlich der durchdringende beißende Geruch von Schießpulver, und Alec sah verstört, wie Rosa Duvalier durch das Eingangsportal die Rotunde betrat. Ihr Weißfuchsfellmantel umbauschte sie majestätisch. In einer Hand hielt sie einen langläufigen Revolver, einen an den Wilden Westen erinnernden Sechsschüsser. Die Mündung qualmte noch.

»*Puta! Du Hure!*«, zischte sie, in ihrem Gesicht zeichnete sich katzenartige Boshaftigkeit ab. »Zurück in die Hölle mit dir, du Miststück!«

14

Als Alec den Blick zu der Gestalt auf dem Boden wandte, hörte diese auf, sich zu bewegen. Sie schien regelrecht in sich zusammenzufallen. Es ertönte ein ungläubiges Stöhnen, und er wurde sich dessen bewusst, dass in den diversen Öffnungen des Gebäudes noch andere Leute standen, und wie es sich anhörte, trafen noch mehr ein.

Er rappelte sich zitternd hoch.

Mittlerweile hatte Rosa Duvalier die Rotunde durchquert und versuchte, das eiserne Gitter zu öffnen. Es ließ sich heben, aber nur ein wenig. Alec kam ihr zu Hilfe, so wie auch Mike Duvalier, der seinen Säbel gezogen hatte, was ziemlich lächerlich wirkte.

Begleitet von einem fürchterlichen Quietschen, schafften sie es, das Gitter anzuheben.

»Es geht ihr so weit gut«, sagte Ruth und reichte ihnen das bewusstlose Kind nach oben. Claudette war blass, aber zusätzlich zu ihrem Bademantel auch noch in Alecs Frack eingehüllt. »Ich habe sie untersucht und konnte keine Verletzungen entdecken. Aber sie braucht einen Arzt. Ich glaube, sie steht unter Schock.«

Rosa Duvalier sagte nichts. Sie nahm das Mädchen einfach nur in die Arme, summte ihm leise etwas ins Ohr und eilte mit ihm aus dem Gebäude.

»Verdammt!«, fluchte Mike Duvalier.

Er stocherte mit seinem Säbel in den Überresten von dem herum, was einige Momente zuvor noch der Körper von Alecs Angreiferin gewesen war. Die stählerne Spitze fand nur noch ein Häufchen aus Staub und Asche vor. Duvalier stach hinein, rührte darin herum und schob den Stoff der Kleidung zu kleinen Häufchen zusammen. Schließlich trat er mit seinem Stiefel dagegen. Die Häufchen zerfielen, und ein paar verbogene Kugeln rollten heraus und blieben glänzend im Mondlicht liegen. Der Staub wurde allmählich von der stärker werdenden Brise aufgewirbelt.

»Ich hätte nie gedacht, dass es funktionieren würde«, murmelte Duvalier verwirrt. Er blickte sich um zu Alec, der Ruth aus dem Schacht half. »Diese verdammten Kugeln.«

»Kugeln?«, fragte Alec zerstreut.

»Die da.« Duvalier zeigte auf den Boden. »Das war eine weitere Bedingung, die Rosa gestellt hat, bevor sie eingewilligt hat, mit hierherzukommen. Ich habe sie speziell anfertigen lassen. Sechs Silberkugeln, gefertigt aus sechs eingeschmolzenen Kruzifixen, die in der Kathedrale von Santa Cruz vom Bischof persönlich gesegnet wurden. Ich dachte, wenn ich dafür meine Ruhe habe, soll's mir recht sein, aber ich hätte wirklich nicht geglaubt, dass das funktionieren würde. He, alles klar mit Ihnen?«

Ruth saß auf dem Rand der Öffnung, unter der sich der Brunnen befand. In ihrer verschmutzten Unterwäsche sah sie etwas abgerissen und erschöpft aus, und danach zu urteilen, wie sie sich zusammengekauert hatte, musste sie extrem stark frieren. Alec, der blutete und verletzt war, jedoch auf den Beinen stand, erwiderte grummelnd, dass es ihnen so weit gut gehe.

»Sie sind wirklich ein Superteam«, stellte Duvalier fest. »Absolut super. Wenn Sie bei mir bleiben wollen, haben Sie lebenslange Jobs.«

»Als Bodyguards?«, fragte Alec.

»Na klar. Insbesondere für Claudette. Ich habe bemerkt, wie nah Sie ihr gekommen sind, insbesondere Sie, Mrs Whitchurch. Nach dem, was ich in den vergangenen Tagen beobachtet habe, kann ich mir niemanden vorstellen, in den ich mehr Vertrauen haben könnte, um ihm Claudettes Schutz anzuvertrauen.«

Ruth sah zu ihm auf. »Ich kann mir schon jemanden vorstellen. Ihre Mutter.«

»Rosa? Sie ist ja gar nicht immer zu Hause. Sie arbeitet doch nach wie vor.«

»Aber als sie gebraucht wurde, war sie da, oder?«, entgegnete Ruth. »Und sie hat getan, was getan werden musste. Im Gegensatz zu mir.«

»Also, ich bitte dich, Schatz…«, sagte Alec, aber Ruth schüttelte den Kopf und stand auf.

»Ich könnte nie wieder für Sie arbeiten, Mr Duvalier, weil ich das Gefühl hätte, Ihnen nur Geld abzuluchsen. Wenn Sie meine Meinung hören wollen, glaube ich sogar, dass wir Ihnen alles, was Sie uns bisher bezahlt haben, zurückerstatten sollten.«

Duvalier ließ seinen Blick von Alec zu Ruth schweifen. »Ich verstehe nicht ganz.«

»Ich auch nicht«, stellte Alec klar.

»Wir haben versagt«, erklärte Ruth. »Oder besser gesagt: Ich habe versagt.«

In dem Moment wurde Duvalier von draußen gerufen. Es klang nach Rosas Stimme.

»Ich muss los.« Er schob seinen Säbel in die Scheide und steuerte den Ausgang an. »Wir bringen Claudette direkt in die Notaufnahme. Und Sie sehen am besten zu, dass Sie zurück zum Haus kommen. Wärmen Sie sich auf, nehmen Sie ein Bad, was auch immer. Fühlen Sie sich wie zu Hause.«

Und mit diesen Worten war er verschwunden. Zusammen mit den meisten seiner Gäste, die hinter ihm hereilten, um mit ihm Schritt zu halten. Weniger als eine Minute später waren die beiden Privatdetektive allein.

»Ruth«, sagte Alec, »nur weil du keine wirkungsvolle Waffe hattest…«

»Es hat nichts mit der Waffe zu tun. Oder mit den Kugeln. Oder mit in Kathedralen erteilten Segnungen.«

»Woher willst du das wissen?«

»Ich weiß es einfach, Alec. Ich weiß es. Weil es etwas sehr viel Wundersameres ist als irgendetwas von alldem.«

Sie schloss den Mund und zuckte mit den Schultern, als wäre ihr alles gleichgültig. Doch ihr rannen Tränen die Wangen herunter, und schließlich lehnte sie sich an ihren Ehemann. Er legte einen Arm um sie und führte sie nach draußen, wo sie feststellen mussten, dass sich jemand ihr Schneemobil genommen hatte.

Dafür, dass sie überlebt hatten, schien dies ein geringer Preis, doch bis zum Haus war es noch ein langer Marsch.

Hinter ihnen in der Rotunde wirbelte der verbliebene Staub um das dunkle, leere Loch.

Quellen

The Christmas Toys [Die Weihnachtsgeschenke], Erstveröffentlichung in *The Screaming Book of Horror*, 2012

Midnight Service [Mitternachtsgottesdient], Erstveröffentlichung
online auf *Killer Reads* (HarperCollins Blog), 2012

The Faerie [Das verzauberte Haus], Erstveröffentlichung in *Traps*,
2008

The Mummers [Die Mummenschanz-Spieler], Erstveröffentlichung in *Shadows and Silence*, 2000

The Killing Ground [Das Gespenst von Killingly Hall], Erstveröffentlichung in *Ghost Realm*, 2008

»Paul Finch hinterlässt anhaltende Gänsehaut«
Hamburger Morgenpost

Paul Finch

Totenspieler

Thriller

Aus dem Englischen von
Bärbel Arnold und Velten Arnold
Piper Taschenbuch, 480 Seiten
€ 9,99 [D], € 10,30 [A]*
ISBN 978-3-492-30916-5

Eine Serie tödlicher Unfälle im Süden Englands macht Detective Mark Heckenburg misstrauisch. Zwei Gelegenheitsdiebe werden von giftigen Spinnen zu Tode gebissen, ein Mann wird von einem Baugerüst aufgespießt – und als auch noch ein Geschäftsmann erst beinahe ertrinkt und nur Tage später bei lebendigem Leib in seinem Auto verbrennt, ist Heck sich sicher: Er hat es mit einem Mörder zu tun, der Schicksal spielt. Doch mit jedem Schritt, dem er sich dem Killer nähert, droht er selbst sein Opfer zu werden …

Leseproben, E-Books und mehr unter www.piper.de

*Cover- und Preisänderungen vorbehalten

PIPER

Jeder hat Feinde, doch John Milton ist der tödlichste.

Hier reinlesen!

Mark Dawson

One –
Sie finden dich

Thriller

Aus dem Englischen
von Andrea Brandl
Piper Taschenbuch, 320 Seiten
€ 9,99 [D], € 10,30 [A]*
ISBN 978-3-492-30690-4

Er war Number One. Der beste Agent der Group 15, einer Untergrundeinheit des britischen Geheimdienstes. Doch nach zehn Jahren hat John Milton genug – er will raus. Jetzt ist er der meistgesuchte Mann der britischen Regierung, und auch der russische Geheimdienst ist ihm auf den Fersen. Aber was sie fordern, stellt selbst ihn vor eine Herausforderung: Er soll eine ehemalige Kollegin finden. Auch sie war einst Number One, auch sie ist untergetaucht – und mindestens so gefährlich wie Milton.

PIPER

Leseproben, E-Books und mehr unter **www.piper.de**

Sechzig Sekunden, die über Leben und Tod entscheiden.